사악한 무녀

사악한 무녀

초판 1쇄 인쇄 | 2023년 8월 21일
초판 1쇄 발행 | 2023년 8월 28일

지은이 | 박해로
펴낸이 | 박영욱
펴낸곳 | (주)북오션

주　소 | 서울시 마포구 월드컵로 14길 62 북오션빌딩
이메일 | bookocean@naver.com
네이버포스트 | post.naver.com/bookocean
페이스북 | facebook.com/bookocean.book
인스타그램 | instagram.com/bookocean777
유튜브 | 쏠쏠TV・쏠쏠라이프TV
전　화 | 편집문의: 02-325-9172　　영업문의: 02-322-6709
팩　스 | 02-3143-3964

출판신고번호 | 제 2007-000197호

ISBN 978-89-6799-782-3 (03810)

무당 천지선녀의 명줄 끊기

사악한 무녀

박해로 지음

Bookocean

차례

죽도록
스스로에게
시달리기

거대한 불길이 다가왔다. 온 사물이 포위망을 좁히며 타들어왔다. 불 속에 갇힌 민규는 이리저리 고개를 돌렸지만 피할 곳은 어디에도 없었다. 구석까지 몰리자 불길은 한순간에 극단의 기세를 올리며 민규를 덮쳤다. 절망적으로 몸부림치던 민규의 모습이 화염 속에 묻혀버렸다. 존재의 소멸이 지나간 후, 민규는 사라지고 어떤 글자만이 허공에 남았다. 육신을 잃었음에도 민규는 그 글자를 인지할 수 있었다. 그래서 지금 상황이 현실이 아닌 꿈임을 알 수 있었던 것이다. 벌써 한 달 넘게 반복되어온 꿈이다.

再臨(재림)

민규가 비명을 지르며 깨어났다. 이불도 베개도 리모컨도 휴대폰도 멀리 흩어져 있었다. 잠결에 걷어찬 모양이다. 지독한 악몽이

니만큼 그럴 만도 했다. 이부자리가 땀으로 흥건했다. 7월이 갓 시작되었음에도 8월처럼 무더웠다.

소리가 들려오기 시작했다.

불길이 사라진 현실은 다행이지만, 소리가 꿈이 아닌 현실은 고문이었다. 민규를 겨냥한 소음 공격. 서서히 피를 말리는 반복음. 팔을 뻗쳐 마우스를 건드리자 노트북이 빛을 발했다. 칠흑 같던 어둠이 약간 걷혔다. 지우지 않은 단어 '층간소음'이 검색창에 그대로 남은 가운데, 윈도우 시계는 새벽 두 시를 가리켰다. 잠에 빠진 지 한 시간 만에 또 악몽을 꾼 것이다. 그리고 그들은 새벽 두 시임에도 이런 짓을 서슴지 않고 있다.

'악몽 때문에 깬 걸까, 소리 때문에 깬 걸까.'

소리가 이어졌다. 앞 동은 불 켜진 곳 없이 컴컴했다. 하지만 민규가 살고 있는 동의 그들은 잠든 시간임에도 부지런히 움직였다. 위층, 아래층, 양쪽 옆집 모두. 위쪽의 아이들 쿵쿵거림, 왼쪽의 크아악 가래침 뱉는 소리, 오른쪽의 흐느끼는 소리, 아래쪽의 욕설. 정확한 반복이었다. 찾아가도 절대로 문을 열어주지 않는 이웃들. 그는 무서움을 느꼈다.

온몸이 욱신거렸다. 소음이 심할수록 열병이 혹은 화병이 생겼다. 점점 건강이 나빠지고 있었다. 그들 때문에.

'이상해. 그리고 불안해. 저들 중 누군가 조만간 나를 잡으러 올

것 같아.'

✛ ✛ ✛

언제나 그랬듯 대답하는 데 시간이 걸렸다. 의사는 민규가 질문하면 한참을 생각하다가 답을 했는데 아마도 경계심 때문에 그러는 것 같았다. 나는 또라이가 아니니 괜찮아요 선생님, 하지만 민규는 그 말을 할 수 없었다. 의사가 물었다.

"이번에도 똑같은 악몽인가요?"

"예."

"불길에서 도망치지 못했습니까?"

"소용없었어요."

"온 사방이 불이었습니까? 장소가 어딘지 짐작 가지 않습니까?"

"전혀요. 산불 같은 불이었거든요."

"나무나 짐승이 보였나요?"

"불의 크기 때문에 산불이라고 말한 거예요. 불 빼고, 그리고 '재림'이란 글자 빼고 아무것도 안 보였어요."

"같은 꿈이 몇 번째라고요?"

"한 달이 넘습니다."

"매일 꿔요?"

"예. 매일요."

민규가 의자 등받이에서 등을 뗐다. 위의 대화 몇 마디를 나누는데 10분 이상이 걸렸다. 질문은 빨랐지만 대답이 느렸다. 정확히 말하자면 대답하기 전 질질 끄는 시간이 길었다. 그는 분명 환자를 경계하는 의사였다. 〈웰심신케어〉의 정신과 전문의 구영훈의 눈은 선글라스에 가려져 보이지 않았다. 선글라스를 착용한 의사의 진료라니, 희한한 면모였다.

'환자를 겁내는 의사야. 부처님 대하길 두려워하는 승려, 비닐하우스 들어가길 무서워하는 농부처럼.'

그런 생각을 읽은 것처럼 구영훈이 목소리 톤을 높였다.

"손가락 좀 그만 물어뜯으세요."

민규는 즉시 입에서 손을 떼었다.

"항상 불안합니까?"

"아니요."

거짓말이었다. 다시 집으로 돌아갈 일이 불안했다. 구영훈이 다시 질문하는 데는 또 1분 이상이 걸렸다.

"꿈에서 깨어났을 때 층간소음도 여전했습니까?"

"항상 그랬어요."

구영훈이 입을 다물었다. 침묵 사이로 〈간호사실〉 문 너머 키보드 소리만 작게 이어졌다. 이 소리가 없었다면 세상이 정지된 줄 알았을 것이다. 민규가 언제나 원하는 조용한 세상. 혼자서만 키보드를 두드릴 수 있는 작가 김민규의 세상.

"환자분과 한 달 가까이 면담을 해봤지만 차도가 없어요. 층간소음은 실제로 그렇게 느끼는 건지 아니면 체감온도가 지나치게 큰 건지 제가 당사자가 아니라 잘 모르겠네요. 어쨌든 환자분을 괴롭히는 외적 스트레스가 불의 악몽으로 변형되어 나타난 건 확실합니다. 어디로도 도망칠 곳 없다는 포위의 무력감이지요. 나아지지 않는 환경 속에서는 어떤 치료 요법보다 선행되어야 하는 게 그 환경의 변화예요. 환경을 바꿔야만 진척이 있을 겁니다. 다리 좀 그만 떠세요!"

의사의 언성에 민규가 손으로 무릎을 꽉 잡았다. 선글라스가 잠자리 눈알처럼 번쩍거렸다. 발음까지 꼬인 의사의 분노는 눈으로 볼 수 있는 이상이었다.

'정신과 의사라고 정신병 앓지 말란 법은 없지. 나 같은 환자들만 상대하느라…'

민규는 조심스럽게 질문을 던졌다.

"죄송합니다. 그 재림이란 글자는 뭘까요?"

이번의 대답에는 2분 이상이 걸렸다. 의사의 화가 식기만 기다리는 민규는 손가락을 물어뜯고 싶어 환장할 지경이었다.

"환자분의 무의식이겠죠."

"무의식이요?"

"살고 있는 아파트를 떠나고 싶다는 마음이요. 나를 괴롭히는 주변에서 벗어나 다시 시작하고 싶다는 심리입니다. 재림이란 한자를 풀면 '다시 임한다'는 뜻이 되니까요."

"이사만이 방법일까요?"

"환경이 변하지 않는 이상 약으로 완치된다는 건 불가능합니다. 더욱 강도 높은 약을 처방하다 보면 몸도 마음도 피폐해질 뿐입니다."

"그것들이 가해자고 내가 피해자인데 왜 내가 도망을 가야 하죠?"

"그것 보세요. 도망이란 단어를 쓴 것도 그렇지만, 환자분의 내면은 왜 내가 피해야 하냐며 버틸 것을 요구하죠. 고통이 점점 쌓여가는 데도요. 현실적인 의식이 그렇게 반발하는 겁니다. 하지만

12

꿈이 보여준 무의식은 그 집에 있다간 몽땅 타버리고 말 거라는, 그러니까 어딘가로 도피하지 않으면 끝장일지 모른다는 진심을 잘 보여주는 거죠."

민규의 어깨에서 힘이 빠졌다.

"이해했습니다. 근데 통증은 왜 심해지는 걸까요?"

"의식과 무의식의 충돌 때문이죠. 정신의 스트레스가 육체에까지 장애를 갖고 오는 거란 말인데, 다만 그건 상상의 통증일 수도 있습니다. 환경이 바뀌면 사라질 통증인지도 모른단 말이죠. 이해되세요?"

민규는 아무 말도 하지 않았다. 소음이 없는 가운데 키보드 소리만이 자그맣게 탁탁거렸다. 마치 어깨라도 두드리는 소리처럼. 구영훈도 모니터에서 고개를 들고 따뜻한 어조로 말했다.

"어렵게 집을 마련한 자부심, 먼저 떠난다면 내가 진 건 아닐까 하는 패배감, 새로 이사하는 데 드는 비용과 노력 같은 낭패감이 김민규 님의 자유를 향한 무의식을 계속 방해하고 있어요. 저는 현실적인 권고를 하는 겁니다. 자, 이제 일어나세요."

민규가 의자에서 일어났다. 일부러 그렇게 놔둔 건지 우연인지 의사 옆에 놓인 신문의 헤드라인이 눈길을 사로잡았다.

'아파트에서 또 층간소음 칼부림'

"도망이라 생각하지 마세요. 그건 일종의 회피입니다. 최선의 결과를 향해 전략적으로 물러서는 일시적 후퇴 말입니다." 구영훈이 말했다.

'이상해요. 그리고 불안해요. 누군가 나를 잡으러 올 것 같거든요.'

차마 말하지 못하고 민규는 〈웰심신케어〉를 나섰다. 그는 앞집, 옆집, 윗집에 불을 지르는 상상을 했다. 그것이야말로 꿈이 암시한 재림은 아닐까.

제 1 장

죽도록
이웃에게
시달리기

1

매미 우는 소리가 규칙적이었다. 맴, 매앰, 매애앰, 매애애앰, 매애애… 맴, 매앰, 매애앰, 매애애앰, 매애애…

민규는 이제 도착한 〈동신아파트〉를 올려다보았다. 1991년에 완공된 동신아파트는 엘리베이터가 없는 5층 건물이었다. 30년 묵은 건물 외관은 낡았고 군데군데 칠이 벗겨졌다. 아파트 아래로 악취 풍기는 하천이 흘렀고 이 주변에 모기가 들끓었다. 하천 너머 신축 아파트 단지와 대조적이었다. 첨단 시공과 거리가 멀고 폐교 같은 인상만 가득했다. 노인들이 주로 산다는 아파트였지만 정자에는 아무도 보이지 않았다. 37도에 육박한 날씨는 사람들의 외출을 차단시켰다.

아파트 밖 텅 빈 정자 앞에서 민규는 잠시 멈췄다. 욱신거리는 몸은 조금도 나아지지 않는다.

'노인들만 사는 아파트답군. 소음도 없었으면 좋겠는데.'

민규는 다시 그늘을 벗어나 101동을 향해 걸음을 옮겼다. 다리 아래로도 저릿저릿한 통증이 엄습했다. 오래 앉아있을 수밖에 없는, 소설가라는 직업이 가져온 병이다. 하지만 최근 들어 불의 악몽만 꾸고 나면 증상이 심해진다는 점은 이상했다.

'신경병이야. 이사만 하면 괜찮을 거야. 도망이 아닌 회피라 그랬잖아.'

민규가 가야 할 곳은 101동의 101호, 맨 끄트머리 집인 '갓집'이었다. 오래된 아파트 갓집은 겨울에 춥다 했지만 상관없었다. 아래층도, 옆집도 붙어있지 않은 집이니까. 평수 좁은 윗집엔 미식축구 선수단 같은 아이들도 없을 터였다. 〈섭주 부동산〉의 공인중개사 성휘작은 조용함에선 일 등급 아파트라고 했다.

민규는 101호와 102호 대문이 마주 보는 통로로 들어가려다 문득 위를 올려다보았다. 2층 발코니 창에 붉은 스티커로 붙인 커다란 만(卍) 자 표시가 눈에 들어왔다. 그 옆에는 〈통악산 신령보살 천지선녀〉란 글귀가 있었다. 손가락이 저절로 입술에 닿았다. 막 손톱을 물어뜯으려는 찰나 101호 문이 열렸다.

"오전에 전화하신 분입니까?"

민규가 얼른 손가락을 내렸다. 집주인이 얼굴을 내밀었다. 건장한 체격에 기가 센 인상이었다.

"예. 맞습니다. 부동산에서 사정이 생겼다고 저 혼자 가보라 하대요."

"저도 연락받았습니다. 어서 들어오세요."

에어컨을 틀어놔서 101호는 시원했다. 경찰 모자, 경찰 제복, 수갑 따위가 소파 위에 놓여 있었다. 추리소설가라는 민규의 직업상 친숙한 느낌이었다. 민규는 내부 구조보다 2층으로 시선을 모았다. 절간처럼 조용했다. 그의 관심은 오직 '소리'였다.

"월세에서 전세로 바꾸어 내놓으셨던데…."

"아, 예. 전근 갈 날짜가 임박해서요. 이 아파트 앞으로 낙동강이 흐르는데 개발될지 모른대서 팔진 않고 월세를 내놨는데 오래된 아파트라 그런지 찾는 사람이 없더라고요. 그래서 전세로 바꾼 겁니다. 좀 좁긴 해도 혼자 살기엔 딱이지요."

"보증금도 시세보다 싸게 내놓으셨데요."

"제가 부동산 갖고 장사하는 사람도 아니고 따로 목돈이 필요한 것도 아니에요. 어쩌다 보니 섭주를 좀 떠나게 되어서…."

"집 보러 많이들 오셨습니까?"

"많이 왔죠. 오후에 두 분이 더 방문하기로 되어 있고요."

"전근이라니 무슨 일 하시는지 여쭤봐도 될까요? 혹시 경찰이세요?"

"경찰 맞습니다. 말이 전근이지 징계예요. 음주운전 하다 걸려 여기 조용한 섭주 대신 대구 쪽 지구대로 가게 됐거든요."

역시! '경찰'이란 단어가 또다시 친숙한 느낌을 줬다. 히죽거리는 경찰관, 누군가에게 권총을 겨누다가 탕! 발사하는… 민규는 고개를 저었다. 내가 왜 이런 생각을….

"한번 전근 가면 다시 돌아오기는 쉽나요?"

"적어도 4, 5년은 걸리지요. 2년 살아보시고 더 거주하고 싶으면 연장하셔도 됩니다."

민규는 마음을 읽히기 싫어 101호의 시선을 피했다. 낡긴 했지만 내부를 손질한 아파트는 깔끔했다. 이 정도의 조용함이라면 평생 살고 싶을 정도였다. 하지만 우연히 발견한 긴자 표식은 불길했다.

"윗집에 사는 분은 무당입니까?"

101호의 표정에 민규가 의혹을 품을만한 파도가 일었다. 그러나 너무 짧은 순간이라 아무것도 아닌 실룩거림일 수도 있었다.

"예. 무속인 아주머니가 살아요. 근데 생각하시는 것처럼 징 치고 장구 치고 방울 딸랑거리는 일은 없어요. 그런 일은 밖에서 다 하지요. 직접 뵌 적도 있고 김치도 얻어먹은 적 있는데 아주 좋은 분이에요."

"손님들도 자주 오겠네요."

"오지요. 근데 얼마나 조용히 상담하는지 아무 소리도 들리지 않아요. 왜, 위층 소음 때문에 신경 쓰이세요?"

민규는 답하지 않았다. 혹시 이 사람도 무당 때문에 이사 가면서 아닌 척 연기하는 건 아닐까? 101호가 민규의 얼굴을 지그시 바라보았다.

"제가 직업상 사람들 얼굴을 많이 보는데요. 사장님 얼굴에 스트레스가 잔뜩 끼어 있는 게 신경이 예민한 분 같아요. 다리는 왜 그렇게 떠세요?"

민규의 몸이 경직되었다.

"아니, 뭐 제가 이상한 건 아니고요. 무속인이 위에 산다니 조금 그렇네요."

"결혼하셨어요?"

"아뇨."

"그럼 혼자 사실 아파트 구하는 거죠?"

"네."

"말씀드렸다시피 이 집은 오늘 중으로 두 분이 더 보기로 되어 있습니다. 그중 한 분은 70대 노모한테 작은 아파트를 선물하려는 새댁인데 눈독을 단단히 들여놓으셨더라고요. 지금 선택 안 하시면 다음에 오실 땐 그분과 계약이 되어있을지도 몰라요. 그리고 저는 나이 드신 할머니보단 저처럼 집을 깨끗이 써 줄 독신남을 세입자로 받고 싶고요."

민규가 101호의 시선을 피했다. 나는 노이로제에도 강박관념에도 시달리는 사람이 아니야. 날 그런 눈으로 보지 마. 이 조용한 집은 마음에 들어. 그래도 선택엔 시간이 필요해. 민규는 손톱을 물어뜯고 싶었다.

"일단 생각 좀 해보고 다시 연락드리겠습니다."

"그러세요. 하지만 결과가 어찌 될지 장담은 못 드리겠네요."

"이사는 언제 가시는데요?"

"내일요. 오늘 여기 짐 다 들어낼 겁니다. 내일이라도 바로 이사 오실 수 있단 말이죠."

민규는 시원한 아파트에서 한증막 같은 바깥으로 나왔다. 걷다가 돌아보니 2층의 卍자가 눈길을 잡아끌었다. 나치 표식과 비슷한 붉은 한자는 눈알을 아래로 몰아 민규를 내려다보는 것 같았다. 불쑥 여자 하나가 표식 뒤에 나타났다. 머리에 비녀를 꽂고 한복을 입은 여자였다. 검은 음영 때문에 얼굴은 드러나지 않았다. 깜짝 놀란 민규가 고개를 숙였다. 여자의 시선이 칼처럼 민규의 등에 꽂혔다. 그러나 뒤돌아 걸어가는 민규는 알지 못했다.

2

동신아파트를 나온 민규는 자신의 집인 〈코어힐〉로 돌아왔다. 15층 건물인 코어힐은 지은 지 3년 된 아파트로, 동신아파트보다 30년이나 젊었다. 평수가 작은 독신자용 복도식 아파트였는데 민규는 604호에 혼자 살았다.

소음이 언제부터 시작되었는지는 그도 잘 기억하지 못했다. 코어힐에 거주한 지 어느 때부터 존재를 야금야금 갉는 소음이 시작되었다. 그것은 복싱 챔피언도 잔 펀치를 계속 맞다 보면 결국 쓰러진다는 이치를 깨우쳐주는 살인적인 공격이었다. 건강미 넘치고 멀쩡하던 청년 민규가 신경쇠약에 강박증 환자가 된 것은 동서남북 소음에 끊임없이 시달리고 나서였다.

그의 집 왼쪽에 603호 오른쪽에 605호가 있었고, 위에 704호 아래에 504호가 있었다. 이들 네 가구는 민규가 집에 있을 때면 소음 공격을 가했다. 일반적인 생활 소음이 아니었다. 특정 상대를 공동의 표적으로 삼아 뼛속까지 침투시킨 뒤 사람의 내면을 손상시키는 흉기 같은 소음이었다. 네 집이 동시에 그랬다. 시달림을 참지 못한 민규가 집요하게 확인해 온 사실이었다. 그는 이 집에서 단 한 번도 깊은 잠에 빠져본 적이 없었다. 더 이상 신작 집필도 할 수 없었다.

윗집 704호는 아이들이 우글거리는 집이었다. 소파에서 바닥으로 뛰어내리고 바닥을 달리는 쿵쿵 소리가 끊이질 않았다. 무수한 아이들 소리 사이에 여자의 웃음이 끼어들었다. 도대체 애를 몇이나 낳았는지 미스터리였다. 좁은 공간을 빼곡히 장악한 아이들 모습에서 귀여움 따위는 연상할 수 없었다. 상상만으로도 지옥이었다.

아랫집 504호는 소리 지르는 일이 전부인 남자가 살았다. 그는 매일 '보기 싫은 것들 안 보고 사니 편하네!'와 '씨발, 이것도 불편한 건 똑같네!'의 고함을 반복했다. 이혼하고 혼자 사는 남자 같았는데 고압적인 음성에 시비조가 다분했다. 언제부턴가 민규는 남자가 하는 말들이 위층의 자신을 향한 건 아닌가 하는 의심을 품게 되었다. 그 남자는 민규가 외출했다가 집에 들어오면 '저 새끼 또 들어왔네!', '어린 놈의 새끼가 또라이도 아니고…', '조용히 자란 말야, 이 새끼야!' 등등 이상한 소리를 늘어놓았기 때문이다. 이웃에 폐 안 끼치고 조용히 지내왔다고 믿었기에 민규는 504호의 표적이 자신이 아니라 애써 무시했지만 날이 갈수록 불안한 의심은 불길한 확신으로 바뀌었다.

왼편 603호 거주자에게선 기침과 신음소리가 끊이질 않았는데 가끔 헛구역질과 우웩거리는 구토가 섞여 들었다. 방음 처리를 하지 않은 벽은 허술해 소리가 그대로 전달되었다. 죽기 싫다는 독백을 시도 때도 없이 내뱉는 그는 중병을 앓는 환자 같았다. 거의 집 안에서만 지내는 그 남자가 병원에 가는 모습을 본 적은 없었다. 604호와 603호는 화장실이 붙어있었는데 민규가 화장실에 들어가면 옆집 남자가 달려오는 소리가 바닥 진동을 통해 들려왔다. 이어서 물 내리는 소리와 함께 특유의 구역질이 시작되는데 마치 내가 집 안에 있으니 넌 조용히 있으라는 선전포고 같았다. 똑같은 일이 반복되자 민규는 감시당하는 기분이 들었고 옆집의 사소한 반응에도 신경증을 붙이고 살았다.

22

오른편 605호에는 젊은 여자가 살았다. 뭐가 그렇게 억울한지 억울하다는 함성과 함께 벽을 주먹으로 쳐댔다. 위층의 쿵쿵 소리와 이 집의 쿵쿵 소리가 잘 구분되지 않았지만 민규의 내면을 쿵쿵 쳐 손상시킨다는 점은 확실했다. 그녀는 받지도 않는 전화를 누군가에게 걸어 쉴 새 없이 울어댔다. 죽기 싫다고 읊조리는 603호 견우와, 억울하다고 호소하는 605호 직녀 사이에 낀 민규야말로 진짜 죽기 싫고 억울했다. 정신 건강이 안 좋은 남녀 사이에 낀 민규도 A, B 집합 사이 교집합처럼 악영향을 받게 된 것이다. 기침, 신음, 구역질, 욕설, 하소연, 흐느낌의 쉬지 않는 반복 고문은 자살 충동까지 불러일으켰다. 민규가 TV를 켜 소리를 높이거나 음악을 틀면 즉시 위아래까지 네 집이 일치단결하여 반격의 소음을 행사했다. 이들 네 가구는 문을 열고 외출하는 걸 보지 못했다. 큰마음 먹고 찾아가면 약속이나 한 듯 문을 열어주지 않고 침묵으로 일관했다. 언제부턴가 민규는 습관적으로 손가락을 물어뜯게 되었고 다리도 떨게 되었다. 불안이 신체활동을 변화시켰다.

아파트 자체도 문제였다.

전동드릴 소리가 끊이질 않았다. 무슨 리모델링 공사를 집집마다 하는지 주말도 휴일도 드릴 소리 때문에 미칠 지경이었다. 가까이서 갑자기 증폭되는 소리는 경기를 일으켰다. 소음의 전파만 봐도 알 수 있듯 코어힐은 부실시공이 심했다. 부실을 바로잡기 위해선지 드릴은 미치도록 돌았다. 같은 기계음도 매일 들으면 무시 못할 스트레스여서 위이이잉 돌아가는 드릴은 민규의 관자놀이를 파고들었다. 정신적 공황이 왔고, 정상 생활을 유지할 수 없었다. 뭔가가 단단히 잘못되었다. 일상적인 삶이 사람을 죽이는 고문으로 바뀌었다. 행복해지려고 마련한 집이 세상에서 가장 들어가기 싫은 공간이 되었다.

급기야 민규는 정신과 치료를 받게 되었다. 〈웰심신케어〉의 닥터 구영훈이 주치의였다. 구영훈은 치료에 최선을 다했지만 앞서 보았듯 민규를 경계하는 행동을 보였고, 민규 역시도 달라지지 않은 환경에서는 효험을 보지 못했다. 민규가 구영훈의 의견에 따라 결국 이사할 전셋집을 알아보게 된 건 최근에 당한 일 때문이었다.

며칠 전, 공원 벤치에서 신작 구상을 하다가 집에 돌아온 민규는 '또 들어왔다!'고 말하는 윗집 여자의 음성을 분명히 들었다. 섬뜩한 기분도 잠시, 곧바로 쥐 떼처럼 달려가는 아이들의 달음박질이 있었다. 소파에서 뛰어내리는 쿵! 쿵! 소리는 민규의 심장박동처럼 거세게 뛰었다. 민규는 문을 박차고 나가 위층으로 올라갔다. 벨을 누르고 문을 두드려도 704호는 아무 반응이 없었다.

집으로 내려오니 이번엔 아랫집 504호에서 섬뜩한 기운이 올라왔다. 민규가 TV를 켜고 볼륨을 높이자마자 "씨발! 여기가 CGV 극장이야?"라는 아래층 남자의 고함이 들려왔다. 민규는 자신을 향한 이 발언에 공포를 느끼고 천장과 바닥에서 멀어지려 뒷걸음질을 쳤다. 화장실 문에 등이 밀착하자 603호 화장실 물이 콰르르 내려가면서 '크아아악!' 하고 가래침 모으는 소리가 들려왔다.

"또라이들이다… 모두가 또라이들이야…"

민규가 내뱉자 605호 여자의 목청이 들려왔다.

"억울해! 억울해 죽겠단 말이야! 그런데 무슨 또라이야!"

모두가 민규를 의식하고 있었고 노리고 있었다. 그런 의심을 최종적으로 보증하듯 504호 남자 목소리가 차갑게 들려왔다.

"너 죽었어! 한번 만나기만 하면….."

더 이상은 참을 수 없었다. 겁에 질린 민규는 '내 집에서 집 바깥으로' 도망치려 했다. 하지만 밖에는 누군가가 부엌칼을 들고 기다릴 것 같았다. '이상해. 그리고 불안해. 누군가 조만간 나를 잡으러 올 것 같아.' 독백이 시작된 것도 이 무렵이었다.

너 죽었어! 한번 만나기만 하면…

그는 떨면서 귀를 막았다. 그러다가 손톱을 물어뜯기 시작했다. 소음이 사방으로 터지는 컴컴한 집 안에서 벽에 기대어 무너졌다. 통증이 맥박에 맞춰 욱씬거렸다. 거울에 비친 모습은 10년은 늙어버린 신경증 환자였다. 자기가 대체 뭘 잘못했는지 궁금했다. 없는 죄도 상상 속에서 만들어졌고 자기가 죄인이라는 자학마저 들었다. 아무리 문을 조용히 닫고 소리를 내지 않고 살금살금 걸어도 소용없었다. 이런 미스터리한 고문이 매일매일 지속되었다. 민규만 집에 들어오면 네 가구의 이유 없는 고문이 시작되었고, 그와 더불어 불에 몸이 타버리는 〈재림〉의 악몽도 지속되었던 것이다.

3

동신아파트 집 구경을 마친 민규는 시내를 걸었다. 걸음은 저절로 느려졌고 귀가 시간이 늦어지길 바라고 있었다. 오가는 사람들 시선이 앞을 향했는데 민규와 같은 고통을 겪는 이는 하나도 없었다. 돌아보지 않는 그들은 각자의 사정에 바빴고 민규를 알아보지도 못했다.

'시골은 시골이다. 어째 섭주 사람들은 고향이 낳은 작가도 알아보지 못할까? 하긴 내 개인적인 고충도 정신과 의사 빼곤 아무도 모르지.'

군 소재지답게 대부분의 행인은 나이 든 사람들이었다. 그러나 젊은 사람이 많은 대로에 와서도 민규를 알아보는 이는 없었다. 그러자 홀로 맹신한 작가적 인기만큼이나 층간소음도 홀로 과장되게 받아들인 환상의 공포는 아닐까 하는 생각이 들었다. 그 생각을 부정하려고 민규는 손톱을 물어뜯었다.

'아냐. 미친 건 내가 아니라 동서남북 또라이들이야.'

군청을 지나 농협을 거쳐 우체국을 통과하니 익숙한 〈섭주서림〉이 나왔다. 섭주에서 가장 큰 서점. 대도시 서점의 한 구획보다도 작은 서점. 민규는 안으로 들어갔다. 장르 소설 분류는 일관적이질 않았고 민규의 저서는 한 권도 없었다. 고향 섭주에의 실망이 배로 커졌다.

민규는 직업적으로 추리소설을 쓰는 작가였다.

그것도 꽤 잘나가는.

문예창작과를 졸업한 그가 어느 날 소설가라는 불안한 일을 생업으로 추진해 본 건 믿을만한 발판이 생겨서였다. 스스로도 믿지 못할 로또복권 1등 당첨이 그 발판이었는데, 20억이 넘는 돈이 통장에 들어오면서 그는 꿈을 실현하기로 결심했다. 투기, 사치와 거리가 먼 스물여섯 살 청년 민규는 몇 달간 칩거 생활에 들어가 거창한 야망의 첫 결과물로《메부잣집 탐정》이란 추리소설을 내놓았다.

사는 데 부족함이 없는 부잣집 아들이 은둔 생활을 접고 햇볕으로 나와 사람들을 사귀게 되면서 동네 유기견 행불 사건부터 강남의 고위층 납치사건까지 해결한다는 내용이었다. 매 에피소드마다 떼부잣집 탐정은 피해자의 손해를 구제하고 범인을 교화시키는 인정 미담으로 라스트를 장식했는데 급기야 AI까지 굴복, 교화시키는 충격적인 대단원으로 예상도 못 한 대박을 쳤다. 다양한 계층 사람에게 다양한 카타르시스를 제공한 《떼부잣집 탐정》은 출간과 동시에 영화로 만들어졌고 영화가 소설보다 열 배는 더 유명해졌다. 잘 달리는 차에 엔진 첨가제까지 얻은 민규는 3편까지 시리즈를 내놓았고 그럭저럭 먹고살만한 수입을 얻었다. 미래는 빛나 보였다. 차기작도 잘 풀릴 거란 예상에 집중하기 좋은 자그마한 신축 아파트까지 마련했다. 하지만 그 〈코어힐〉이 부실시공의 인간 지옥임을 안 순간 모든 꿈이 망가지게 되었던 것이다….

민규는 서점 안 사람들을 둘러보았다. 모두가 손에 쥔 책에 시선을 둘 뿐 아무도 그를 바라보지 않았다. 어떤 여자의 뒷모습이 눈길을 끌었다. 머리에 꽂은 커다란 나비 머리핀이 익숙했던 것이다. 그는 그 여자와 여자가 보는 책이 궁금해 앞으로 한 걸음 나아갔다. 책의 그림과 내용이 눈에 들어왔다.

> 무당은 신과 교통하여 신의 의사를 인간에게 전하고 또 인간의 의사나 소망을 신에게 고하는 영통한 존재이다.[*]

---

[*] 글·사진 김태곤(1991), 빛깔있는 책들 112 「한국의 무속」, 대원사.

동신아파트 2층집의 목격 때문인지 내용이 낯설지 않았다. 여자가 페이지를 추르륵 넘기다가 어느 한 지점에서 멈췄다. 또 다른 문장 하나가 눈길을 사로잡았다.

굿을 하는 집주인이 부정해서 화를 입었다든지, 부정한 몸으로 성역에 들어갔다가 급사하였다든지, 제를 잘못 지내서 산이 덧난다든지 하는 것은 바로 신의 벌을 가리키는 것이다. 신에 대한 이와 같은 공포감은 신성의 극치를 전제로 하여 일어날 수 있는 종교적 공포의 극한 현상이라 볼 수 있다.**

여자가 다시 몇 페이지를 넘기자 무서운 삽화가 등장했다. 손오공의 긴고아 같은 테를 이마에 두르고 양손에는 불이 활활 타오르는 고리를 든 붉은 신이었다.

화덕벼락장군님: 무신은 일상생활과 밀접한 관계에 있는 물, 불, 땅 등의 자연물 계통의 무신이 가장 많이 봉안된다. 서울 지역에서 화(火)신으로 모시고 있는 무신도이다.***

여자가 뒤돌아보았다. 모르는 얼굴이었는데 왜 익숙한 인상을 받았는지 의아했다. 자신보다 열 살 정도 많았고 표정이 슬펐으나 좀 무섭게 생긴 여자였다. 여자의 오른쪽 눈 밑에 북두칠성이라 불러도 손색없을 일곱 개의 점이 박혀 있었다. 민규는 이유도 모르면

** 글·사진 김태곤(1991), 빛깔있는 책들 112 『한국의 무속』, 대원사.
*** 글·사진 김태곤(1991), 빛깔있는 책들 112 『한국의 무속』, 대원사.

서 여자에게 '작두도 밟고 칭칭쾡쾡 굿도 할 거야?'라고 말을 걸 뻔했다. 그녀는 무속인인 것 같았다. 눈이 마주칠까 봐 민규는 얼른 고개를 돌렸다. 그러자 출입구에 서 있던 어떤 사람이 대신 시야에 잡혔다. 그 남자는 누군가의 시선으로부터 몸을 숨기듯 엉거주춤한 자세로 근처의 2층 건물을 올려다보고 있었다. 기분이 이상했다. 바쁜 일이 있어 동신아파트에 못 온다던 〈섭주 부동산〉의 공인중개사 성휘작이었던 것이다. 민규가 걸어갔다.

"저기, 집 보러 못 오신다더니 여기서 뵙네요."

성휘작은 등 뒤에서 누가 말을 걸어오자 크게 놀란 눈치였다.

"아, 사장님! 죄송해요. 급한 일이 있어서… 집은 잘 보고 오셨어요?"

"예. 보고 왔습니다."

"어땠던가요?"

"마음에 들긴 한데 2층에 무당이 살고 있던데요."

"맞아요, 천지선녀. 유명한 무속인이에요."

성휘작이 아무렇지도 않은 어조로 말했다. 여전히 시선은 높은 곳을 향한 채로.

"어떻게 유명하단 말이죠?"

"딴 건 몰라도 퇴마 쪽으로 아주 영험한 여자로 소문났어요. 집이 오래되어도 깔끔하죠?"

성휘작은 땀이 흐르는 얼굴을 민규 쪽으로 돌리지도 않았다. 민규는 이 사람도 나처럼 남들은 모를 신경증을 앓는 사람인지 모른다는 추리소설가다운 판단을 내렸다.

"집은 맘에 들었습니다. 하지만 2층에서 굿이라도 자주 할까 봐 신경 쓰여요."

"굿이요? 그런 건 산에서나 하지 아파트에선 안 해요."

"보증하세요?"

"보증합니다."

"그럼 절 좀 보고 얘기하세요. 대체 어딜 그렇게 보시는 거죠?"

성휘작이 한숨을 내쉬고 민규를 바라보았다. 고통과 분노가 뒤섞인 얼굴에 민규는 흠칫 놀랐다. 어떻게든 거래를 성사시키려는 전문 직업인의 표정은 없었다. 민규처럼 특별한 고통에 억압당해 세상사에 신경 쓸 여유가 부족한 얼굴이었다. 성휘작의 손가락이 서점 옆 상가건물을 가리켰다.

"사장님, 유명한 추리소설가시죠?"

"유명하진 않은데… 그걸 어떻게 아셨어요?"

"부동산 일 하는 사람들 한가할 땐 소설 많이 봅니다. 특히 무협지와 추리소설요. 저《떼부잣집 탐정》시리즈 사인본까지 다 소장하고 있는 사람이에요."

휴대폰을 꺼낸 그는 사진첩을 뒤져 어떤 화면을 보여주었다. 민규가 쓴 소설들의 첫 장을 찍은 사진이 나왔다. 독자에게 감사를 표하는 사인은 민규의 필적이 틀림없었다. 서점 안에서도 나를 알아본 사람이 없는데 서점 바깥에서 누가 나를 알아보는구나. 나비 머리핀을 한 여자가 그들 사이를 지나갔다. 무의식중에 또 그 말을 던질 뻔했다.

'작두도 밟고 칭칭쾡쾡 굿도 할 거야?'

성휘작이 호칭을 바꿨다.

"제가 작가님 팬입니다. 그래서 원하는 집 구하는 데도 최선을 다한 거죠."

"그랬었군요… 어쩐지 처음 만났을 때 제가 민망할 정도로 빤히 쳐다보시길래…."

"광팬이라서 그랬습니다. 저 이상한 사람 아닙니다. 그런데 이제 이렇게 명탐정 작가님과 독자가 서로 정체를 공개해서 말인데… 저 좀 도와주실 수 있나요?"

"동신아파트 계약하자고요?"

"그게 아니라 저기 2층 〈안다레 베니레〉 까페, 창가에 여자 보이세요?"

민규가 고개를 돌렸다. 상가건물 2층의 커다란 간판 Andare Venire 아래 반쯤 열린 창문 하나에 웨이브가 인상적인 긴 갈색 머리칼이 보였다.

"뒷모습 밖에 안 보이는 데다가 햇빛도 너무 강한데요."

"집사람입니다."

"아, 그러세요?"

"지금 다른 남자를 만나고 있어요."

"농담이시죠?"

"농담 아닌데요?"

"왜 저한테 그런 얘길 하시는 거죠?"

"작가님이 저길 좀 들어가 주셨으면 해요."

"제가 저길 왜요?"

"확인을 좀 해주세요. 저를 위해."

"하하, 저… 이런 일은 예상도 못 했는데… 곤란합니다."

"부탁입니다, 작가님."

"죄송하지만 저는 이런 일엔 관심이 없습니다."

"믿고 읽는 추리작가님이라 개인적인 부탁을 드리는 거예요. 제가 의처증 환자처럼 보이세요?"

"그런 말은 한 적 없습니다."

성휘작은 절박한 얼굴이 되었다.

"제가 올라가면 집사람이 바로 알아볼 거예요. 소문이 나니 흥신소 사람을 쓸 수도 없어요. 그러지 마시고 집필하는 데 도움 될 실습이라고 생각해 보세요. 복비도 깎아 드릴게요. 작가님한텐 아예 안 받을 수도 있어요. 참, 만약 이사하신다면 사시던 코어힐은 어떡하실 건데요? 제 실력이면 전세든 월세든 바로 구해드릴 수도 있어요! 그것도 공짜로요!"

"아… 죄송합니다… 마음 정해지면 바로 연락드리겠습니다."

"저를 도와주신단 말인가요?"

"동신아파트 계약이요."

성휘작의 눈이 알 수 없는 열기로 불을 뿜었다. 민규는 인사하고 급히 자리를 떴다. 10여 미터를 걸어가다 돌아보니 성휘작은 그 자리에서 그대로 까페를 올려다보고 있었다. 2층 창가에 웨이브가 인상적인 갈색 머리가 아직도 흔들거렸다. 여자가 어깨를 들썩이며 웃는 것 같았다.

민규는 흥분했지만 손가락을 물어뜯진 않았다. 그는 성휘작에게 이런 일엔 관심이 없다고 이상하게 답을 해버렸다. 사실은 매우 관심이 있다는 진심을 숨긴 발언이었다. 추리소설가인 그에게 호기심과 리얼리티를 동시에 주는 이런 상황은 일생에 몇 번 올까 말까 한 기회였다. 신작을 쓰지 못해 우울했던 나날이 벌써 몇 달째다.

온몸을 내리누르던 몸살이 약간 덜어졌다.

"안 돼, 현실과 소설은 구분해야 해. 위험한 일엔 끼어들면 안 된다."

그는 생각에 잠기며 집으로 걸어갔다. 불안이 점점 사라지고 있었다.

'왜 그 제안이 절실히 와닿는 걸까? 내 직업 때문에?'

민규는 오늘 하루 경찰관을 만났고 아내를 감시하는 남자를 만났다. 그 설정은 추리소설의 구성요소를 넘어, 보다 근본적인 존재감으로 민규에게 와닿는 그 무엇이었다. 하지만 민규는 그 본질을 결코 알지 못했다. 나비 머리핀을 한 여자에게 '작두도 밟고 칭칭 쾅쾅 굿도 할 거야?'라는 말을 왜 저절로 던질뻔했는지 모르는 것처럼.

"냉정해지자. 누가 알아? 아내란 건 거짓말이고 혹시 저 사람이 누굴 스토킹하는 건지?"

민규가 이상에서 현실로 눈을 돌리자 어느새 근처까지 온 코어힐도 시야에 들어왔다. 몸살 같은 근육통이 다시 시작되었다. 상상의 통증을 들먹이던 닥터 구의 말은 사실이었다. 어서 들어오라고 버티고 선 다세대 건물 앞에서 그는 어느새 손가락을 물어뜯고 있었다. 그를 '기다리고 있을' 이웃들이 무서웠다.

'정말 이상해. 그리고 불안해. 누군가 조만간 나를 잡으러 올 것 같단 말야.'

4

엘리베이터에서 내린 민규는 자신의 집 604호 앞에 다다랐다. 문을 약간 들어 올려 미세한 끼익 소리조차 나지 않게 닫았다. 집 안은 침묵에 싸여 있었다. 손톱을 물어뜯던 민규는 가방 끈을 어깨에 비스듬히 걸친 채 냉장고를 열었다. 그때 벽을 통해 드릴 소리가 폭발하듯 전해져왔다.

위이이잉!

놀라 팔을 쳐들자 가방이 식탁에 부딪쳤다. 휴대폰이 바닥에 떨어져 탕 소리를 냈다. 그러자 아래층 남자의 익숙한 고함이 올라왔다.

"너 죽었어! 한번 만나기만 하면…."

내가 표적이 아닐 거라는 자조는 소용없었다. 익숙한 그 음성은 자신을 겨냥한 협박이 틀림없었다. 민규의 이성에 금이 갈 때 천장에서도 악마들이 잔치를 벌였다. 마라톤 주자들의 발소리가 소나기처럼 민규의 심장을 강타했다. 귀를 막자 심장이 아이들 발소리보다 더 쿵쾅거렸다. 다리에 힘이 풀리고 손이 떨렸다.

"이게 지옥이지 사람 사는 집이냐?"

"우웨에에엑!"

민규의 독백에 맞춰 603호가 구역질로 응수한 후 이어서 화장실 물을 내렸다. 항상 그랬듯 집에 없는 척하다가 느닷없는 고음으로 사람을 놀래키는 놈이다. 민규도 반사적으로 603호 쪽 벽으로 발길질을 해댔다. 603호는 잠시 조용해졌지만 지대공 미사일은 이제 남쪽에서 날아왔다.

"뭐야 씨발? 쿵쿵 소리가! 어떤 놈이 벽을 차?"

북쪽 지방은 한꺼번에 소파에서 뛰어내리는 공대지 미사일 타격을 과시했다. 아이들의 까르르 웃는 소리가 쿵쿵 소리에 뒤섞였다. 불에 온몸이 타버리는 〈재림〉의 악몽이 바로 이것이었다. 상상의 불길이 눈에 보이자 민규는 이성을 상실했다.

"내가 저것들을 안 죽이고 살아온 게 용하지!"

쿵! 쿵! 쿵!

"휘발유라도 부어줘?"

그는 광기에 휩싸였다.

"니들을 죽이고 싶다! 다 죽이고 싶어! 하지만 전과자가 될 생각은 없어! 억울해!"

605호 여자의 소프라노 톤 음성이 즉각 반응했다.

"억울해! 억울해! 싫어! 너무 싫어!"

여자가 울면서 악을 써댔다. 너무 싫다는 말 앞에는 아마도 '604호 니가'가 생략되어 있으리라. 어디선가 전동드릴이 위이이잉거리며 태평스럽게 돌아간 후, 악의에 찬 최후의 한마디가 민규의 귀를 뚫고 들어왔다.

"너 죽었어! 한번 만나기만 하면….".

광기에 휩싸인 민규는 절망적으로 혼잣말을 했다.

"경찰은 안 부르마! 내가 추리소설 작가라서 안다! 너희들은 경찰이 오면 하던 짓을 멈출 거고 경찰은 오히려 나를 이상한 놈으로 바라보겠지! 좋은 게 좋은 거라고 달래기만 할 거고, 난 피해 사실을 결코 입증 못 할 거야! 그들이 돌아가고 나면 니들의 소음 보복은 다시 시작되겠지. 오냐, 니들을 죽이기 전에 내가 먼저 이사 간다! 하지만 명심해라! 도망도 아니고 회피도 아냐! 니들을 위한 배려란 걸 반드시 명심해! 그러니 모두들 내게 감사하는 게 좋을 거다! 이 저주받을 것들아!"

한쪽에선 쏴아아 변기 물이 내려가고, 한쪽에선 악을 쓰며 울고, 아래쪽에선 이렇게 사는 게 좆같다고 고함을 지르고, 위쪽에선 우르르 뛰어가는 소리로 지옥의 열린음악회 4중주가 생방송으로 펼쳐졌다.

드릴 소리 낭자한 복도를 달려 바깥으로 벗어난 민규는 코어힐과 멀리 떨어진 곳에서 동신아파트 101호 남자에게 전화 걸었다. 새댁이 집 보러 왔냐고 묻자 아직 안 왔다는 답이 돌아왔다. 당장 계약하자고 말하자 101호는 잘하신 결정이라며 부동산에 연락하겠다고 했다.

"악마들 소굴보다야 무당이 낫겠지. 여기 있다간 누군가를 죽여버릴지도 모르니까."

민규가 부동산 사무실로 달려가니 101호 경찰관은 먼저 와 있었다. 계약서를 준비한 성휘작은 태도를 바꿔 이것저것 트집을 잡았다. 내 말을 잘 들어야 계약도 성사될 수 있다는 우위의 자세였다. 목적이 있을 게 뻔했다. 그는 전월세 계약이 아닌 '바람난 부인

감시 작전'의 계약서를 준비하는 사람처럼 고통스런 눈길로 민규에게 도움을 호소했다. 민규가 작전에 응하는 조건으로 동서남북 소음러들을 죽여달라고 하면 충분히 그렇게 해줄 것 같았다.

계약서가 작성되었다. 101호 경찰관의 이름은 추용수였다.

"그 집 정말 조용하고 좋은 집입니다. 마음에 쏙 드실 걸요. 2층 무녀 아주머니는 아무 걱정 말고 친하게 지내세요. 이 섭주에서 아주 능력을 떨치시는 분이니까."

계약 후 추용수가 돌아가자, 성휘작은 친절한 음성으로 민규에게 살던 집도 전월세를 놓아 재테크를 하라고 했다. 복비 안 받을 테니 대신 자기를 좀 도와달라고 했다. 민규는 자꾸 그런 소리 말라며 거절했다. 하지만 호기심은 점점 커지고 있었다. '근본적 존재감으로 와닿는' 그 일을 생각할수록 통증도 사라지고 스트레스도 잊을 수 있었다. 현실적 생활인보다 이상적 추리작가는 분명 한 사람을 이끌어나가는 의지였다.

"작가님은 이번 일로 신작 아이디어를 얻을 수도 있어요. 얼마든지 활용하세요. 실명만 안 쓰면 되니까."

"소설 쓰는 거 중에 가장 아마추어스럽고 저열한 방식이 뭔 줄 알아요? 실제의 누군가를 표적으로 삼아 글자 몇 개만 바꿔 인신공격하고 더러운 감정풀이를 하는 거죠. 그걸 지적해도 아니라고 잡아떼면 그만이거든요. 중요한 건요, 사람들이 그런 글을 못 알아볼 것 같다고 생각하세요? 작가가 대강 쓴 어떤 글도 그게 다 생명력을 얻어요. 작가가 죽은 다음에도 살아남아 관 뚜껑 위에 책임과 무책임 글자를 새긴다니까요."

"작가님이 제 마누라한테 인신공격할 일은 없잖아요? 그냥 저

도와주시고 아이디어나 얻어가라 그 말이죠."

"그래도 이건 아닙니다."

민규가 부동산 사무실을 나섰다. 추용수처럼 성휘작도 민규와 악수를 나누지 않았다. 하지만 성휘작의 눈빛도 추용수처럼 만족스러움을 띠고 있었다.

'목적을 달성했다고 생각한 걸까? 내가 그 일을 수락했다고 넘겨짚은 걸까?'

민규는 은연중 내보인 흥분을 후회했다. 정말 성휘작의 제안을 받아들여 신작 아이디어를 얻고 싶었으니까.

제 2 장

죽도록
귀신에게
시달리기

7월 4일, 5일

이틀 후, 민규는 이사했다. 악마 같은 이웃들 근처에는 1초라도 있기 싫었다. 민규의 만류에도 추용수는 도배와 장판을 새로 해주고 갔다. 민규는 집주인의 친절이 세입자에 대한 배려가 아니라 말 못한 비밀이 폭로될 때를 대비한 뇌물은 아닐까 의심했다. 그 비밀이란 당연 '위층 사람의 실체'겠지. 민규는 쓴웃음을 지었다.

"추리소설가는 늘 남을 관찰하고 의심해. 그래서 친구도 없는 거야. 이제 그만하자."

민규는 추용수에게 '너 죽었어! 한번 만나기만 하면…' 하고 소리치는 협박자를 처벌할 방법이 없냐고 물으려다가 그만두었다. 협박자가 504호임을 입증할 길이 없었다.

성휘작은 전월세 관련 문자를 하루 세 번씩 보내왔다. 예상과 달리 부인을 감시해달라는 내용은 없었다. 민규는 월세를 놓고 싶었다. 미친 인간들 때문에 내 집에서 쫓겨났다는 억울함을 재테크의 소득이 해소해주길 바랐다. 그러나 층간소음 지뢰밭인 자기 집을 아무것도 모르는 제삼자에게 던지기 한다는 게 마음 편하지만은 않았다. 성휘작이 조르지 않으니 이번에는 민규 쪽에서 성휘작의 아내가 궁금했다.

웨이브가 인상적인 파마머리 여자.

이사 온 첫날, 짐을 다 못 푼 상태에서도 민규는 새 인생이 만족스러웠다. 상자를 옮기고 가구를 나를 때 일어나는 소리에 반응하는 이웃은 아무도 없었다. 요란스럽게 쉬다 일하길 반복해도 아무도 그를 보고 뭐라 하지 않았다. 하지만 이사 와서도 몸은 여전히 아팠다. 조금만 일을 해도 숨이 가빴고 열이 올랐다. '이상해. 그리고 불안해. 누군가 조만간 나를 잡으러 올 것 같아'의 기분은 강박관념처럼 마음 한구석에 남았다.

"오늘은 여기까지. 나머지는 내일 하자."

샤워를 하고 집을 나온 그는 〈웰심신케어〉의 의사 구영훈을 찾아갔다. 민규의 들뜬 맘을 아는지 모르는지 선글라스를 쓴 구영훈의 대답은 진료 때처럼 한 템포가 늦었다.

"그것 보세요. 환경만 바꿔도 정신과에 오지 않아도 되는 경우가 허다하다니까요."

민규는 아직도 의사가 자신을 경계한다고 느꼈다. 나는 정신병자가 아니야. 선글라스 쓰고 진료하는 당신이야말로 정신병자일지 몰라. 그래도 민규는 간만에 활짝 지은 미소를 의사에게 보일 수 있었다. 소음이 사라졌으니까. 간호사실의 키보드 소리는 민규가 찾아낸 평화를 경축하는 박수 같았다. 몇 년간 코어힐로 돌아갈 일이 없는 기쁨을 이해할 사람은 〈웰심신케어〉 의료 종사자 말고는 아무도 없을 것이었다.

다시 동신아파트로 돌아온 민규는 피곤에 지쳐 잠들었다가 코어힐에서처럼 습관적으로 눈을 떴다. 11시 59분. 1분만 지나면 7월 5일로, 벌써 이사 온 지 이틀째가 된다. 소음은 없었고 평온한 정적만이 온 사방에 가득했다. 꿈도 꾸지 않았다.

'아무 악몽도 없는 단잠이었어. 〈재림〉의 불타는 꿈을 이 집에선 꾸지 않았어.'

새집에서의 희망이, 새 인생에의 열망이, 새 작품에의 갈망이 한 줄기 빛이 되어 민규에게 쏟아졌다. 내일은 《떼부잣집 탐정》의 4편 플롯 구상에 본격적으로 들어간다… 진짜 전성기를 한번 만들어보는 거다….

눈을 감고 미소 짓던 민규가 번쩍 눈을 떴다. 천장 쪽에서 여자의 음성이 자그맣게 들려왔다.

"아이고, 오셨구나… 그분이 오셨어… 드디어 그분이 오셨구나아…."

〈통악산 신령보살 천지선녀〉

그녀의 음성일까? 누가 왔다는 소리일까? 설마 나는 아니겠지?
민규가 다시 잠에 빠지기까진 시간이 걸렸다. 충간소음과는 다른 알 수 없는 불안이 밀려왔다.

7월 6일, 7월 7일

1

5일과 6일은 나머지 이삿짐을 푸는 데 시간을 보냈다. 어제처럼 책상이 부딪치고, 가전제품이 쿵쿵거려도 누구 하나 딴지를 걸지 않았다. 슬그머니 와서 지켜보는 노인도 없었다. 책장을 설치하고 도서를 배열해 마지막 정리를 끝낸 민규는 가을 수확을 마친 농부처럼 집 안을 둘러보았다. 꽉 막혔던 가슴속 뭔가가 뻥 뚫린 기분이다.

"이제 내 에너지는 창조적 직관으로만 몰릴 거야. 창조를 막는 소음이 아니라. 이 아파트에서 반드시 《떼부잣집 탐정》 시리즈를 10편까지 완성해 베스트셀러로 만들 거야. 단, 오늘이 아닌 내일부터."

몸에 묻은 먼지를 밖에서 털면서 민규는 주변을 둘러보았다. 무더운 날씨였다. 하늘은 푸르렀고 단 한 명을 제외하고는 사람이 보이지 않았다. 노인이 아닌 민규 또래의 젊은 아가씨였다. 캔맥주를 옆에 둔 채 정자에서 책을 읽는 그녀는 독서보다 차라리 벨리댄스가 어울릴 정도로 건강미가 넘쳐 보였다. 민규는 큰 활자 때문에 제목이 보이는 책이 헨리 제임스의 《나사의 회전》임을 알았다. 귀신을 봤다고 주장하는 가정교사가 주인공인 소설. 귀신이 실재의 존재인지 정신병에 걸린 가정교사의 환상인지 정답이 없는 소설.

여자가 민규의 시선을 의식했는지 책에서 눈을 뗐다. 민규가 얼른 고개를 돌리자 2층의 〈천지선녀〉 간판이 시야에 포착되었다. 열린 문 너머로 '안동역에서' 노래가 들려오는 그곳은 여느 가정집처럼 평범했다. 슬쩍 뒤돌아보니 정자 위의 여자가 자신을 향해 미소 짓고 있었다. 그새 《나사의 회전》은 바닥에 놓였다. 얼른 고개를 돌린 민규는 도로 집으로 들어갔다.

정리가 잘된 내부를 보자니 술을 마시고 싶다는 충동이 솟구쳤다. 거부할 수 없는 욕구여서 그는 삼겹살과 소주를 꺼내 혼자 파티를 벌였다. 시원하게 먹고 마시고 냄새를 풍겨도 반응하는 소음은 없었다. 드릴이 돌아가는 소리도 없었다. 마시다 슬쩍 바깥을 보니 그사이 집에 들어갔는지 정자 위의 여자는 보이지 않았다.

'처음 본 이웃인데 말이라도 걸어볼 걸 그랬나?'

소주 한 병을 생각했던 민규는 어느덧 세 병을 마셨다. 세상이 빙글빙글 돌고 기분이 고양되었다. 말할 상대가 없음에도 노랫가락처럼 사설이 나왔다.

"술이 술을 마신다고, 내가 술을 마시는지 술이 나를 마시는지 이것부터 푸는 게 추리소설가의 임무지."

어디선가 "아이구머니나!" 하는 소리가 들려왔다. 이어서 컵이 깨지는 소리도 들려왔다. 하지만 감각이 마비된 민규는 코어힐에서처럼 예민하게 반응하지 않았다.

"노인들이 사는 아파트가 동신이잖아… 그러니까 헛손질로 식기도 깨고 비명도 아이구머니나지. 인간미가 넘치는 소리야. 헤헤헤… 코어힐 꼴통들은 여기 없어… 술이 술을 마신다고, 내가 술을 마시는지…."

졸음이 몰려왔다. 픽 쓰러진 그는 환청인지 진짜 소리인지 모를 '오셨다, 그분이 정말 오셨다, 오셨어…'를 듣다가 깊은 잠에 빠져들었다. 그가 알지 못하는 사이 시간이 흘렀고 어느새 밤이 찾아왔다.

2

민규가 눈을 떴다. 팔을 뻗어 마우스를 건드리자 노트북에 빛이 들어왔다. 윈도우 시계가 새벽 두 시를 가리켰다. 견우와 직녀가 만난다는 7월 7일이었다. 파일에 써놓았던 '새집. 새 소설. 뉴 떼부잣집 탐정? 휴머니즘?'이란 글자도 빛을 발했다. 소음은 없었다. 몸이 불타버리는 '재림'의 악몽도 없었다. 그럼에도 뭔가 이상했다. 처음 겪는 괴상한 감각이 온몸으로 밀려들었다.

그는 천천히 눈알을 굴려 불 꺼진 집 안을 보았다.

어둠만이 내려앉은 실내에 늦가을 같은 냉기가 엄습했다. 누운 자리 주변에 소주병이 굴러다녔고 리모컨도 휴대폰도 멀리 떨어져 있었다. 지난 습관처럼 잠결에 걷어찬 건지도 몰랐다. 익숙한 감정이 몰려왔으나 소리가 사라진 현실은 이상한 불안을 불러왔다. 차라리 소리가 있어야만 이 알 수 없는 감정이 가실 것 같았다. 누군가 소리를 숨긴 채 그를 관찰한다는 생각이 들었다.

'이상해. 그리고 불안해. 누군가 조만간 나를 잡으러 올 것 같아'

민규의 눈동자가 위로 돌아갔다. 침묵을 깨고 소리가 들려왔다. 위층에서 뭔가가 사부작사부작거렸다. 찍찍거리며 벽을 파는 소리, 차르르 흙이 쏟아지는 소리였다.

'아파트에 쥐가?'

소리가 멎었다. 등골을 오싹하게 하는 하악거림이 있었다. 고양이가 위협을 가할 때 내는 소리. 민규의 눈이 천장에 못 박혔다. 형광등이 미세하게 흔들거리더니 점점 떨림이 격렬해졌다. 뭔가가 달려갔고 또 다른 뭔가가 뒤를 쫓아 달렸다.

파파파파파팍! 우당탕! 쾅그랑! 키야아아옹! 찌이익!

기왓장 떨어지는 소리와 함께 다른 뭔가도 땅에 떨어졌다. 다시 침묵이 남았다. 민규는 꼼짝도 못 한 채 고양이가 쥐를 잡은 상황을 머릿속으로 그렸다. 아파트가 아닌 기와집에서나 들을 수 있을 소리였다. 어떻게 이런 일이 가능한지 의문이었다. 그러나 생각할 겨를도 없었다. 길게 이어지는 휘이이 휘파람 소리와 방울을 내려 놓는 딸랑 소리가 민규의 귀를 새롭게 자극했기 때문이다. 첨단 문명과 배치되는 원시적인 음향은 민규를 그대로 얼어붙게 했다.

천장에 가로막힌 여자의 음성이 띄엄띄엄 들려왔다.

"천신신장 오방장군… 일월성신 삼불제석… 지극정성 명산선생… 청배하고 청배하니… 터주에 신령… 집주에 신선… 이씨 아

46

무개라 김씨 아무개라··· 터 안 좋아 그늘지고 기 안 좋아 시끄러우
니··· 사방에서 화살들이··· 죽어죽어 죽어죽어··· 빨리빨리 죽어라
아···."

그 여자의 음성 같았다. 천지선녀. 민규의 지식에 의하면 무녀
는 '귀신을 부리는 여자'였다. 코어힐 아파트에서 한 번도 느껴보
지 못했던 낯선 공포가 엄습했다. 방금 무녀가 흥얼거린 주문은 자
신을 향한 저주일지도 몰랐다. 천장에서 찌이익 소리와 함께 허연
풀이 흘러내렸다. 갓 붙인 도배지가 너덜거렸다.

"죽어죽어 죽어죽어··· 빨리빨리 죽어라아···."

추용수는 좋은 분이라며 천지선녀를 칭찬했다. 그게 거짓말이
라면?

추용수의 성급한 이사 이유가 다른 것이었다면?

흥얼거리는 주문이 다시 들려왔다. 벽지의 너덜거림이 심해졌
다. 찌익 하고 푸른색 벽지 귀퉁이가 활짝 펼쳐지면서 아래로 휘어
졌다. 그러자 뻥 뚫린 위층이 드러났다. 검은 한복에 은비녀를 꽂
은 무녀가 아파트 바닥에 입을 바짝 댄 채 엎드려 있었다. 번쩍거
리는 눈이 민규의 뜬 눈과 마주치자 깜짝 놀란 그녀는 주문을 중단
했다. 가위에 눌려 움직일 수 없는 민규의 눈과 천장의 구멍 사이
로 내려다보는 무녀의 눈이 정확히 서로를 응시했다. 무녀 곁에는
검은 가방이 있었는데 뭐가 들어있는지 꿈틀거렸다. 무녀의 얼굴
은 시체처럼 하얗고 입술은 앵두처럼 새빨갰다. 그녀의 뒤로 칼 쥔
포도대장과 허연 머리 신령을 묘사한 벽화가 가득했다. 무녀가 바
가지로 어떤 액체를 한 모금 마시고 가방을 향해 푸 뿜었다. 가방
의 꿈틀거림이 격렬해졌다. 무녀가 가방에 손을 넣어 U자형으로

몸을 굽힌 거대한 구렁이를 꺼내들었다. 밧줄을 내리듯 손을 바꾸면서 아래로 내리자 혀를 슈숫거리는 검은 구렁이가 민규의 얼굴과 가까워졌다. 일 센티씩, 또 일 센티씩 아래로 내려올수록 민규의 눈알은 팽창했다.

"아하하하하!"

무녀가 손을 놓았다. 추락한 구렁이가 U자형의 육중한 무게로 민규의 얼굴을 내리눌렀다. 축축하고 미끌거리는 감촉이 얼굴을 덮었다. 눈앞에서 징그러운 무늬가 반복적으로 움직거렸다. 움직임은 느렸지만 구렁이의 목적은 확고했다. U자가 3자 형태로 변하면서 민규의 목을 조르기 시작했다.

"죽어죽어… 빨리빨리 죽어라아…."

"아악!"

악몽이 끝났다. 민규가 눈을 뜬 방은 어둠에 싸여 있었다. 뱀도 무녀도 없었다. 벽지도 천장도 멀쩡했고 위층에선 아무 소리도 들려오지 않았다. 하지만 리모컨과 소주병은 멀리 떨어져 있었다. 꿈과 현실이 그를 사이에 두고 줄다리기를 한 느낌이다. 겁이 난 민규는 전등이란 전등은 다 켰다. 일어나니 팔다리가 저렸고 가슴이 뭔가에 눌린 것처럼 숨이 찼다. 코어힐에서처럼 육체의 통증이 재발되었다. 그것도 급성으로.

불의 악몽에서 간신히 해방되었을 뿐 통증은 그를 떠난 게 아니었다. 어디부터가 꿈이고 어디부터가 현실인지 공황 상태의 그는 알지 못했다. 몸을 찌르는 통증만이 그가 체감할 수 있는 유일한 현실이었다. 공포에 질린 민규의 눈동자가 불안스럽게 천장에 박혔다.

48

3

커튼조차 뚫도록 따가운 햇살이 눈을 찔렀다. 간신히 잠들었던 민규는 휴대폰 소리에 깼다. 섭주 부동산의 성휘작이었다.

"무슨 일이세요? 이 시간에?"

"어제 왜 그리 전화를 안 받으셨지요?"

"제가요?"

"예. 엊저녁에 다섯 번이나 걸었어요."

술 취해 곯아떨어질 때였구나. 민규의 눈동자가 천장을 향했다. 뚫린 구멍이 없었고 벽지도 그대로였다. 작은 기침 소리조차 들려오지 않았다. 그래, 분명 꿈이었어.

"피곤해서 일찍 잠들었나 봐요. 무슨 일이라도?"

"월세 구하려는 사람이 나타났어요. 그냥 빈집으로 두실 겁니까?"

"벌써요?"

"내가 얼마나 뛰어다니는지 작가님은 1도 몰라요. 어쩔까요? 내일 집 구경할 시간이 된다는데 보여드릴까요, 그냥 거절할까요? 설마 집 비워두고 관리비만 계속 낼 생각은 아니겠죠?"

"어떤 분인데요?"

"독신 직장인이랍니다."

민규는 양심의 가책을 느꼈다. 생판 모르는 사람이 거기 들어갔다가 악마들에게 층간소음 피해를 보면 어떡하지? 성휘작이 재촉했다.

"그러지 말고 내일 함께 가 보시는 건 어때요?"

"싫어요! 제가 거길 왜 갑니까?"

민규가 저도 모르게 언성을 높였다. 자기 집에 들어간다는데 뜻밖의 반응을 보인 사람에게 부동산업자는 한동안 답이 없었다. 잠시 후 성휘작이 관찰이 섞인 음성으로 물었다.

"아니, 살던 집에 가시지 못할 무슨 문제라도 있습니까?"

"제가 좀… 바빠서요."

"신삭 집필에 들어가셨나 봐요?"

"맞아요."

민규의 건성인 답에도 성휘작은 신나게 반응했다.

"신간 나오면 무조건 제게 사인본 하나 주셔야 합니다. 그럼 저 혼자라도 그분 데리고 가서 보고 올까요? 지난번에 월세 40만 원 얘기하셨는데 보증금 300에 월세 50까지 받아낼 자신 있습니다."

"좋습니다. 사장님이 알아봐 주세요."

유리한 판결을 이끌어낸 변호인처럼 성휘작의 목소리가 은근해졌다.

"저 아무한테나 이렇게 적극적이질 않습니다."

"예?"

"지난번에 말씀드린 거 있잖습니까? 저의 집사람."

"그건… 다 끝난 얘기 아닙니까?"

"이런 현장 소재를 놓칠 거예요? 내가 그토록 두 발로 뛰었는데… 절대 작가님께는 누를 끼치지 않을게요."

악마는 닫힌 문을 열고 싶어 한다. 아니, 〈출입금지〉 팻말이 쓰인 문 옆에서 들어가도 된다고 종용하는 자가 악마이다. 사람이 넘어가는 건 악마가 자물쇠를 보여주다가 은연중 방향을 틀어 열쇠 구멍까지 보여주기 때문이다. 성휘작의 음성이 열쇠 뭉치처럼 짤

랑거렸다.

"네, 작가님? 좋은 소설에 좋은 취재의 기회 아닙니까?"

"흥신소 알아보시면 안 돼요?"

"그런 양아치들한텐 내 개인사를 왜 알립니까? 작가님은 공인이니까 제가 믿을 수가 있단 말이에요."

"제가 공인이라고요?"

"그럼요! 공인이죠! 저한테는 존경하는 공인이죠. 《떼부잣집 탐정》을 쓰셨잖아요! 제가 정말 좋아하는 분이라 영광일 정도라고요."

"말씀은 감사하지만 복잡한 일에 연루되기 싫어요."

"복잡하지 않습니다. 모든 책임은 제가 집니다. 좋은 세입자도 다리 놔드리고, 누누이 말씀드리지만 이 상황을 소설 아이디어로 활용하세요. 물론 저의 본명은 밝히지 않는 조건으로요."

민규는 꺼진 텔레비전 화면에 비친 제2의 자아를 바라보고 있었다. 남의 비밀을 알고 싶어 창문을 열려고 하는 또 다른 자아. 비밀의 창으로 훔쳐본 진실을 독자에게 전달하는 게 바로 소설가이며, 독자는 그런 사생활의 침해에 동조하는 지지자들이다. 그러한 관음증적인 시선은 물론 실제 이야기가 아닌 상상의 이야기니까 가능한 것이다. 작가가 누군가의 사생활을 그대로 써낸다면 문제는 달라진다. 그 무책임한 글쓰기의 위험은 피해자의 인격, 나아가 생명과 연관된 문제로 커질 수도 있다. 그러나 민규가 제안을 받은 지금은 상황이 달랐다. 당사자가 실제 소재를 적극 허락한 드문 상황이었다. 악마의 유혹 앞에서 민규는 육신의 통증을 잊어버렸다.

"어제 이 집에 와서 악몽을 꿨어요."

"악몽요?"

"예. 위층 무당이 벽을 뚫고 뱀을 내려보내 내 목을 칭칭 감은 꿈이죠."

"와, 그거 대박이네요! 소름이 다 돋네! 그 장면도 신작에 활용하시면 어때요?"

"난 공포소설은 안 써요. 혹시 이 집에서 위층 집과 관련해 이상한 일이 일어나거나 한 적은 없었나요?"

"그건 모르지요. 저야 그 경찰이 내놓은 집을 작가님께 소개한 것뿐이니까요."

민규가 일어서다가 어지럼중에 비틀거렸다. 몸살 같은 근육통이 밀물처럼 돌아왔다. 재림의 악몽, 무녀의 악몽. 다 스트레스 때문에 기운이 허해서 이럴 거야. 보약 좀 지어먹어야겠어. 그래서 소설에 집중해야 해. 소설에 집중하면 모든 통증도 잊을 수 있어.

"사모님 따라가서 뭘 하면 되는 건데요?"

"아! 해주실 건가요? 그저 얼굴만 확인하면 됩니다! 이따가 점심 때 만날 수 있겠습니까?"

"좋습니다. 대신 내일 집 보러 올 사람과는 확실하게 해주세요. 바쁜 시간 쪼개서 사장님 따라가는 거니까요."

"아아무우 걱정 마세요! 제가 책임지고 작가님 집은 계약 성사시키겠습니다."

들뜬 성휘작은 이것저것 떠들다가 전화를 끊었다. 민규의 자기합리화는 그사이 더 강화되었다. 혼자서 심각하게 느꼈을지도 모를 충간소음의 강도를 제삼자가 확인해줄 수도 있을 것이란 합리화. 나도 속아서 동신아파트에 들어왔는지 모르는데 나라고 왜 남을 못 속이겠어?

"만약 내가 당한 소음이 세입자한텐 참고 견딜만한 거라면 문제는 내게 있어. 그땐 아예 단독주택을 구해서 살아야지."

방이 엉망이었다. 갓난아기가 휘젓다 간 것처럼 베개, 술병, 그릇, 리모컨 따위가 파편처럼 널려 있었다. 커튼을 젖히자 방 안이 환해졌다. 무녀가 등장했던 악몽이 빠르게 사라졌다. 흩어진 가재도구를 정리한 민규는 바깥으로 나갔다.

세상은 여명의 어슴푸레함 속에서 아침을 준비했다. 간신히 재운 말썽꾸러기 같은 폭염이 다시 눈 뜰까 봐 조심하듯 민규는 조용히 움직였다. 일찍 일어난 새들이 전입을 축하한다는 환영의 지저귐을 보내주었다. 아파트 아래로 흐르는 하천이 졸졸 소리를 냈다. 어제의 튼튼한 아가씨가 또 나와 있었는데, 정자 위에서 여전히 《나사의 회전》을 보고 있었다. 작은 주차장에는 그녀를 제외하고 아무도 없었다. 페이지도 얼마 안 되는 그 책을 그리 오래도 보냐고 묻고 싶었다.

고개 돌린 그는 2층을 올려다보았다. '천지선녀' 글귀는 변함없었고 만(卍) 자도 그를 내려다보았다. 꿈이 기억나자 무서움도 근육통도 두 배로 살아났다.

'난 이사 와서 평온을 찾은 거야. 무당집 아래라는 생각에 꽂히니까 그런 꿈도 꾼 거야. 정신 차리고 남들처럼 살자.'

강 건너 고급 아파트 단지 쪽으로 기지개를 켜던 민규는 이상한 감각에 뒤쪽으로 고개를 홱 돌렸다. 101호와 102호로 들어가는 통로 입구에 누군가 서 있었다. 민규는 벌어진 입을 다물지 못했다.

갑옷을 입은 장군이 서 있었기 때문이다.

그는 사극을 찍다가 촬영지를 이탈한 배우를 연상시켰다. 붉은색, 황토색, 푸른색이 고루 섞인 갑옷을 입고 있었는데 머리에는 투구 대신 황색의 의관을 썼다. 전쟁터보다 작전회의에 어울리는 장군이었다. 우리나라 갑옷과 차림이 달라 보였는데, 삼국지 같은 중국영화에서 본 갑옷과 비슷했다. 자세히 보니 붉은 전포 위에 황금색 계통의 부분 갑옷을 여기저기 착용해 색깔이 일관적이질 않았다. 휘날림의 위용과 밀착의 강건함이 고루 갖춰져 있었다. 바람에 나부끼는 소매 끝은 뱀을 연상시켰고 발목은 표범 가죽 보호대로 단단히 감싸여 있었다. 허리춤의 장칼도 짧게 기른 수염도 위풍당당했다. 긴 삼지창을 한 손에 쥐었는데 창끝 아래의 장식은 용의 머리였다.

비현실적으로 넓적한 얼굴, 과장되게 부리부리한 눈은 지금 시대를 사는 사람 같지 않았다. 나이가 많은 사람조차 이런 얼굴을 가진 이는 없었다. 고전적이란 설명으로는 충분하지 않았다. 까마득한 과거의 인물로 국사 교과서에서 그대로 빠져나왔다 해도 손색없을 생김새를 갖고 있었다.

'외국인인가? 또라이가 다른 동도 아닌 우리 동에 살고 있는 건가?'

장군이 쳐다보았다. 현기증에 민규가 비틀거렸다. 세상이 회전하는 짧은 혼란이 지나간 후 고개를 드니 장군 차림의 남자는 사라지고 없었다. 대신 2층 발코니에 무녀가 서 있었다. 이른 시각임에도 그녀는 녹색 한복 저고리를 곱게 차려입고 머리를 뒤로 묶었다.

얼굴은 잘 보이지 않았다. 그 집에 사는 무녀가 맞다 해도 꿈에서처럼 악독스럽진 않았고 중전마마 역을 맡은 사극 배우처럼 이미지가 고왔다. 여자는 등을 돌려 발코니 문을 쾅 소리가 나도록 닫았다. 남은 것은 卍자와 천지선녀의 붉은 글자뿐이었다.

"괜찮으세요?"

정자 위의 여자가 민규 옆에 와 있었다. 민규가 급히 물었다.

"방금 저 남자 뭐죠? 상태 안 좋은 사람이에요?"

"누굴 말하는 거죠?"

"갑옷 입은 남자요. 저기 101동 통로로 들어갔잖아요?"

"갑옷 입은 남자요?"

여자는 눈을 커다랗게 뜨더니 민규를 똑바로 바라보았다. 독서보다는 피지컬 관리가 더 어울릴 인상이었다.

"네. 알록달록한 갑옷에 창을 쥐고 있었어요. 용의 머리가 붙어 있는 무척 이상한 창이었어요. 수염도 길렀는데 분장 같지가 않아요. 너무 리얼했거든요."

"아뇨… 전 아무도 못 봤는데요."

"책 보시는 거 같던데 곁눈질로도 못 봤나요? 그렇게나 현란한 칼라의 갑옷이라면…."

"못 봤어요."

여자가 민규를 더욱 빤히 바라보았다. 건강미가 넘치는 여자는 웃음에도 에너지가 넘쳤다.

"저기… 작가분이시죠? 《떼부잣집 탐정》 시리즈 쓰신 김민규 작가님."

"저를 아세요?"

"작가님 섭주 사신다는 얘긴 들었어요. 설마 여기 사시는 건 아니겠죠?"

"이 아파트 사는 거 맞아요."

"어머나!"

여자가 진심과 과장을 구분하기 어려운 제스처를 보였다.

"여기서 뵙다뇨! 저한테 레슨 좀 해주세요. 사실 저 작가 지망생이거든요. 그것도 공포소설이요!"

여자가 《나사의 회전》 표지를 들어 보였다.

"그리고 방금 그 아이디어는 제가 가져가도 되죠? 이걸 보다가 작가님 말씀 들으니 아이디어가 막 솟아요. 무당의 집이 2층에 있는데 그곳으로 장군 차림 남자가 올라간다! 그것만으로도 오만 가지 상상이 들어요. 어떤 사람은 그 귀신을 보지만 어떤 사람은 그 귀신을 보지 못한다! 괜찮죠? 정말 유명 작가 상상력은 우리랑 다르군요. 대답해주세요. 그 아이디어 제가 써도 되죠?"

"제가 궁금한 거 답만 해주신다면 맘대로 갖고 가 쓰셔도 좋습니다. 여기 사신 지 오래됐나요?"

"예. 한 4년 되죠."

"저 통로에서 장군 차림 남자 보신 적 없어요?"

"그런 사람은 한 번도 본 적 없어요. 저한테 말 걸려고 농담하신 거 아니었나요?"

"농담 아니에요. 정말 갑옷 입은 장군이 서 있었어요. 저기."

민규가 가리킨 손가락을 따라 여자의 눈이 통로에서 2층으로 옮겨갔다.

"그럼 혹시 저 천지선녀 집에서 나온 장군이 아닐까요?"

"그럴 수도 있겠네요."

"아주 흥미로운 소재예요."

"제가 이사 온 지 얼마 안 돼서 그러는데 저 천지선녀라는 분 어떤 사람인지 혹시 아세요?"

"유명한 분이란 소문은 들었어요. 특히 귀신 쫓아내는 쪽으로요."

"퇴마 말이죠?"

"네. 저도 들은 얘긴데 저분의 돌아가신 스승님이 우리나라에서 아주 유명한 무당이랬어요."

여자가 《나사의 회전》 표지를 보이며 민규에게 간청했다.

"다음에 또 그 장군 보면 꼭 제게 알려주세요. 아마도 작가님이 저한테 장난치시는 거겠지만 그 정도로도 큰 소재를 얻었거든요."

"장난이 아니라니까요."

"공포 쪽이라면 다 좋아요. 참, 전 장무람이에요. 단편소설 하나가 유일한 경력이지만요. 잠깐만요, 전화가 오네요."

휴대폰이 울어댔다. 등을 돌려받았지만 민규는 발신자 이름인 '어르신'을 똑똑히 보았다. 장무람의 어조가 은밀해지고 순종적으로 변했다. 돈도 많고 나이도 많은 어르신이 단편만 하나 썼다는 그녀의 애인일 거라는 상상이 들었다. 하지만 지금 문제는 그게 아니었다. 갑옷을 입고 돌아다니는 또라이가 근처에 산다는 게 코어힐에서만큼 불안했던 것이다. 그는 서둘러 101호와 102호가 마주 보는 통로로 들어갔다. 장무람이 하고 싶은 얘기가 더 있는지 민규에게 '잠깐만요' 하고 팔을 뻗었다. 민규는 무시하고 걸어갔다. 자신이 본 게 헛것이 아님을 확인하고 싶었다.

민규는 출입구 우편함에서 잠시 머뭇거리다가 2층 문이 쾅 닫히는 소리를 들었다.

'역시 무당 집에서 나온 모양이다.'

2층으로 올라가 볼까 말까 잠시 고민했다. 하지 말라고 하면 더 하고 싶어하는 변덕이 그 순간 그를 사로잡았다. 그는 언제나 추리 소설가임을 자부했고 생활 속에서도 스스로를 탐정이라 여겨온 사람이었다. 과연 몸살 같은 통증이 또 한 번 덜어졌다. 모든 통증은 구영훈의 진단처럼 분명 상상통이리라.

그가 막 2층 쪽으로 몸을 틀자 201호 대문이 눈에 들어왔다. 그곳에도 卍자가 붙어있고 그 아래로 여덟 팔자 형태의 깨끗한 흔적이 있었다. 좌우로 붙인 부적을 떼어낸 것 같은 흔적이었다. 대문 앞에서 익숙한 물건을 발견했다. 노랑나비 머리핀이 떨어져 있었던 것이다. 얼굴에 일곱 개의 점이 있는 여자가 떠올랐다. 민규의 입술이 또다시 본능적인 대사를 읊어댔다.

'작두도 밟고 칭칭쾡쾡 굿도 할 거야?'

그 여자 무당일까? 그 여자가 이 집에 살고 있는 걸까? 아니, 그 여자가 설마 천지선녀는 아닐까? 그때 집 안에서 성난 고양이 같은 고함이 들려왔다.

"네년이 나설 일이 아냐!"

짝! 하는 소리가 나고 흐느끼는 소리가 들려왔다. 어떤 여자가 다른 여자를 때리는 모양이었다.

"그래도 네가 날 못 믿어? 내가 사기꾼처럼 널 속여 돈 뺏고 몸 뺏는 줄 알아? 나 천지선녀야! 천지선녀! 사람들한테 내 이름 물어봐! 너한텐 남들한테 없는 능력이 따로 있잖아! 내가 그걸 알아봤잖아! 명심해! 내가 시키는 대로 하지 않았다간 천지신명의 노여움으로 피눈물 보게 될 거란 사실을."

　엿듣는 사람처럼 보일까 봐 민규는 그 자리에 우뚝 멈춰섰다. 소리 내지 않고 다시 계단을 내려가야 했다. 바로 그때 머리 위를 떠도는 묘한 감각이 느껴졌다. 3층 계단 꼭대기에서 상반신을 쑥 내민 채 장군이 민규를 내려다보고 있었다. 또라이는 201호 천지 선녀 집으로 들어간 게 아니었다. 위태로운 각도에서도 의관은 벗겨지지 않았고 눈알은 튀어나올 듯 민규를 빤히 바라보았다. 그러자 팔다리가 휘어지고 꺾여지는 엄청난 통증이 몰려들었다. 세상이 빙글빙글 돌며 눈앞이 컴컴해졌다. 암흑 속에서 민규는 고려청자 같은 거대한 도자기를 보았다. 도자기 겉에는 봉황과 소나무, 그리고 희미한 문자가 세로로 새겨져 있었다. 문자를 확인하려 하자 도자기가 꿈틀거리며 요동을 쳐댔다. 뚜껑이 덜그럭거리면서 피가 넘쳐흘렀다. 요동은 다급한 경련이 되었고 도자기 여기저기에 금이 갔다. 균열 사이로도 피가 배어 나왔다. 유리가 박살나는 꽹음과 함께 피에 젖은 용의 머리가 뚜껑을 깨고 치솟았다. 장군이 쥔 창이었다. 이어서 장군의 팔이 솟아올랐다. 피에 흠뻑 젖은 얼굴은 맨 마지막에 올라왔다. 승전(勝戰)의 기백이 넘쳐흐르는 부리부리한 눈이 이쪽을 향할 때 민규는 현실의 소리를 들었다. 뒤쪽에서 누가 달려오는 소리를.

　"왜 그래요? 괜찮아요?"

　"장군… 저 장군…."

　장무람의 목소리가 귀에 들어오지 않았다. 민규가 쓰러지자 장군도 도자기도 사라졌다. 희미한 형상들만이 빙글빙글 돌았다. 문이 열리는 소리도 났다. 걸어다니는 형상들이 민규를 쳐다보면서 지나갔다. 노랑나비 머리핀도 보인 것 같았다. 정신을 잃기 직전, 민규는 억센 팔이 자신을 번쩍 안아 드는 것을 어렴풋이 느꼈다.

4

눈을 뜬 민규는 가재도구를 보고 자기 집 거실에 있음을 알았다. 활짝 열린 대문 앞에서 조심스런 표정의 장무람이 민규와 거리를 두고 앉아있었다. 마치 민규가 성범죄라도 저지를 목적으로 기절 쇼를 벌였다 생각하는 것처럼.

"괜찮으세요?"

"내가 왜 여기 누워있죠?"

"쓰러져 정신을 잃었어요. 무슨 병이 있나요? 어, 그냥 누워 계세요."

일어나는 데도 보통 이상의 힘이 들었다. 이전까지 진행된 전신 근육통이 갑옷 입고 돌아다니는 남자를 본 후 더 악화되었다. 몽둥이로 집단 린치를 당한 것처럼 온몸이 쑤셨다. 머리가 어지럽고 입에선 단내가 났다.

"장군은 어딜 갔나요?"

"그런 사람 없다니까요."

"아니에요. 그자가 이 동에 살아요. 3층에서 날 째려봤거든요. 그 눈을 잊을 수가 없어요. 보기만 했는데 마치 눈에서 총알이 발사된 거 같아요. 사람을 쓰러트리고도 남을 기운이에요."

"제가 왔을 땐 아무도 없었어요."

"아가씨가 나를 여기 데려왔나요?"

"예."

"번쩍 안아서?"

장무람은 대답 없이 민규를 바라보다가 책가방을 들어 반바지 아래로 훤히 드러난 다리를 가렸다. 이 움직임 때문에 가방에서 《나사의 회전》과 '오늘의 아이디어'라고 쓰인 노트가 툭 떨어졌다. 장무람이 책과 노트를 가방에 집어넣으며 말했다.

"혹시라도 이상한 생각은 안 가지는 게 좋아요."

"이상한 생각 들 정도의 건강 상태가 아니에요. 누군가 나를 옮긴 거 같아서 물었어요."

"내가 번쩍 들어 옮긴 거 맞아요. 새털처럼 가볍데요."

"내가 얼마나 오래 이렇게 있었죠?"

"두 시간이요."

"두 시간! 죄송한데 제 휴대폰 좀 가져다 주실래요?"

장무람은 눈을 치켜뜨며 가방을 단단히 움켜잡았다. 민규는 '알았어요'라고 말한 뒤 텔레비전 앞까지 기어가 휴대폰을 잡았다. 예상대로 성휘작의 문자가 여러 개나 찍혀 있었다. 몸이 너무 안 좋아서 그러니 다른 날 만나면 안 되겠냐고 문자를 보내자마자 전화가 걸려왔다.

─ 수낭면 토지 매매도 석하리 부동산 매매도 오늘 일 때문에 다 미뤘는데 이제 와서 이러는 법이 어디 있어요! 작가님 믿고 모든 돈벌이를 포기했는데 그러깁니까! 왜 전화는 안 받아요!

민규는 지금까지와는 다른 성휘작의 음성에서 그가 심각한 의처중 환자임을 예감했다. 민규는 장군 목격담을 생략하고 기립성 저혈압으로 기절한 상황을 얘기했으나 흥분한 성휘작에겐 먹히지 않았다.

의처증.

경찰관 추용수의 직업적 물건에서 느꼈던 익숙함처럼, 의처증 환자 같은 성휘작의 모습도 민규에겐 익숙했다. 남자가 여자를 의심하고 거기서 범죄가 일어나고 경찰이 개입한다… 하지만 그걸로는 충분치 않았다. 거기에는 그보다 더 익숙한 감정이 있었다. 존재마저 뒤흔들 감정.

'내가 예전에 사귀던 여자를 스토킹하거나 괴롭히거나 했었나? 그런 적이 없었던 것 같은데?'

통증이 조금 덜어졌다. 추리작가의 본능이 진통제로 작용하자 민규는 장무람에게 인사했다.

"사례는 다음에 할게요. 제가 지금 급히 어딜 가야 하거든요. 초면인데 정말 감사해요. 오늘 일은 절대 잊지 않겠습니다."

장무람은 자기를 보내줘서 다행이라는 인상이었다. 그러나 중요한 질문은 잊지 않았다.

"그 장군 말인데요… 정말 농담 아니죠?"

"내가 기절한 건 그 사람 때문이었어요."

"그게 사실이라면 정말 흥미로운 소재인데요?"

"난 환각을 본 게 아니에요. 분명 정신 이상한 또라이일 거예요."

"또라이가 아니고 혹시 귀신은 아닐까요?"

그녀의 눈이 흥미로 반짝였다.

"정말 여기 귀신이 사는 걸까요? 김 작가님 윗집에 무녀가 사는 이 101동에?"

"사람 무섭게 그러지 마세요."

"무섭긴요. 어디 사람 죽이는 게 귀신인 줄 알아요? 능력을 주는 게 귀신이지."

그녀가 천장을 올려다보았다. 민규도 함께 올려다보았다. '오셨구나, 오셨구나' 하는 소리가 들려올 것 같았다.

띠링 하고 장무람의 휴대폰에 문자가 왔다. 내용을 확인한 그녀가 눈썹을 구겼다.

"가봐야겠어요. 저도 볼일이 있거든요."

어르신이겠지. 민규는 그녀의 어르신이 누군지 궁금했으나 감히 물을 수 없는 질문이었다. 장무람은 눈에 띄게 서두르며 민규의 집을 나섰다. 성휘작과 만날 시간을 확인한 민규는 잠시 장무람을 검색했다. 이름 없는 출판사의 인기 없는 공포 단편 모음집에 그녀의 작품이 있었다. 〈살육에 이르는 정신병〉. 사진은 없었고 프로필은 간단했다.

한국의 셜리 잭슨을 꿈꾸는 공포소설 작가

일어나 옷을 갈아입는 데도 숨이 차고 옷이 너무 무겁게 느껴졌다. 성휘작의 문자가 독촉장처럼 날아왔다.

두 사람은 〈봉평마을〉로 갔어요. 거기 일곱 정자 있는 거 아시죠? 향활정에서 기다리겠습니다. 세입자는 내일 10시에 만나기

2층에서 피리인지 휘파람인지 구분할 수 없는 소리가 들려왔다. 뭐라고 야단치는 여자 음성도 들려왔다. 누군가에게 애원하다가 울음으로 바뀌는 소리가 뒤를 이었다. 닫힌 문 너머 가스라이팅이나 그루밍 같은 비극이 벌어지고 있는지도 모른다. 피리인지 휘파람인지 소리가 끊이지 않았다. 계속 듣자니 소름이 끼쳐 민규는 서둘러 집을 나섰다.

무더운 날씨였다. 민규를 위한 그늘은 없었다. 아지랑이가 피어오르는 도로를 민규는 달렸다. 부동산 사무실이 아닌 수낭면 붕평마을이 약속 장소인지라 과속으로 차를 몰았다.

붕평마을은 섭주의 대표적인 명승고적 민속촌으로 걷는 사이 일곱 가지 감정을 체험할 수 있다는 칠정자(七亭子)로 전국 관광객들에게 알려졌다. 이웃한 안동에 빛의 하회마을이 있다면 섭주에는 그늘의 붕평마을이 있었다. 그 어두운 땅은 시대를 불문하고 과학으로 설명할 수 없는 기이한 사건들을 선보였다. 1970년대 붕평마을 최초 건립 시 장승 보행로와 칠정자의 디자인에 도움을 준 섭주 출신 화가 조창화는 뱀의 신 사파왕의 꿈을 꾸고 군수에게 정자의 배열을 귀띔했다고 한다. 이들 일곱 정자는 높은 곳에서 보면 뱀 사(巳) 자 형태를 이루도록 배치가 되었는데, 아래의 일(一) 자 끄트머리에 놓인 제선정은 특히 여러 가지 소문의 근원으로 유명했다. 이 정자를 향하던 평택 공무원 한기성이 올빼미 눈을 가진 신명(神明)의 후예에게 꼬드김 당해 목숨을 잃었다거나, 정자 아래에서 고양이 떼와 큰 구렁이가 싸우는 광경을 본 강서경이란 교사가 얌전한 성격이 돌변하고 영덕 바다 한가운데서 갈매기를 반토막 내어 죽이는 등 기행을 일삼다가 숨을 거두었다는 이야기 등이 그것이다.

다행히 민규가 도착한 향활정(響活亭)은 무서운 소문이 돌지 않는 깨끗한 정자였다. 담배를 비벼 끄며 성휘작이 다가왔다.

"내리지 말고 그냥 차에 타고 계세요."

성휘작은 불안정해 보였다. 그는 100미터쯤 떨어진 정자 〈금오정(禁汚亭)〉을 가리켰는데 정자 옆에는 기와집처럼 생긴 건물이 있었다.

"금오정 옆 건물이 고문서 박물관인데요. 지금 내 아내는 그자와 함께 있어요."

"들키면 어쩌죠?"

"걱정 마요. 평일에도 관광객이 많고 보기엔 저래도 안이 넓어요… 괜찮습니까? 정말 안 좋아 보이는데요?"

민규는 이마에 손을 대고서야 비 오듯 흐르는 땀을 깨달았다.

"에어컨 때문에 냉방병에 걸린 거 같아요."

"기절… 했다면서요?"

민규는 대꾸하지 않았다.

"괜찮으세요? 하실 수 있겠어요?"

"여기까지 왔는데 어떻게 포기합니까?"

"고맙습니다. 역시 셜록 왓슨이십니다. 일은 쉬워요. 사람들 틈에 섞여 옛날 문화재 감상하는 척하다가 알아오기만 하면 되는 겁니다."

"상대방 남자 말이죠? 이름을 알아오는 건가요? 아니면 사진을 찍어야 하나요?"

"아, 사진 같은 건 필요 없어요. 누군지 아니까요. 작가님이 확인할 건 제 아내 얼굴입니다."

"예?"

민규가 어리둥절한 표정을 지었다.

"내 아내는 웃음을 잃은 지 10년 되었어요. 그 남자를 만나고 행복하게 웃고 있는지 아닌지 표정만 관찰해주세요. 그것도 가까이서요."

성휘작이 휴대폰으로 사진 하나를 보여주었다. 웨이브 파마머리가 인상적인 여성이 나왔다. 웃지 않는 얼굴이었고 별 특색이 없었다. 나이가 꽤 들어보였는데 머리칼만은 젊은 여성처럼 풍성했다. 가발을 쓴 것 같기도 했다.

성휘작은 다른 사진도 보여주었다. 새치가 많이 섞인 투블럭컷 헤어스타일에 뿔테와 금속이 반반씩 섞인 하금테 안경을 쓴 중년 남자였다. 낯선 기시감 같은 것이 전신을 습격해 와 민규의 몸살을 두 배로 가중시켰다.

이 둘을 어디서 봤더라?

"아내는 이 사람에게 빠져 있어요. 나는 쳐본 적도 없는 골프를 이 사람하고는 일주일에 두 번씩 치고 다녀요."

성휘작의 빠른 말투에 민규는 고개를 들었다.

"다른 건 필요없어요. 아내의 표정만 확인해주시면 돼요. 그것도 가까이서."

두 사람의 얼굴과 더불어 이 상황의 기시감이 여전히 풀리지 않았다. 한 번쯤 들어본 이야기일 수도 있었으나, 언제 어디서였는지 기억나지 않았다. 아마 드라마의 한 장면일 수도 있으리라. 민규는 침침해진 눈을 닦았다. 머리가 아프고 어지럼증이 심해졌다. 사실 그가 할 일은 경우에 따라 법적 책임이 따를 수도 있는 심각한 문제였다.

"정말 괜찮아요?"

성휘작이 물었다. 자기 일을 망치지 않을까 하는 걱정. 그는 서두르고 있었고 민규도 그걸 알고 있었다. 민규는 대답 없이 〈금오정〉 쪽으로 걸음을 옮겼다. 아지랑이가 박물관 입구를 일그러뜨렸다. 박물관 안에 들어서자 무더위가 가시고 시원한 느낌이 찾아왔다. 예상과 다른 내부 모습에 민규는 고개를 갸웃거렸다. 커다란 카운터 데스크가 중앙에 있었고 그 위에 칸막이 창들이 구획 지어져 있고, 그 아래엔 의자들이 있었다. 의자가 너무 많았다. 민규가 들어선 박물관 입구 옆에도 긴 의자가 있고 데스크에 어울리는 작은 의자들도 여기저기 널렸다. 명승고적 박물관이 아니라 관공서 민원실 같은 분위기였는데, 책상 위에 무전기가 있었고 벽에는 곤봉조차 걸려 있었다.

꼭 파출소 같군… 예리한 기시감이 또다시 엄습했다.

'하긴 여기도 관공서나 다름없는 곳이고 술 취한 진상들도 돌아다니겠지.'

민규가 커튼으로 상단을 가린 문서 진열장으로 들어섰다. 왼편으로 길게 이어진 유리관 아래 한자가 가득한 옛 시대의 문서들이 놓여 있었다. 관리로 임명되었음을 알리는 어느 문중의 사령장을 지나치며 민규는 긴 복도를 따라 걸었다. 드디어 그 남자가 등장했다. 키가 큰 남자의 뒷모습이 서서히 가까워졌는데 투블럭컷 헤어스타일이었다. 그와 동행한 여자의 옆모습은 이제 막 오른쪽 커브 길로 사라지는 중이었다. 인상적인 갈색 웨이브 헤어스타일, 그녀가 틀림없었다. 커브 길 맞은편으로 10미터 앞에 화장실이 있음을 알리는 표지가 있었다. 관광객이 서너 명 있었으나 민규에게 관심을 보이지 않았다. 민규는 고문서를 보는 척하며 투블럭컷의 뒤로 접근했다. 여자가 들어간 커브 길이 두 발자국 앞이었다. 오른쪽으로 커브를 틀어 화장실로 가는 척하며 여자의 표정을 확인하면 그걸로 끝이었다. 누군가의 사생활을 침해한다는 생각에 몹시 긴장되었다. 사실 확인할 필요도 없이 거짓말을 하면 그만이었다. 그러나 그러고 싶지 않았다.

오른쪽에서 아지랑이 같은 시야의 왜곡과 함께 불길한 기운이 닥쳐왔다.

투블럭컷은 여름임에도 코트를 입고 있었다. 휴대폰 벨이 울리자 그는 주위를 두리번거리며 품속으로 손을 집어넣었다. 그 순간 민규는 남자가 품속에서 권총을 꺼내리라고 확신했다. 왜 그런 확신이 들었는지는 몰랐다.

민규가 오른쪽으로 돌기도 전에 여자가 스스로 나타났다. 표정을 확인해야 할 순간이었다. 하지만 민규의 눈에 그녀는 보이지 않았다. 대신 빛을 배경으로 서 있는 장군이 있었다. 동신아파트에서 보았던 그 장군이었다. 투블럭컷이 다가왔지만 민규를 그대로 지나쳤다. 그는 장군 복장의 남자가 코앞에 있어도 전혀 놀라지 않는 눈치였다.

장군은 미동도 없이 민규를 바라보았다. 민규의 입에서 저절로 '장군!'이란 탄식이 새어나왔다. 그때 장군에 가려져 보이지 않는 뒤쪽에서 목소리가 들려왔다. 화가 난, 혹은 약간 당황한 여자의 목소리였다.

"차라리… 날 죽여!"

그 말이 무슨 주문처럼 민규를 덮쳤다. 투블럭컷이 여자에게 걸어갔다. 그가 손을 넣은 품속에서 권총 손잡이가 얼핏 보였다. 장군은 여전히 민규만을 노려보았다. 장군의 뒤편으로 웨이브가 뚜렷한 갈색 머리가 살랑거렸다. 장군은 그녀를 가리고 있었지만 여자는 그 사실을 모르는 것 같았다. 투블럭컷의 어깨에 하얀 페인트가 묻어있음을 확인하자 민규의 마취는 풀렸다. 그 페인트가 최근에 묻었다는 사실은 냄새로 알 수 있었다.

"차라리 날 죽이라니까!"

투블럭컷은 여자를 쳐다본 채 아무 말도 하지 않았다. 여자의 음성이 더 커졌다. 하지만 그녀의 표정은 장군에 가려 보이지 않았다.

"차라리 날 죽이라니까!"

민규는 지금의 이 상황을 어디서 보았거나 겪었다. 의처증, 권총, 그리고 101호 추용수와 만났을 때 익숙했던 경찰관의 물건들… 의심은 확신으로 굳어졌다. 데자뷔*야! 이건 데자뷔야!

민규가 뒷걸음질 쳤다. 장군의 눈알이 민규를 따라갔다. 여성의 표정은 확인할 수 없었다. 투블럭컷이 여자한테 뭐라 그랬고 여자도 거칠게 대꾸했다. 민규는 도망치기 시작했다. 두 사람은 장군을

---

* 데자뷔(deja vu): 최초의 경험임에도 불구하고 이미 본 적이 있거나 경험한 적이 있다는 이상한 느낌이나 환상.

보지 못했다. 장무람처럼.

'나는 귀신 보는 사람이 아냐! 이 세상에 귀신은 없어!'

장무람의 목소리가 메아리로 돌아오는 듯했다.

"무섭긴요. 어디 사람 죽이는 게 귀신인 줄 알아요? 능력을 주는 게 귀신이지."

쓰러질 것 같으면서도 민규는 박물관을 나와 아지랑이가 흐느적거리는 붕평마을을 달렸다. 어디가 어딘지 기억나지 않았다. 기이하게 휘어지고 표정이 왜곡된 장승들이 그를 내려다보았고 산야에 가득한 길고양이들이 그를 향해 등덜미와 꼬리를 세웠다. 몇 마리는 거대한 뱀을 물어뜯고 있었다. 그는 환각과 진실이 구분되지 않는 길을 달리고 또 달렸다. 하지만 그는 페인트를 기억했다. 그것은 일종의 단서로, 추리소설가로서의 민규의 의지였다.

간신히 주차장에 당도했다. 자신의 차와 성휘작의 차 대신 택시 한 대가 서 있었다. 그곳 주차장의 바닥 선은 새로 하얗게 칠을 한 상태였는데 택시는 '출입금지 선' 안에 세워져 있었다. 〈향활정〉이 아닌 〈금오정〉의 주차장이었고 민규는 택시 안에 박힌 운전기사 증을 바라보았다. 그때 등 뒤에서 발소리가 들리더니 성휘작의 숨죽인 고함이 터져나왔다.

"바보 같이! 우리 차는 저기 있는데 이쪽으로 오면 어떡해요? 얼른 따라와요!"

성휘작이 달렸다. 민규도 비틀거리며 뒤를 따랐다. 정신없이 달린 끝에 향활정에 닿은 성휘작은 공포에 질린 민규의 얼굴을 바라보았다.

"왜 그래요? 웬 땀을 그렇게 흘려요?"

"그 남자 택시 기사죠? 당신 부인은 택시 기사랑 바람이 난 거예요! 헤어스타일을 바꾸고 안경을 썼지만 사진을 봤어요. 이름도 봤어요! 그 이름은⋯."

"왜 시키지도 않은 짓을 해요!"

"탐정은 나예요. 당신은 의뢰인이고! 당신이 날 따라와서 저들에게 들켰을 수도 있어요! 도망쳐야 해요! 그자가 총을 갖고 있어요!"

"총을? 집사람 걸 뺏었나?"

"그게 무슨 소리죠?"

"내 아낸 경찰이에요."

민규의 몸이 떡 굳었다. 경찰⋯ 권총⋯ 차라리 날 죽여⋯ 차라리 날 죽여⋯ 데자뷔야! 이건 데자뷔야! 성휘작이 재촉하듯 물었다.

"표정은 어땠어요? 행복해하는 표정이던가요?"

"몰라요. 그분 얼굴을 못 봤어요."

"왜요?"

"장군이 나타났거든요."

"장군?"

"갑옷 입은 장군이 나타났어요. 사모님은 나를 본 것 같았지만 내가 본 건 갑옷 입은 장군이었어요. 장군이 그분을 가렸어요."

"장군이라니 무슨 헛소리예요?"

"헛소리 아니에요! 그나저나 여기 있으면 안 돼요! 총 가진 자가 내 얼굴을 봤어요. 일단 여기를 벗어나요!"

민규는 성휘작을 무시하고 자신의 차에 올라 그대로 봉평마을을 떠나버렸다. 그 광경이 처음이 아니라는 데자뷔 상황과 장군이 여기까지 자신을 따라왔다는 공포로 심장은 거세게 뛰었다. 이사 오자마자 주변에서 기이한 일이 일어나고 있었다. 무의식중에 다시 손톱을 물어뜯었지만 그 사실조차 모르고 있었다.

5

집에 돌아온 민규는 문이란 문은 다 잠갔다. 기온이 36도인데도 몸이 떨렸고 식은땀이 흘러내렸다.

그는 휴대폰을 내던지고 털썩 주저앉아 단편적인 혼잣말을 쏟아냈다.

"그 상황이 낯설지 않아. 내가 어디서 그 광경을 본 걸까?"

"미래의 광경을 예지로 본 걸까?"

"그 장군은 대체 뭘까? 그자가 왜 날 따라다니는 거지?"

2층에서 발소리가 들렸다. 예민한 민규의 귀가 레이더처럼 소리를 포착했다. 이 방 저 방 돌아다니는 발소리.

탁탁탁탁.

이어서 물이 흐르는 쏴아아 소리, 빗자루로 쓱싹쓱싹 씻어 내리는 소리가 이어졌다. 누군가 분주하게 물청소를 하는 모양이었다. 비가 오는 것처럼 발코니 창 위로 물방울이 흘러내렸다. 수도꼭지 트는 소리와 함께 가랑비는 소낙비로 변했다. 물이 창에 크게 번지며 흘러내렸다.

위에서 아래로 번져오는 빨간색에 민규가 입을 떡 벌렸다.

발코니 창으로 흘러내리는 건 물이 아닌 피였다. 물감처럼 붉은 피가 창을 온통 장악하자 조명효과로 방 안이 시뻘게졌다. 배수구로도 콸콸콸 쏟아지는 건 분명 물이 아닌 피였다. 지독한 비린내가 피어올랐다. 거대한 새 한 마리가 날개를 퍼덕이며 뛰어내렸다. 발코니 앞에 착지한 새는 아파트를 벗어나려 내달렸다. 목이 사라진 닭이란 걸 안 민규가 기겁했다. 몇 미터를 뛴 닭은 넘어져 최후의 경련을 일으켰다. 덧칠하는 것처럼 발코니 창 위로 또 피가 번졌다. 머리 없는 닭이 또 한 마리 낙하해 몇 미터를 뛰다가 쓰러졌다.

잠시 후 깨끗한 물이 흘러내리면서 발코니 창에 묻어있던 피를 지워버렸다. 수도꼭지가 잠기더니 더 이상 물이 떨어지지 않았다. 배수구의 콸콸콸 소리도 잦아들었다. 그러나 민규의 공포는 잦아들지 않았다. 집에서 닭 모가지를 잘라 피를 뿌리는 미친 무당의 모습이 지워지지 않았기 때문이다. 그 여자는 어젯밤 꿈속에서 U자형의 거대한 뱀을 뚫린 천장 사이로 내려보냈었다.

'뭐 이런 데가 다 있지!'

민규는 집주인에게 전화를 걸었다.

"감사합니다. 달서경찰서 성당파출소 경위 추용수입니다."

"저… 안녕하세요. 101호 세입자입니다."

"아, 예! 사장님. 이사 잘하셨어요? 집은 어떻던가요?"

"윗집 아줌마가 베란다 청소를 자주 하나요?"

민규는 자신의 신경증적 어조를 의식하지 못했다.

"청소요? 당연히 하겠죠."

"베란다로 물이 흘러내린 적 없었나요?"

"왜요? 누수라도 됐나요? 그런 적은 여태 없었는데…."

"아니, 그게 아니고요. 위에서 피가 흘러내렸어요."

"헉! 피요?"

"닭을 죽인 것 같아요."

"그게 무슨 말이죠?"

"목 잘린 닭이 바깥으로 날았어요! 지금도 저기서 꿈틀대요."

추용수는 잠시 말이 없다가 침착하게 대꾸했다.

"글쎄요, 왜 그랬을까요?"

"저야 모르죠. 처음 왔는데."

"저라고 알겠습니까? 그런 걸 여태 경험한 적이 없었으니까요."

"그래서 물어보는 것 아닙니까? 너무 황당해서…."

"전 그런 거 몰라요. 본 적도 들은 적도 없어요."

"정말이세요?"

"네에…."

"정말 한 번도 없었어요?"

"혹시 술 드셨습니까?"

"아뇨. 술이라뇨!"

"저도 좀 황당하네요. 사장님 말투가 야밤에 파출소 찾아와 횡설수설하는 사람하고 비슷해서…."

"뭐라고요?"

"이런 일로 하루 만에 전화까지 하시니 뭘 어쩌란 건지 모르겠어요. 어떻게 해드릴까요?"

"그게 아니라…."

"명색이 섭주에서 제일 유명한 무당인데 그 정도 일은 할 수도 있는 것 아닐까요? 다 감수하신 일 아닙니까?"

민규는 추용수의 달라진 어투에 속이 컥 막히는 심정이었다.

"조용하고 성격도 좋은 분이라면서요?"

"맞아요. 조용하고 아주 좋은 분이세요. 거기 오래 산 제가 잘 아는 일이죠."

"닭을 죽였다니까요! 제게 그런 말씀 없었잖아요!"

"당연히 없을 수밖에요. 제가 있을 땐 벌레 한 마리 죽인 적 없었으니까요. 그럼 제가 '위층 사는 분이 닭을 죽일지도 모르니 신중히 이사 결정하세요' 이런 말이라도 해야 돼요?"

"벌건 대낮에 닭 모가지를 자르고 창밖으로 날린 사람이 정상은 아니죠!"

"정말 그 아줌마가 그런 게 맞아요? 직접 보셨어요?"

"2층에서 날아왔어요."

"그러니까 그 보살 아줌마가 확실하냐고요?"

"…."

"확실치 않은 모양이네요. 근데 무작정 제게 전화해 따지시는 건가요?"

"오해하신 모양인데 제가 지금 뭘 따지자는 건 아닙니다."

"이상한 걸 자주 던지거나 내 집에 피해를 준 게 있다면 따져야겠지만 이번이 처음이라면 그냥 모른 척하세요. 설마 매일 그럴까 봐요?"

"샷시가 새빨개지도록 피가 흘러내렸는데…."

"뭐요? 그게 정말이에요? 문을 피로 다 버렸단 말이에요?"

추용수의 언성이 높아졌다. 그러나 민규가 돌아보니 발코니 창에 흐르던 피는 물에 씻겨져 흔적도 남지 않았다.

"하지만 지금은 한 방울도 없이 깨끗하네요…."

"그럼 따질 필요도 없겠네요."

"이상해요. 여기 아파트 주변에 갑옷을 입고 돌아다니는 장군도 있거든요."

"허, 참! 장군요?"

"전 이런 상황은 생각도 못 했어요. 이 집엔 아무 문제도 없을 줄 알았어요."

"저야말로 이런 상황은 생각도 못 했어요. 이사한 지 얼마나 됐다고, 제가 문제 있는 집을 그쪽에 전세 놨단 말처럼 들리잖아요?"

추용수는 이제 사장님에서 그쪽으로 명칭을 변경하고 있었다.

"좀 미안한 말이지만 제가 그쪽을 처음 봤을 때 조금 이상하단 느낌을 받았어요. 신경병 같은 거 앓는 분 같아 보였어요. 혹시 사소한 데 되게 예민한 분 아닌가요? 없는 걸 상상하는 분은 아니세요? 제가 경찰하면서 많이 봤는데 그런 게 지속되면 병원 한번 가봐야 됩니다. 오래된 아파트니까 위에서 청소 심하게 하면 물이 바깥으로 좀 떨어질 수도 있지요. 몸 보신한다고 장닭 같은 걸 몰래 집에서 도축해 먹는 사람들도 꽤 봤고요. 피가 좀 뭔 모양인데 그거 씻어내려고 청소했겠죠."

"목 잘린 닭이 베란다 앞을 뛰어다녔어요. 그리고 피가 콸콸콸… 닭 두 마리가 전부가 아닐지도 몰라요."

"미심쩍으면 경찰에 신고하세요."

추용수의 음성에 넉살까지 얹혀졌다.

"101호에 나쁜 짓하려고 그랬다는 증거가 있습니까? 누구한테 저주라도 내릴까 봐 그러세요? 아이고, 장군이라니 이거 참… 그런 사람 정말 있다면 제가 한번 보고 싶네요."

마치 그 말에 대한 답변처럼 1층 바깥에 여자가 나타났다. 2층의 그 무당 같았다. 양손에 목 잘린 닭 두 마리를 든 그녀는 민규를 노려보았다. 그 옆에는 그녀의 동생쯤 되는 나이로 보이는, 좀 더 젊은 여자가 하나 더 있었다. 겁먹은 얼굴이 닭 든 여자에게 지배당하고 있는 인상이었다. 민규는 여자의 뺨에 난 일곱 개의 점을 보았다. 노랑나비 머리핀은 사라졌지만 서점에서 본 그 여자가 틀림없었다.

'작두도 밟고 칭칭쾡쾡 굿도 할 거야?'

닭을 쥔 여자가 한 걸음 나서더니 눈을 부릅떴다. 민규는 마네킹처럼 얼어붙었다. 추용수가 '여보세요, 여보세요' 하는 사이 그녀는 홱 등을 돌려 어딘가로 걸어갔다. 민규는 소리라도 지르고 싶었다.

"지금 닭을 주워들고는 이 집을 바라보고 있어요! 그런데 갔어요!"

"바빠서 이만 끊어야겠습니다."

한숨을 쉬는 소리가 수화기 너머에서 전해져왔다.

"이미 계약을 한 마당이니 다시 물릴 수는 없습니다. 저는 그쪽 믿고 세를 놓은 거구요. 조금 불쾌하네요. 제 집 시설이나 건축 쪽에 하자가 있다면 얘긴 다르지만, 이웃이 마음에 안 드는데 저한테 원인이 있다는 식으로 말씀하시니 불쾌해요."

"무슨 소리예요? 제가 그런 말씀은 드린 적 없잖아요!"

"그쪽 같은 세입자는 처음입니다. 생긴 건 멀쩡한 양반이…."

"너무 황당한 일이라 전화한 거예요. 그렇게까지 이상하게 볼 건 없잖아요?"

"하고 싶은 얘긴 많은데 오해 생길까 봐 더 말 안 할래요. 전 이미 그쪽과 계약했습니다. 되돌릴 수 없어요. 그 집이 마음에 안 들면 다른 분한테 세 놓고 새로 이사 가시든지 알아서 하세요."

추용수는 일방적으로 전화를 끊었다. 민규는 억울함이 가슴까지 차올랐다. 2층을 찾아가 따져볼까 생각했지만 결심이 쉽지 않았다. 코어힐에서 그 고생을 하다 겨우 빠져나왔는데 여기서도 또 '타인과 상호인식의 보복관계'를 맺으란 말인가.

이상해. 그리고 불안해. 누군가 조만간 나를 잡으러 올 것 같아.

무당이 샴페인병처럼 닭을 흔들어 피를 뿌리는 광경을 떠올리자 속이 메슥거렸다. 구렁이를 밧줄처럼 내밀던 악몽도 다시 떠올랐다. 집에 있기가 싫어졌다. 그는 밖으로 나가려 했지만 총을 가진 남자도, 장군 차림 또라이도 무서웠다. 그는 관자놀이를 누르고 생각을 집중했다. 상황에 대한 의심을 하자 컨디션이 조금 나아졌다.

"추용수란 사람, 휴대폰으로 전화했는데 관등성명을 댔어. 그는 정말 대구로 간 경찰일까? 성휘작은 추리소설 팬이라면서 셜록 왓슨이라 그랬어. 그가 정말 내 팬이고 의처증 변태일까? 어떤 여자를 죽일 음모에 나를 연루시키려는 건 아닐까? 이 모든 게 어떤 데 자뷔로 내게 암시를 주는 건 아닐까? 그렇다면 누가?"

등골 서늘한 결론이 도출되었다.

"장군이?"

그는 머리를 세차게 흔들었다.

"아냐! 아냐! 아무것도 아닌 일인데 내가 강박적으로 미쳐가는 건지도 몰라."

"무섭긴요. 어디 사람 죽이는 게 귀신인 줄 알아요? 능력을 주는 게 귀신이지."

장무람의 말이 귓전을 맴돌았다. 그는 정신과 의사 구영훈에게 전화 걸었다. 의사는 전화를 받지 않았다. 약을 먹으세요, 약을 먹으세요, 상담의 오랜 기억이 최면술처럼 다가왔다. 약으로 이 모든 심적 고통에서 탈출하라는 최면술. 민규는 서랍을 열고 오래전에 끊었던, 신경을 잠재우는 약을 용량을 초월해서 삼켰다. 그리고 모든 문을 잠그고 누워버렸다.

난 미치지 않았어, 난 미치지 않았어.

내 주변에서 일어나는 일도 정상적이야.

이만한 일들은 다 겪고 살아.

난 미치지 않았어. 난 미치지 않았어.

그 데자뷔는 진짜였어.

그걸 풀어야 해. 난 추리작가니까….

전화가 걸려왔다. 성휘작의 전화였지만 팔을 들 수 없었다. 약이 효력을 발휘하자 컴컴한 세상이 무너져 내렸다. 붕 뜬 느낌과 함께 편안한 수면이 찾아왔다. 전화벨이 계속 울리다가 뚝 끊어졌다. 그러자 다른 목소리가 등장해 수면의 나락으로 떨어지는 민규의 귀를 괴롭혔다.

오셨구나 오셨어… 오셨단 말이다… 오셨어.

다른 목소리도 들려왔다. 환상인지 실제인지 분간할 수 없는 목소리.

니가 있어야 할 곳은 이곳이 아니야, 원래 살던 곳으로 돌아가….

7월 8일

1

민규는 악몽을 꾸다가 깨어났다. 〈재림〉과 관련한 악몽은 아니었다. 봉평마을의 휘어진 장승들이 그를 에워쌌다. 생명력을 얻은 장승들은 고개를 바짝 들이대 민규를 위협했다. 그중 하나가 의관을 쓴 장군의 얼굴로 바뀌었다. 민규가 깼을 때 장승들은 먹구름으로 두리뭉실 합쳐져 사라졌다. 몸이 천근만근 무거웠다. 머리가 깨질 것 같았고 팔다리가 나무토막처럼 여겨졌다. 쳐놓은 커튼 틈으로 햇살이 들어왔다. 드라큘라처럼 고개를 돌린 민규의 눈에 난장판이 보였다.

아침이 아니었다. 정오가 되어가는 11시 40분이었다.

리모컨이 멀리 던져져 있고 소파에 얹어뒀던 책도 여기저기 널브러져 있었다. 노트북도 ㅅ자 형태로 구겨진 채 바닥을 뒹굴었다. 취한 난봉꾼이 살림도구를 엉망으로 엎지른 모습이었다.

"대체 이게 무슨 일이지? 한두 번도 아니고…."

민규는 아픈 머리를 잡고 거실로 걸어갔다. 살랑거리는 커튼을 젖히자 밝은 태양 아래 피를 흠뻑 뒤집어쓰고 서 있는 사람이 있었다.

장군이었다.

이쪽을 노려보는 장군은 눈알을 뺀 모든 것이 새빨갰다. 갑옷에서도 수염에서도 칼에서도 피가 떨어졌다. 삼지창에 붙은 용머리에서도 피가 떨어졌다. 어찌 보면 그것은 코어힐의 꿈에서 본 불의 색상이기도 했다. 11시 방향, 1시 방향으로 죽 찢어진 눈과 정면으로 마주하자 민규의 몸에는 바늘로 찌르는 몸살기가 되살아났다.

"당신… 도대체 뭐야…?"

장군은 베란다 바깥에 서 있었으나 어제 목 잘린 닭이 피를 뿌렸던 지점 안으로 들어오질 못하는 것 같았다. 민규는 코어힐 아파트 504호 남자를 떠올렸다.

너 죽었어! 한번 만나기만 하면…

그 자식이 몸에 물감을 뿌리고 또라이짓으로 자신을 스토킹하는 게 아닐까? 거기서도 충분히 미친 짓을 했으니 사극 배우처럼 분장하고 희한한 짓을 해도 이상할 게 없잖아.

'감정 섞인 의심이 입증된 진실은 아니야. 증오의 감정이 커지면 진실은 왜곡돼.'

손가락을 물어뜯던 민규는 현관문을 열고 나섰다.

"이봐요! 아저씨 대체 뭡니까? 왜 남의 집 앞에 서 있어요?"

민규는 식은땀을 쏟았지만 장군은 땀 한 방울 흘리지 않았다.

"아저씨, 내가 모를 줄 알아요? 자꾸 이러면 가만 안 있습니다."

민규가 휴대폰으로 112 누르는 시늉을 하고 폰카로 찍는 시늉도 했다. 장군은 재수 없는 눈길로 민규를 계속 바라보았다. 용머리의 둥그런 눈알도 민규를 향했다.

"경찰에 신고한다고요!"

민규가 소리쳤다. 장군의 시선이 천천히 민규의 머리 위 무녀가 사는 2층을 향했다. 그곳에서 한 줄기 기운이 뻗어나오는 듯했다. 그러자 장군은 몸을 돌려 하천이 있는 돌계단 아래로 내려갔다. 서서히 붉은 갑옷이 멀어져갔다.

숨을 몰아쉬던 민규는 등 뒤로 다가오는 그림자를 보고 돌아보았다. 《나사의 회전》 페이지 가운데 책갈피처럼 손가락을 넣은 장무람이 다가왔다.

"누구한테 소리 지르는 거예요?"

"아, 장 작가님! 저 사람… 저 장군이요!"

"어제의 그 장군인가요?"

민규는 그녀도 인정하길 원했지만 기대는 채워지지 않았다.

"어디 장군이 있어요?"

"저기요! 저길 내려가잖아요!"

"제 눈엔 아무도 안 보이는데요?"

"저게 안 보인다고요? 저 갑옷 입은 장군이?"

"아무도 없어요."

"그럼 내가 귀신을 본단 말이에요?"

공포에 사로잡힌 얼굴이었지만 장무람은 본업에 더 충실해 보였다.

"이건 완벽한 공포소설 소재예요⋯."

"소설이 아니에요!"

"제겐 소설이에요. 작가님이 제게 선물을 주시는 거고요."

"장난으로 받아들이지 말아요. 저기 장군이 걸어가고 있잖아요!"

민규가 휴대폰으로 하천 아래를 걸어가는 장군을 찍었다. 풀을 헤치며 걸어가는 갑옷 차림 장군이 제대로 찍혔다.

"이걸 봐요. 여기 찍혔잖아요."

장무람이 질겁한 얼굴로 민규를 바라보았다.

"풀밖에 안 찍혔어요."

"거짓말! 왜 이게 안 보인다고 하는 거죠?"

"그러지 마세요. 저 정말 무서워요."

민규는 어제 성휘작의 아내 앞에 서 있던 장군을 떠올렸다. 그 불륜 남녀는 장군의 존재를 전혀 눈치채지 못했다. 장무람이 떨리는 음성으로 말했다.

"혹시 정신과 쪽으로 병원에 가보신 적 있나요? 거울 보셨어요? 하루 만인데도 다른 분 같아요."

민규가 자신의 뺨에 손을 올렸다. 해골에 직접 닿는 수척함이 느껴졌다. 장무람이 《나사의 회전》으로 시선을 떨구었다.

"저⋯ 제가 이런 책을 읽긴 하지만요⋯."

"그런데요?"

"세상에 눈에 보이는 귀신은 없어요."

"그럼 내가 뭘 보고 있단 말입니까?"

"정말 장군 같은 게 보인단 말이에요?"

"그래요!"

"기절하고 열이 나고 몸이 아픈 것도 그 때문인가요?"

민규는 충격을 받았다.

'아, 왜 그걸 몰랐을까! 그녀가 말하는 건… 신병(神病)이야! 설마 내가…'

"아픈 이유는… 글쎄요… 작가님 말이 맞을지도 모르겠네요."

"그럼 저기 물어보시면 어때요?"

장무람이 2층을 손가락으로 가리켰다. 천지선녀.

그러나 민규가 들어 올린 고개를 내리기도 전에 닭을 쥐고 돌아다니던 어제의 여자가 직접 창가에 나타났다. 아디다스 트레이닝복 차림이었지만 꿈에서 뱀을 내려보낸 그 여자가 맞았다. 길게 푼 머리에 허연 얼굴이 귀신처럼 보였다. 그 여자는 정확하게 민규를 노려보았지만, 그녀 옆에 선 나비 머리핀 여자는 눈치를 보듯 이리 저리 고개를 돌렸다.

"뭘 두리번거려!"

앙칼진 고함과 함께 발코니 문이 탕 닫혔다. 그 기세에 놀랐는지 장무람도 긴장한 시선을 2층에 고정했다. 민규는 그녀의 표정에서 두 가지 의미를 읽었다.

'이건 굉장한 소재야. 귀신 다루는 무당이 위층에, 귀신 보는 작가가 아래층에 살잖아!'

'저 여자가 날 봤어… 이제 나도 표적이 된 거야…'

휴대폰이 울어댔다. 성휘작이었다. 민규는 장무람을 남겨두고 집에 들어가 전화를 받았다.

"왜 내 전화 안 받고 문자도 씹어요?"

"문자 보낸 줄은 몰랐어요. 지금 일어났어요."

"매일 잠만 자나 보죠?"

"몸이 너무 아팠어요. 일은 실패해서 미안합니다. 더 이상 그 일에 연루되기 싫습니다."

"연루라뇨?"

"사모님 미행 안 하겠다고요."

"자청해서 한다 해도 이젠 안 시킬 겁니다. 당신 때문에 다 들통났어요. 집사람이 날 보고 그러더군요. 김 형사랑 잠복근무하러 붕평마을에 갔는데 박물관에서 멍청하게 비틀거린 남자를 봤다고요."

"'차라리 날 죽이라'고 그러던데요?"

데자뷔 같은 기시감… 이빨을 가는 성휘작의 대답이 상념을 끊었다.

"나는… 의처증 환자가 아니야!"

"그런 말은 안 했어요. 그래서 첨부터 안 한다 그랬잖아요?"

"시킨 대로 해야지 왜 그 사람 차로 뛰어갔어요?"

"그 남자 이름은 김진석이었어요. 형사가 아니라 택시 기사고…."

"김진석은 쌍둥이 동생이에요. 당신이 본 놈은 김유석이에요! 마누라의 경찰 파트너 김유석! 잠복근무 핑계를 대고 누가 알아볼까 봐 동생놈 택시까지 빌려 둘이 거길 간 거예요!"

"진짜 잠복근무가 맞는데 사장님 상상에서 빚어진 건 아니에요?"

"난 의처증 환자가 아니라니까! 난 그런 사이코패스가 아니야!"

성휘작이 울부짖듯 소리쳤다. 하지만 민규의 눈썹 사이는 다른 이유로 구겨졌다.

"뭔가 이상해요… 그 상황이 낯설지가 않은 게…."

"무슨 소리 하는 건데요?"

"어쩌면 미래의 예견일지도 모른다고요."

성휘작은 어이가 없다는 한숨을 욕설처럼 내뱉었다.

"됐어요! 내 입장만 곤란해졌는데 더 얘기하기도 싫어요. 내가 전화한 건 다른 일 때문이에요."

성휘작이 퉁명스럽게 말을 끊고 한층 퉁명스럽게 내뱉었다.

"코어힐 월세 건이요."

"아, 그거 거래 성사된 모양이죠? 계약서 쓰러 갈까요?"

민규는 코어힐의 월세를 까맣게 잊고 있었다.

"계약서는 무슨 계약서요? 좀 전에 의뢰인하고 같이 갔다왔어요. 그 양반, 집에 들어가더니 기겁을 하고 계약 안 하겠대요."

섬뜩한 침묵이 흘렀다. 민규가 침을 삼키고 물었다.

"혹시 소음 때문에 그런 건가요?"

"소음?"

"욕하는 소리, 아이들 뛰어다니는 소리, 가래침 뱉는 소리, 우는 소리…."

"지금 무슨 소릴 하는 거예요?"

"그럼 왜 계약 안 하겠답니까?"

"왜 그런 재수 없는 그림을 집에 두고 왔어요? 그것도 싱크대 위에 떡! 누가 그런 걸 보고 계약하자 하겠어요?"

"무슨 그림이요? 라면 봉지 하나 남겨두고 온 게 없는데."

"사진 보내놨는데 안 보셨나 보네? 확인부터 해봐요."

전화를 끊은 민규가 성휘작이 보낸 사진 파일을 터치했다. '이 그림 대체 뭡니까?'라는 문자메시지 밑에 휴대폰으로 찍은 어떤 그림이 첨부되어 있었다. 단순한 그림이 아니라 무당의 집에서나 볼 수 있을 탱화였다. 알록달록한 갑옷을 입은 채 용머리 창을 쥔 장군의 탱화. 민규가 이틀이나 보았던 바로 그 장군이었다.

그는 떠는 손가락을 진정시키며 성휘작에게 전화 걸었다.

"이런 게 싱크대 위에 있었다고요?"

"예."

"난 짐을 다 꾸려서 갖고 나왔는데… 누가 일부러 갖다 놓지 않고는 불가능해요. 내 집 도어록 번호는 아무도 모르고요."

"지금 날 의심하는 겁니까?"

"아뇨! 그런 말이 아니에요! 어떻게 이런 게 내 집에 놓여 있죠?"

"집 보러 온 양반도 그러데요. 여기 혹시 무당이 살던 집이냐고? 아니라고 해도 질렸는지 바로 포기하던데요. 그리고…."

성휘작이 목소리를 높여 쏘아붙였다.

"동신아파트 101호 집주인한테 전화 왔어요. 나한테 되게 뭐라 그러데요. 왜 그런 이상한 사람한테 집을 소개했냐고."

"내가 어쨌길래요?"

"무당이 닭을 죽여 피를 뿌리니 마니 그랬다던데요?"

"맞아요. 사실이에요."

"아파트 주변에 갑옷 입고 돌아다니는 장군을 봤다고 그랬다면서요?"

"…."

"집사람이 그러데요. 어제 박물관에서 만난 사람도 자길 보고 '장군!' 그랬다고."

"맞아요! 거짓이 아니에요! 이 그림 속 장군하고 똑같아요! 정말 그런 사람이 주변을 돌아다녀요! 어제 붕평마을에도 그 장군이 나타났어요! 그래서 들통난 거예요! 근데 다른 사람 눈에는 그게 안 보인대요! 이 집에 이사 오고 나서 이상한 일이 하나둘이 아니에요."

긴 침묵이 흘렀다.

"작가들은 틈만 나면 이런 설정을 만드는 걸 즐기는 모양이죠? 그래서 상대를 관찰하고 그걸 소설에 써먹고 그래요?"

민규의 말문이 막히자 성휘작의 기세는 더욱 등등해졌다.

"아니면 작가 생활로는 생계비가 부족해요?"

"그게 무슨 소리예요?"

"생활비 부족하면 노가다라도 하세요. 정신과 쪽으로 등급이나 진단받아 무슨 국가 보조금 같은 거 바라지 말고. 증인을 둘이나 만들려고 집에 그따위 그림까지 놔두고 이게 뭐하는 짓입니까? 이상한 짓 하려면 혼자서 하세요. 엄한 사람 엮지 말고."

"아니 뭐요? 이보세요! 자기 부인 따라가서 표정 확인해달라고 말한 사람이 누군데 그래요?"

"그 쉬운 일도 해내지 못했잖아요! 당신 때문에 내 부부 생활도 파탄 나게 생겼어요. 됐어요. 더 얘기하기도 싫네요. 난 당신한테 이상한 집 소개한 적 없어요. 추용수 씨가 나한테 왜 전화했는지 알겠네요. 난 손절할 테니 다른 부동산 알아보세요!"

"잠깐만요. 지금 이 그림은 어디 있어요?"

"어디 있긴 어디 있어? 그 자리에 그대로 있지. 그런 재수 없는 물건을 내가 왜 건드려?"

성휘작이 전화를 끊었다. 민규는 누군가 총을 쏘고 누가 죽는 사건이 벌어질지 모른다고 경고하는 것을 잊었다.

2

옷을 갈아입은 민규는 코어힐로 달려갔다. 그 그림이 정말 싱크대 위에 있다면 범인은 성휘작밖에 없다. 민규는 성휘작의 아내에게 '장군'을 언급한 유일한 사람이고, 추용수도 성휘작에게 장군 얘기를 했다. 도어록 비밀번호를 아는 이도 그였기에 붕평마을 미행에서 실패한 자신에게 보복한 조치라고 밖에 생각되지 않았다.

'아니면 나를 엮어 아내를 살해할 음모?'

그렇게 믿기진 않는다. 지금 주위에서 벌어지는 일은 〈다이알 M을 돌려라〉보다는 어딘가 〈전설의 고향〉에 가까웠으니까.

"성휘작이 알기도 전에 장군은 이미 내 눈앞에 나타났잖아? 그림과 실물이 너무 일치해. 정말 귀신 아닐까?"

애초에 코어힐 어딘가에 그 그림이 숨겨져 있었다는 거짓말 같은 가설이 떠오른다. 그 가설을 믿는 경우, 아무리 부정하려 해도 장군의 정체는 귀신이란 답이 나온다. 악몽을 꾸고 몸이 아팠던 이유도 그 때문일지도 모른다. 층간소음으로 본의 아니게 집을 떠나게 되자 숨어있던 귀신은 직접 형체를 이루어 바깥까지 주인을 따라온 것이다… 아니, 주인이 아니라 숙주지. 너는 먹잇감이다, 영원한 내 먹잇감이야….

"귀신이라니 말도 안 돼. 지금은 2023년이야! 조선시대가 아니라고!"

코어힐 주차장에 도착했다.

죽은 듯 꺼져있는 자신의 집을 올려다보자 심장이 뛰었다. 장군, 닭 피, 악몽 등의 비현실이 이틀 사이 심장을 농락했다면 이번에는 그간 겪어왔던 현실의 악몽이 심장을 노렸다. 동서남북의 이웃들은 여느 때처럼 집 안에 '매복'하고 있을 터였다. 약간의 망설임 끝에 그는 엘리베이터에 올랐다.

604호 현관문 앞에 다다랐을 땐 숨을 가다듬어야만 했다. 비밀번호를 누르고 문을 열자 유령 출몰지처럼 텅 빈 집이 주인을 받아들였다. 날 버리고 갔다는 원망의 눈길이 집 안 곳곳에서 노려보는 듯했다.

민규는 성휘작이 번호를 안다는 생각에 교체 버튼을 눌렀다. 번호를 하나하나 누를수록 텅 빈 집에 삑! 삑! 소리가 크게 울려 퍼졌다. 그의 왼손은 손톱을 물어뜯느라 입가로 가 있었다. 문을 닫을 때까지 익숙한 층간소음은 없었다.

민규는 조용히 문을 닫고 아파트 안으로 들어갔다. 싱크대 위에 장군의 그림 대신 어떤 사진이 하나 놓여 있었다. 처음 보는 남자의 사진인데 한 성깔 할 것 같은 덩치 큰 청년이었다. 활짝 웃는 청년은 검은 머리카락을 '꽁지머리'로 묶었는데 무속인일 수도 있었다. 사진 아래에는 사인펜으로 쓴 글씨가 있었다.

거기서 잘 살아라.

심장에 충격이 왔다. 건달인지 무속인일지 모를 사진 속 인물이 아래층 504호 혹은 왼쪽의 603호라는 의심이 들었다. 너의 집 비밀번호를 알고 있고 언제든 드나들 수 있다는 협박… 니가 경찰에 신고해도 난 상관없다는 극단적 위협…

민규는 손을 떨다가 사진을 떨어트렸다. 뒷걸음질 치다가 벽에 등을 부딪쳤다. 쿵 소리에 반응하는 남자 목소리가 벽을 뚫고 전해져왔다.

"이건 그놈 발소리야! 그놈 발소리라고!"

환청이 아니었다. 민규를 향한 실제의 악의였다. 동시다발로 '카아악! 퉤!'와 '억울해! 진짜 억울해!' 합창이 울려퍼졌다.

"대체 저것들은 왜 대낮에도 집에만 있는 거지?"

드릴이 위잉거리면서 민규의 음성은 묻혔다. 목소리들도 잦아들었다. 얼음 같은 침묵이 오면서 민규는 둥둥거리는 자신의 심장 박동을 생생히 들을 수 있었다. 그러자 악의로 충만한 익숙한 한마디가 아래쪽에서 날아들었다.

"너 죽었어! 한번 만나기만 하면…."

위에서 아이들이 달리는 탕탕탕 소리가 터졌다. 하지만 아이들이 아니었다. 장군이 거기 있었다. 민규가 위를 쳐다보자 천장에 붙어있던 장군 그림이 민규의 얼굴로 떨어졌다. 장군의 화난 눈이 확대되다가 얼굴을 덮으면서 아무것도 보이지 않았다. 쓰러진 민규는 정신을 잃고 꿈을 꾸었다.

사방에서 밀려드는 불길에 내몰리는 꿈이었다. 절망적인 청년을 도와주는 이는 아무도 없었다. 민규는 이곳저곳을 둘러보았으나 어떤 사물도 그에게 자비를 베풀지 않았다. 불이 춤을 추듯 노래하듯 다가왔다. 사면화가(四面火歌)란 바로 이것이었다. 불길을 가르고 장군이 등장했다. 장군은 불에도 끄떡없이 민규에게 눈길을 못 박으며 걸어왔다. 하지만 장군보다 먼저 민규를 삼킨 것은 불이었다. 육체와 뼈다귀가 불타오르자 〈재림〉이란 두 글자만 남고 민규도 장군도 사라져버렸다.

눈을 뜬 민규는 서서히 어둠이 몰려오고 있음을 알았다. 늦은 오후였다. 드릴 소리도 멎었다. 휴전 상황처럼 어느 곳에서도 소음이 들리지 않았다. 꽁지머리 남자 사진도 장군의 그림도 보이지 않았다. 소리 없이 자신의 집을 나온 민규는 주차장까지 달렸다. 쓰나미처럼 육체의 통증이 밀려왔다. 카아악 소리, 바닥 뛰는 소리, 억울하다는 소리가 한꺼번에 생겨나다가 멀어져갔다.

"악마들이다! 모두 한통속이야! 나는 감시당하고 있었어!"

민규는 전봇대에 기대 코어힐 5층, 6층, 7층 창문을 올려다보았다. 아무도 나타나지 않았다. 악마들은 끝내 모습을 보이지 않았다. 그곳은 안전한 보금자리가 아니었다. 아파트의 외관을 갖춘 미친 집단의 집회소였다. 내 집을 눈앞에 두고 어쩌다 이 지경이 된 건지 참담했고 인생이 저주스러웠다.

민규는 전화기를 꺼냈다. 네 개의 손가락을 물어뜯을 때쯤 〈웰심신케어〉의 구영훈 의사가 피곤한 음성으로 전화를 받았다. 당장 만날 수 있냐는 질문에 오늘 진료는 끝났다는 답이 돌아왔다. 민규가 사정하자 한 시간 후에 오라는 답이 돌아왔다. 민규는 언제나 한 템포가 늦는 느릿느릿한 대답에서 의사가 환자를 귀찮아하고 있음을 깨달았다.

3

구영훈은 여느 때처럼 선글라스를 쓴 채로 민규를 진료했다. 민규는 간호사실에서 들려오는 키보드 소리를 들었다. 모니터에서 눈을 뗀 구영훈이 물었다.

"저 정도 소음도 거슬려요?"

"아뇨. 그게 아니라 오랜만에 오니 소리가 익숙해서요."

"갑자기 오셔서 간호사도 퇴근 못 하고 있어요. 저도 그렇고요."

"정말 죄송합니다. 전 익숙한 게 좋고 낯선 건 싫어요. 근데 요즘 들어 낯선 상황들이 절 괴롭히고 있어요."

민규의 호소를 들은 의사는 한참 만에 온화한 음성으로 말했다.

"소음은 사라졌는데 전에 살던 집보다 더 요상한 악몽을 꾸고 귀신 같은 장군이 모습을 드러낸다…."

민규는 휴대폰을 꺼내 장군을 찍은 사진을 눈앞에 들었다. 구영훈은 모니터만 바라보며 고개를 설레설레 저었다. 민규는 갈수록 의사에게 실망을, 자신에겐 두려움을 느꼈다.

"제가 정신병에 걸렸을까요, 선생님?"

구영훈은 손가락 깍지를 낀 채 심각한 표정을 지었다. 간호사의 키보드 소리만이 침묵 사이로 끼어들었다.

"그런 생각은 하지 마세요. 잘 굴러가는 자동차도 기술자가 모를 고장을 겪습니다. 그 고장은 물론 원인을 파악해서 치료할 수 있고요. 환각이나 환청은 많은 사람들이 겪고 있는 장애 중 하납니다. 이번 경우, 김민규 님의 적응력에 장애가 생긴 상황을 생각해볼 수 있습니다. 층간소음이 사라지니 이제 다른 적응에의 문제가 생긴 겁니다. 하지만 잘 뜯어보면 어딘가 반응 구조가 비슷합니다. 무당이 위층에 살고 있는 환경에 오니 장군이 보인다는 식이죠. 한가지 불안이 사라지니 새로운 불안이 또 생겨났습니다. 그 역시 김민규 님이 외부 작용에 적응하는 방식입니다. 어떻게든 불안이 있어야 아무튼 나는 살아있다는 생각이 드는 거니까요."

"적응장애 환자든 신경증 환자든 모든 걸 인정하겠습니다. 하지만 제가 본 건 환상이 아니었어요!"

"그렇다면 제 눈에도 안 보이는 이 장군을 본 다른 사람이 있습니까?"

"아뇨… 제가 당한 걸 선생님도 직접 겪기만 한다면…."

"집에 그 장군의 그림이 나왔다 그랬죠?"

"예."

"지금 갖고 계시나요?"

"아뇨."

"어디 있나요?"

"사라졌어요."

민규는 구영훈이 자신을 정신병자로 취급해주길 바랬다. 그러면 그가 본 장군도, 그가 겪은 악몽도 견딜 수 있을 것 같았다. 의사가 입을 열었다.

"정말 장군을 본 걸 확신하죠? 가지고 있는 휴대폰 화면에 장군이 보인단 말이죠?"

"확신합니다."

"그렇다면 새집 2층에 산다는 그 무녀를 찾아가 보는 건 어떻습니까?"

민규가 고개를 들었다. 구영훈이 진지하게 말했다.

"나는 정신과 의사지만 초현실적 현상을 전혀 무시하는 사람은 아닙니다. 이사 후 빈집에 그림이 나왔다는 사실로 보자면, 재림의 악몽을 꿨을 때도 사실은 그 그림이 집 안 어딘가에 숨겨져 있었던 게 아닐까요? 눈에 안 보이던 장군이 영험한 무녀의 집 아래로 이사했기에 김민규 님께 가시화된 건 아닐까요? 제가 처음 봤을 때부터 김민규 님이 앓던 열병과 근육통은 왜 조금도 나아지지 않는 걸까요?"

"선생님 말씀은… 내가 신들리려 하고 그 장군이 제게 올라탈 귀신이다 이런 건가요?"

"단언은 않겠습니다만 그런 유형과 비슷한 꿈을 계속 꾸고, 실제로 낫지 않는 몸살을 계속 달고 다녔잖아요?"

"그렇네요… 말이 안 되지만 이게 또 이런 식으로 설명이 되네요…."

민규가 고통스런 진실과 마주한 사람처럼 고개를 떨구었다. 내가 데자뷔라고 생각한 낯익은 상황들도 '귀신 들릴 몸'이 보여준 예언적 화면의 하나였나? 그건 과거의 데자뷔일까, 미래의 예견일까? 장무람의 능력 발언은 사실이었나?

"그냥 어릴 적 할머니한테 들은 이야기를 권고하는 것이니 그렇게 심각한 표정 짓지 마세요. 나는 귀신이 아닌 사람의 정신을 치료하는 의사입니다. 귀신이 보인다는 건 정신이 정상과 비정상의 경계선을 허물도록 허용하는 것입니다. 이 경우 서서히 그 경계선을 복구하는 방법이 치료로 나아가는 길입니다. 정신과 분야에서는 반드시 낫겠다는 믿음이 강할수록 환자의 상태가 정말 나아지는 경우가 많습니다. 우리 사회가 정해놓은 정상과 비정상의 경계를 치료 기간 동안 잠시 무시해서라도요. 물론 어떤 경우라도 외부에의 의지보다 내면에의 확신을 더 우선시해야 합니다. 끝까지 스스로를 믿어야 한단 말이지요. 치료법으로 처방 내린 게 아니니 그저 참고나 해보세요."

민규의 몸에서 힘이 빠졌다. 정신과 의사가 무당을 추천하다니! 뭐라 대꾸할 말이 떠오르지 않았다. 민규는 힘겹게 일어나 열린 문을 통과해 밖으로 나갔다. 어느새 밖은 어두웠다. 사람들은 여전히 앞만 보고 걸어다녔다. 민규의 고통은 모른 채.

동신아파트는 침묵에 싸여 있었다.

바람을 타고 향 냄새가 날아왔다. 무당이 향을 태우는 이유는 귀신을 부르기 위함이란 말을 어디선가 들어본 것 같았다. 정자에는 장무람이 보이지 않았고 장군도 보이지 않았다. 땅에는 아직도 닭의 핏자국이 남았다.

불 꺼진 집에 민규는 들어갔다. 냉장고 안에는 술이 가득했다. 고개를 돌리면 장군이 서 있을 것 같아 무서웠다. 에잇 하고 술을 꺼낸 민규는 쓰러져 기억나지 않을 지경까지 마셨다.

사진 속의 그 남자 누구일까.

거기서 잘 살아라.

'귀신을 부리는 술법사는 아닐까? 내 집에 몰래 귀신을 풀어놓은 술법사… 그래서 나의 몸을 가로채고 귀신에게 바치려는… 아니, 아래층 협박범이 더 그럴듯해. 만나면 죽여버린다는… 그나저나 내 집에 그들이 어떻게 들어온 거지. 이게 추리소설이라면 성휘 작밖에는 범인이 없는데… 아니, 이웃집 인간들이 어딘가 몰카를 설치해 내 집 비밀번호를 알아낸 것일 수도 있어. 구영훈의 말대로 해야 하나…'

취기가 솟아올랐고 몸살도 솟아올랐다. 그는 절망적인 심정으로 손을 휘저었다.

"이러면 안 돼! 이럴 시간이 없어! 난 신작을 써야 해… 열 편의 시리즈를 구상해놨는데… 난 이런 환경들에서 벗어나야만 해!"

픽 쓰러진 민규는 그대로 잠들었다.

7월 9일

1

사람이 들어가고도 남을 거대한 고려청자 도자기가 또 나타났다. 누가 흔든 것도 아닌데 도자기는 저절로 꿈틀거렸고 요동쳤다. 뚜껑이 날아가고 닭 머리가 솟아올랐다. 벼슬은 고무장갑만큼 컸고 눈은 갓 볶은 콩처럼 번쩍거렸다. 까딱거리던 고개가 한 곳을 향해 멈췄다. 민규가 돌아보니 장군이 걸어오고 있었다. 장군이 칼을 뽑자 칼집에서 불길이 일었다. 장군이 칼을 휘두르자 거대한 닭 머리가 날아갔다. 콸콸 뿜는 피가 도자기를 적셨지만 닭의 머리는 또 솟아올랐다. 장군은 속은 데 분개했는지 노한 기세로 칼을 휘둘렀다. 닭 머리가 또 날아갔고 또 솟아올랐다. 도자기 표면이 서서히 피바다에 잠겼다. 수십 마리 닭의 머리가 날아갔지만 장군의 표정도 동작도 한결같았다. 닭 머리가 이불더미처럼 쌓일 때, 닭 대신 민규의 머리가 솟아올랐다. 관찰자에서 당사자가 된 민규는 칼을 치켜드는 장군을 바라보았다. 장군의 눈엔 감정이 없어 보였다.

칼이 날아오는 순간 꿈의 내용이 바뀌었다. 가위에 눌려 누워있는 민규는 유일하게 움직일 수 있는 눈알로 동신아파트 천장을 바라보았다.

오른쪽에 기척이 있어 눈알을 굴리니 바닥에 놓인 종이가 보였다. 장군의 그림이 그의 곁으로 다시 돌아와 있었다. 찌지지직 종이 찢어지는 소리가 났는데 그림이 아닌 천장에서 나오는 소리였다.

전등 옆 벽지가 아래로 개화한 꽃잎처럼 사각으로 벌어졌다. 꽃잎 하나하나에서 독액 같은 풀이 끈적하게 흘러내렸다. 그 사이로 닭을 쥐고 날뛰던 여자가 얼굴을 들이밀었다. 아디다스 트레이닝복이 피 묻은 소복으로 바뀌어 있었다. 미쳐버린 악녀의 모습이었다. 여자는 구부정하게 일어나 머리 없는 닭을 민규 쪽으로 겨누었다. 뚫린 모가지에서 큰 구렁이가 대가리를 까딱이며 기어나왔다. 민규의 눈과 무녀의 눈이 마주쳤다. 그녀의 빨간 입술은 미소를 그리고 있었다. 닭을 흔들자 구렁이가 놓아버린 밧줄처럼 휙 내려왔다. 무수한 비늘이 확대되며 얼굴에 철퍼덕 떨어지는 충격이 왔다. 죽은 닭이 날개를 퍼덕거렸다. 민규는 얼굴을 비벼대는 축축하고 불쾌한 감촉을 그대로 감수할 수밖에 없었다. 구렁이가 옆으로 고개를 세우고 혀를 슈슛거렸다. 곁눈질로 보니 뱀이 대치하는 방향에 그림이 벌떡 서 있었다. 하지만 그림 속에서 장군은 사라지고 없었다. 그러자 어디선가 쾅! 쾅! 쾅! 하는 소리가 들려왔다.

민규가 눈을 뜨자, 구렁이도 사라지고 천장도 멀쩡했다. 장군의 그림은 어디 있는지 보이지 않았다. 하지만 쾅쾅쾅 소리는 멎지 않았다.

누군가 문을 두드려댔다. 이를 악물고 일어서자 가위가 풀렸다. 머리가 핑 도는 현기증에 몸을 못 가누며 그는 기어나갔다. 장군이 문을 두드리고 있다는 망상이 멎질 않았다. 다행히 쾅쾅쾅 소리가 조금 누그러지더니 '이봐, 문 열어!' 하고 소리치는 여자 음성이 들려왔다.

문을 열자 그 여자가 트레이닝복 차림에 긴 생머리를 풀어헤친 채 서있었다. 꿈 때문에 민규는 공포에 질렸다. 열이 펄펄 끓는 민규를 보고 그녀는 잠시 말이 없다가 매섭게 쏘아붙였다.

"당신 또 시작이야? 밤마다 이 무슨 짓이야?"

"네?"

"벌써 몇 번째야?"

"무슨 말씀이신지…?"

"몰라서 물어? 왜 밤마다 시끄럽게 해 다른 사람 수면 방해하냐고?"

"수면 방해라뇨? 그런 적 없는데요?"

"웃기고 있네! 벽 차고 물건 집어던지고 소리 지르고 그게 다 당신이잖아! 대체 왜 그러는 거야?"

"그런 적 없다니까요!"

여자는 방 안에 구르는 술병들을 눈으로 확 훑었다. 민규는 가재도구가 또다시 널브러진 자신의 집 안 상황을 놀란 눈길로 바라보았다.

"당신, 며칠 전에 이사 온 사람 맞지? 당신 오고 나서 아파트 분위기가 엉망이야. 여긴 조용한 아파트야. 나이 든 노인들만 산다고. 술을 마시려면 곱게 마시지 왜 밤마다 소란 피우고 난리야?"

"뭔가 착오가 있는 모양인데 제가 아닙니다. 전 그런 소란 피운 적 없습니다."

"오리발 내미네? 경찰 부를까?"

여자가 주머니에서 녹음기를 꺼냈다.

"굿 잘하고 돈이 비싸네 마네 뒤로 객쩍은 소리 하는 놈들 하도 많이 샀는데 이걸 충간소음 때문에 쓸 줄은 몰랐네."

'충간소음? 피해자는 납니다!'라고 민규는 말할 뻔했다. 여자가 녹음기를 재생했다. '저리 가! 뜨거워 이 불덩어리야! 〈재림〉인지 뭔지 날 태우지 마!' 하는 고함이 들려왔다. 자신의 음성이었다. 민규의 얼굴이 충격으로 얼어붙었다. 그리고 벽을 치는 것 같은 쾅쾅거림과 물건 집어던지는 소리도 들려왔다.

"이래도 당신 아니야?"

"내 목소리는 맞는데… 난 저런 적이 없는데요…."

"저런 적이 없긴 뭐가 없어!"

"이게 대체 무슨 일이지? 미치고 환장하겠네! 난 충간소음 때문에 이사까지 한 사람이에요. 억울합니다. 억울…."

문득 민규는 매일 아침 자고 일어났을 때의 주변을 회상했다. 리모컨도 베개도 책도 다른 물건도 멀리 날아가 있던 상황. 악몽 때문에 치던 몸부림. 악몽 때문에 지른 소리. 민규의 심각한 표정을 여자는 진지하게 쏘아보았다.

인기척을 느낀 민규가 고개를 들고 여자 너머를 바라보았다. 2층으로 오르는 계단에 누가 서 있었다. 장군은 아니었다. 얼굴에 점이 일곱 개 박힌 그 여자였다. 노랑나비 머리핀을 붙이고 있는 것까지 서점에서 본 그 여자가 확실했다.

"뭘 빤히 쳐다보고 섰어? 냉큼 들어가지 못해!"

트레이닝복 여자가 호통을 치자 그녀는 돌아섰다. 겉보기에 둘은 언니 동생 사이 같았지만 실제 입장은 그런 게 아닌 것 같았다.

욱신거리는 몸살 때문에 서 있기도 힘들었다. 몸속을 고슴도치가 돌아다니며 바늘로 찔러대는 통증이었다. 갑자기 여자가 민규의 얼굴을 뚫어져라 바라보았다. 뭔가 둘만이 느낄 수 있는 교감의 에너지가 오갔다. 민규는 귀신 같은 그녀의 얼굴에 겁먹었지만 더욱 겁을 주는 손님을 아파트 출입구 바깥에서 발견할 수 있었다. 언제 왔는지 갑옷 입은 장군이 멀리 서서 그를 쳐다보고 있었다. 민규를 바라보는 여자의 얼굴에도 경악이 스쳐 지나갔다. 그녀가 바로 섭주에서 매우 유명하다는 무속인, 윗집의 주인 천지선녀였다.

천지선녀가 길게 휘파람을 불었다. 그러자 이제까지 눈알 한 번 굴리지 않던 장군이 옆으로 눈을 돌려 무녀를 째려보았다. 하지만 무녀는 장군을 보지 않았다. 시선 방향이 달랐다. 민규는 믿고 의지하듯 옆 걸음질로 가 그녀 옆에 나란히 섰다. 무녀가 민규에게 물었다.

"당신은 보여? 저기 뭐가 있지?"

그녀의 눈에 흥미로운 기색이 어렸다.

"말해봐. 당신, 뭘 보는 거야?"

민규는 굵은 땀방울만 흘린 채 답하지 않았다. 장군이 다시 민규를 쳐다보았다. 무녀가 계속 휘파람을 불었다. 장군은 용머리 창을 땅에 탕 찍었고 무녀는 민규에게 재차 물었다.

"저기 뭐가 있는지 당장 말해! 악독한 기운이 있어. 이 건물에 안 좋은 바람이 덮인 건 당신이 이사 오고 나서부터야! 뭐야? 보이는 걸 말해봐!"

"아주머니는 저 사람 안 보여요? 저 사람을 보고 휘파람 분 게 아니었나요?"

"나한테 한 번만 더 아주머니라고 불렀다간 부적으로 실명하게 만들어버릴 거야. 누가 있는데?"

"정말 안 보여요?"

"안 보이지만 몽달귀 같은 게 있다는 건 알아! 당신이 데려온 아주 음흉하고 무서운 귀신이 얼마 전부터 아파트 주위를 돌아다녀. 그래서 닭 피도 뿌린 거야."

"장군이에요."

"장군?"

"네. 갑옷 입은 옛 시대의 장군이에요. 아주머… 선생님은 좋은 의도에서 피를 뿌린 거였군요. 맞아요. 닭 피를 뿌렸던 선을 넘어오지 못하고 있어요."

무녀의 눈이 커다래졌다.

"당신 눈엔 보인다 이거지? 장군의 모습으로?"

"예."

한 줄기 새벽의 기운이 바람을 타고 왔다. 흙먼지가 돌풍을 일으켜 두 사람은 잠시 눈을 감았다. 맑은 바람이 혼탁을 밀어낸 후 다시 짙은 어둠만이 배경으로 남았다. 민규는 몸살이 가라앉는 걸 알았다.

"장군이 갔어요."

"아주 간 건 아냐. 내 눈에 안 보이는 자라니 아주 흉악한 귀신이야."

"난 장군복 입고 돌아다니는 또라이인 줄 알았어요."

민규는 코어힐에서와는 다른 공황 상태에 빠졌다. 내가 지금까지 당해왔던 게 정말 귀신이란 말이었나! 한층 기분 나쁜 건 이 무당의 말이 자꾸 그럴듯하게 들리잖아!

"당신 요새 이유도 없이 어디 아프지?"

무녀가 민규를 추궁했다.

"응? 이상한 게 눈에 보이지? 몸살 앓고 있지? 언제부터야? 언제부터 앓았지?"

층간소음 킬러들한테 집단으로 당할 때부터 아팠지요, 라는 대답을 차마 할 수 없었다. 이상한 놈으로 보일까 봐.

"여기 이사 오기 전에도 아팠어?"

"항상 꿈을 꿨어요. 거대한 불덩어리 꿈을요. 그 불에 내가 타버리고 나면 이유도 없이 몸이 아파요."

"몸을 태운다고? 그래… 그런 꿈이라면 잠결에 물건 집어던지고 소란 피울 만도 하지. 술 취해 행패부리는 날라리 건달은 아니었구나."

"하지만 그 집에서 갑옷 입은 남자는 나타나지 않았어요. 장군은 여기 오고 나서부터 나타난 거예요."

"그래? 그건 아주 중요한 사실인데."

민규의 머릿속이 약간 환해졌다. 코어힐의 동서남북 네 가구가 악의적으로 반응한 이유가 이해가 된 것이다.

'내가 원인 제공자인지도 몰라! 매일 밤마다 몽유병 환자처럼 그랬다면!'

한번 만나기만 하면 죽인다는 협박도 어느 정도 이해되었다. 잠이 들 시간에 그토록 소란을 피웠으니.

무녀가 득의만만하게 말했다.

"그래, 알겠어. 귀신 다루는 전문가 옆에 있으니까 귀신이 현현(顯現)한 거야. 당신 머리 위에 살고 있는 사람이 일반인이 아닌 귀신 부리는 여자라는 걸 깨달았으니까 갑옷까지 갖춰 입고 나타난 거란 말야. 하하하. 무슨 말인지 이해돼? 이 영험한 천지선녀의 영향권 안에 오니까 모습을 숨긴 채 당신을 괴롭히던 악귀가 완전무장까지 하고 직접 모습을 보인 거라고."

"그렇게 영험한 선생님인데 왜 장군을 못 봅니까?"

"그러니까 걱정이야. 내 눈에 안 보일 정도면 아주 못된 귀신이 당신을 문 거거든."

"그러지 마세요. 무서워요."

"정말 그 장군이 내가 피 뿌려놓은 경계선은 못 넘어왔지?"

"그건 확실해요."

"안심은 일러. 그 귀신이 우릴 갖고 노는 걸 수도 있으니까. 경계선을 정말 못 넘어온다면 당신이 무서운 꿈을 안 꿔야 맞거든."

천지선녀의 얼굴에 빛이 흘렀다. 학구적인 빛과 계산적인 빛이 섞인 복잡한 얼굴이었다.

"어쨌든 시급히 해결해야 할 문제야. 안 그럼 당신은 죽어."

"죽는다고요! 설마요? 귀신은 사람을 못 죽이잖아요!"

"이 세상은 무당 말을 믿지 않는 꽉 막힌 세상이야. 그래야만 정상인 취급을 받거든. 그렇게 개무시해 시기 놓쳐 시름시름 앓다 칵 죽어버릴 때야 땅을 치고 후회하지. 저승 가서 후회하면 뭘 해? 하하하하."

천지선녀의 웃음이 민규의 신경을 건드려 온몸이 쿡쿡 쑤셨다. 잔뜩 겁을 주는데 성공한 그녀는 목소리를 바꾸었다.

"나하고 작업하자. 비용은 싸게 해줄께."

"퇴마 말이에요?"

"퇴마가 될지 다른 게 될지 몰라. 귀신의 정체부터 파악해야 하니. 그 뒤로 해결책을 찾자구."

무녀의 말이 갈수록 솔깃했다. 처음 본 사람이지만 정신과 의사도 주지 못한 시원한 해법이 느껴진 까닭이다. 차오르는 몸살도, 덮쳐오는 불안도 그녀를 믿으라 종용했다. 하지만 그는 고개를 저었다. 초현실에 굴복할 순 없었다.

'난 추리작가야. 현실의 원인을 파헤쳐 현실적인 해결까지 제시하는 사람이라고.'

"굿은 생각 없어요. 죄송하지만 거절하겠습니다."

민규가 문을 닫았다. 휘둥그레 뜬 천지선녀의 눈이 사라지고, 멀어져가는 악담이 민규의 귀를 찔렀다.

"그래, 어디 시름시름 앓아봐라. 죽어봐야 저승 맛도 아는 법이지. 충고 하나 할까? 그 눈에 귀신이 보인다니 카메라라도 설치해놓고 자봐. 귀신이 집 안까지 침투할 수 있는데 못 들어오는 척할 수도 있으니까."

"장군이 왜 그러는데요?"

민규가 문을 열었다. 계단을 오르는 천지선녀는 뒤도 돌아보지 않았다.

"귀신은 먹잇감 갖고 장난치는 걸 좋아하거든."

2

천지선녀를 돌려보낸 민규는 바닥에 나뒹구는 살림도구를 둘러보았다. 코어힐보다 상태가 심각했다. 장군의 그림은 없었다. 당연했다. 그림이 벌떡 서고 그 안의 장군이 사라진 건 꿈속의 일이었을 뿐이니까.

'몽유병?'

새벽 3시였다. 민규는 창가로 가 조심스럽게 바깥을 살폈다. 어둠 속에 숨어있는 장군은 없었다.

이부자리에 누웠지만 잠이 오지 않았다. 또 악몽을 꿀까 봐 겁이 났다. 흩어진 가재도구를 보던 그는 벌떡 일어나 노트북에 전원을 넣었다. 동영상 촬영모드로 웹캠 설정을 하고 자신의 모습이 비치게끔 책상 위에 놓은 후 정신과에서 처방받은 약 한 알을 입에 털어넣었다. 무서워서 불은 끄지 않았다. 심장이 뛰면서 잠이 오지 않았지만, 약이 녹아내리면서 가까스로 선잠 속으로 떨어질 수 있었다. 이번에는 무녀나 재림이나 장군에 관한 꿈을 꾸지 않았다. 동서남북에 따로 떨어져 앉은 흐릿한 형체들을 보았을 뿐이다. 그들은 바윗돌이 가슴에 얹혀 몸부림치는 한 남자를 바라보며 귀를 막고 있었다. 그 남자는 바위를 벗어나려 발길질을 해댔는데 이 때문에 가재도구가 박살 나고 소음이 생겨났다.

민규가 아침에 일어났을 때, 쇳덩이가 어깨를 내리누르는 느낌이었다. 현관문을 열어보니 쪽지가 붙어있었다.

'당신 새벽에 또 소음 냈어! 친한 사람 불러 지켜보라 그래. 귀신 소행인지 아닌지 알아보란 말야! 계속 소음 내면 반상회 때 얘기해 아파트 주민들하고 쫓아낼 거야.'

"귀신 소행이 맞네요, 아주머니. 아니, 선생님."

민규가 동영상을 확인하고 내린 결론이었다. 이제 그의 삶은 정상으로 돌아갈 수 없었다. 육체의 통증은 조금도 나아지지 않았고 환각, 헛구역질, 환청, 공포증이 새롭게 몰려왔다. 그는 하루가 다르게 기력이 저하되는 몸을 이끌고 바깥으로 나갔다. 공포소설 작가인지 지망생인지 기억나지 않는 장무람이 정자에서 담배를 피우고 있었다. 《나사의 회전》은 보이지 않았다. 가까이 다가가자 그녀가 눈웃음을 보냈다.

"여자가 담배 피우니 뭐니 꼰대 소리 해대면 작가님 이미지는 더 안 좋아질 거예요. 직접 만나보니 이미 안 좋았지만."

"마침 잘 만났습니다. 부탁 하나만 들어주신다면 한 보루라도 사 드리죠."

"저한테 부탁이 있다고요?"

"네. 거기 잠깐만 계세요."

다시 집으로 들어간 민규는 노트북을 갖고 나와 정자 위로 올랐다. 장무람은 술 취한 듯 비틀거리는 민규와 거리를 두었다.

"이 동영상 좀 봐주세요."

"보긴 하겠는데… 병원 가셔야 하는 거 아니에요?"

"왜요?"

"얼굴이 엄청 안 좋아 보여요. 독감 걸린 사람 같아요. 이 날씨에."

"신병일지도 모르죠."

"예에? 신병요? 하하하!"

"농담 아니고, 내가 지금 정상이 아니에요. 내 눈에만 보이는 귀신이 나를 이렇게 만드는 거 같아요."

"장난… 치신다고 생각은 하지만… 지금 작가님 모습 보니 전혀 장난 같지도 않네요. 어떤 동영상이죠?"

"다큐멘터리죠. 간단해요. 동영상 속 내 눈에 보이는 귀신이 장작가님한테도 보이는지 확인만 해줘요."

"오, 그거 아주 흥미로운데요?"

민규가 동영상 파일을 재생시켰다. 이부자리에 누워있는 자신의 모습이 나왔다.

"여기, 저를 밟고 있는 다리가 보이세요?"

"작가님 몸 위에 귀신이 있다고요?"

"장군이에요."

"또 그 장군인가요?"

"예. 그 장군이 내 가슴 위에 서 있어요. 내 집에는 들어오지 못할 줄 알았는데 날 철저히 농락하고 있어요."

"제 눈엔 안 보이는데요?"

"정말요?"

"예. 작가님 혼자 고통스럽게 소리 지르고 발길질하고 있네요."

"귀신 때문이에요. 장군 귀신이 내 가슴 위에 바위처럼 올라탔기 때문에 악몽을 꾸고 저러는 거예요."

"이런 말씀드리면 좀 그렇지만 몽유병 있으신 거 아니에요?"

"아니요. 귀신 때문이에요."

"제가 공포작가라고 미리 말해도 그렇지 이런 식으로까지 장난 치다니 약간 불쾌하네요."

"장난이 아니에요! 안 보인다면 저 장군은 확실히 귀신이 맞아요."

노트북이 저절로 꺼졌다. 민규는 등 뒤로 번져가는 빛을 느꼈다. 고개를 돌리니 장군이 아파트 통로에서 그를 바라보며 서 있었다. 깊은 한숨이 민규의 입에서 나왔다. 닭의 피 따윈 장군에게 소용없었다. 장무람이 손톱을 물어뜯으며 통로를 쳐다보는 민규를 유심히 바라보았다.

"왜 그래요?"

"나왔어요. 장군이 또 나왔어요."

"어디요?"

"저기요! 바로 코앞이에요!"

"미쳤군요, 진짜!"

"안 미쳤어요! 그냥 내 눈에 저 장군이 보일 뿐이에요. 전에 살던 곳에서는 안 보였는데 무당집 아래층에 이사 오니 저게 보이는 거라고요!"

장무람은 민규의 히스테리컬한 음성에 겁먹은 표정을 지었다가 결심했다는 듯 민규가 가리킨 쪽으로 걸어갔다.

"알았어요. 여기 장군이 있단 말이죠?"

장무람이 장군의 코앞에 와서 섰다. 장군은 그녀를 보지 않았다.

"바로 앞에 있어요! 조심해요!"

장무람은 약간 망설이다가 민규가 가리킨 곳으로 팔을 들어올렸다. 장군은 그래도 그녀를 무시했다.

"10센티미터도 안 돼요! 장군이 바로 당신 코앞에 있어요!"

"좋아요! 귀신이라니 정말 만나고 싶었거든요. 공포작가 장무람, 귀신을 체험하다."

장무람이 태극권하듯 오른팔을 휘젓자, 민규는 눈을 믿지 못할 광경을 보았다. 장무람의 손이 장군의 몸을 그대로 관통해버린 것이다. 장군은 살과 피로 이뤄진 육신을 갖지 않았다. 영적 기운과 초자연 에너지로 뭉쳐진 존재가 틀림없었다. 자신의 가슴을 발로 꽉 밟고 섰던 장군이 타인과는 전혀 접촉을 이뤄내지 못했다. 장군은 분명 민규 하나만을 노리는 귀신이었다.

'난 귀신에 씌었어! 난 귀신에 씌었어!'

이를 뒷받침한 건 장무람이 지른 한 줄기 비명이었다.

"아악! 이상해요! 방금 차갑고 섬뜩한 느낌이 날 지나갔어요! 내 머리칼이 저절로 곤두서고 있어요!"

"맞아요! 작가님 손이 장군을 뚫고 지나갔어요!"

"여기 정말 뭐가 있나 봐요! 안 보이지만 느낄 수 있어요!"

장무람은 기적을 목격한 성도처럼 소리 질렀다. 다시 노트북이 켜졌다. 민규는 동영상 속에서 영화배우가 된 자신을 바라보고 있었다. 장군이 경중경중 뛰면서 가슴을 밟자 고통스럽게 이 물건 던지고 저 물건 걷어차는 호러영화 주인공 김민규를. 아니 다큐멘터리 주인공 김민규를. 그가 본 것, 목격한 것, 당하는 건 모두 정신병의 환각이 아닌 엄연한 현실이었다. 아무도 그런 현실을 몰랐고 이해하지도 않았다.

천지선녀를 제외하고는.

고개를 드니 장군이 사라지고 없었다. 또다시 장군은 저 멀리 하천 아래로 내려가고 있었다. 장무람이 다가왔다.

"지금도 장군이 내 옆에 있나요?"

"아뇨. 저 아래로 갔어요."

"이상해요⋯. 집에 가야겠어요⋯ 기분이 이상해요⋯."

"괜찮아요. 장군은 내가 표적이지 다른 사람은 괜찮을 거예요."

"괜한 짓을 한 것 같아요⋯ 소설과 현실은 달라요⋯ 내가 위험한 짓을 한 건 아닌지⋯ 정말 기분이 안 좋아요⋯."

민규는 쓸데없는 일에 그녀를 연루시켰다는 생각에 다급히 말했다.

"이걸 소설 소재로 쓰세요. 《나사의 회전》은 상대도 안 될 거예요."

"아무것도 싫어요. 소설이고 뭐고 지금은 아무것도 싫어요."

인사도 없이 장무람이 걸어갔다. 어떤 병의 잠복기에 들어선 사람처럼 그녀의 안색은 좋지 않았다.

민규는 2층 〈천지선녀〉의 집을 올려다보았다. 卍자 표시가 바람개비처럼 핑핑 도는 듯했다. 그녀를 찾아가기로 결심했다. 그녀를 믿고 그녀가 시키는 것을 하기로 결심했다.

"무섭긴요. 어디 사람 죽이는 게 귀신인 줄 알아요? 능력을 주는 게 귀신이지."

장무람의 말이 떠올랐고 데자뷔인지 환각인지 모를 광경도 떠올랐다. 그건 어쩌면 장군이 추리작가 민규에게 선사한 예지력일 수도 있었다. 그럼에도 민규는 단호했다. 어떤 능력을 주건 말건 귀신과 동거할 생각은 추호도 없었다.

3

벨을 누르자 방울 소리와 함께 문이 열렸다. 원초적인 무서움과 맹목적인 평안을 동시에 주는 소리였다. 얼굴에 '북두칠성 점'이 있는 여자가 시선을 내리깐 채 민규를 맞았다. 서점에서처럼 익숙한 문장이 또다시 입 밖으로 나올 뻔했다.

작두도 밟고 칭칭쾡쾡 굿도 할 거야?

"천지선녀님 계신가요?"
그녀는 답을 하지도, 민규와 눈을 마주치지도 않았다. 함부로 귀신 묻은 사람과 말 섞지 말란 지시라도 받았는지 등을 돌려 '어머니!' 하고 불렀다.
"저기요, 잠깐만요. 혹시 우리가 예전에 만난 적이 있나요?"
여자는 대답하지 않았다. 트레이닝복 대신 녹색 한복을 차려입은 천지선녀가 나왔다.
"어제 내가 돌아가고 새벽에 또 당신 소란 피웠어. 나 한잠도 못 잤어. 아이고오, 얼굴이 말이 아니구나."
"중년이셔도 정말 미인이십니다."

부탁을 할 입장이라 민규가 아양을 떨었다. 천지선녀는 비웃음으로 나왔다.

"내 얼굴 말고 당신 얼굴 말하는 거야! 장군이 계속 괴롭히는구나아아… 고집부리다 곧 죽는구나아, 아이고오, 죽는다아아아….."

"어젠 죄송했습니다. 제가 자는 모습을 여기 찍어 왔습니다."

민규가 노트북을 들어보였다. 천지선녀도 조금 풀어진 음성으로 답했다.

"이제 내 말 믿어?"

"예. 믿습니다."

"어디 한번 보자. 저 방으로 갑시다. 넌 여기 있어!"

천지선녀가 호통치자 북두칠성 점의 여자가 고개를 숙였다. 그녀는 몰래 민규를 보고 있었다. 둘의 나이 차이가 기껏 열 살 정도여서 도저히 모녀로 보이지 않았다.

"따님한테 그렇게 소릴 지르세요?"

"호정이? 쟤가 딸이라면 내가 몇 살에 낳은 딸인데? 친딸 아냐. 신딸이지. 귀신 다루는 법 배우려는 일종의 학생이랄까, 제자랄까?"

역시 친딸이 아니었어. 민규는 기회가 있을 때 호정이라는 이름의 그녀와 얘길 해봐야겠다고 마음먹었다. 그녀가 서점에서 무속 관련 서적을 본 건 신어머니를 향한 의심 때문일 수도 있다. 약점을 잡혔거나 심리적 가스라이팅을 당해 여기에 빌붙어 있는 건지도 모른다. 그녀는 또 다른 추리소설의 영감을 줄 모델이 될 수도 있었다. 하지만 지금은 귀신 쫓는 일이 급선무였다. 소설 집필의 의욕을 생각하니 아픈 몸에 약간 활기가 돌아왔다. 벌써 몇 번째나 겪는 일이지만 늘상 신기했다.

민규는 천지선녀의 안내를 받아 신당으로 쓰는 201호의 안방에 앉았다.

커튼 때문에 방 안이 온통 붉었다. 제단이 방의 절반을 차지했는데 과일과 촛불과 뜯지 않은 크래커 따위가 질서정연하게 놓여 있었다. 그 뒤에는 황금색 칠을 입힌 불상과 검은 의관을 쓴 도사와 머리 허연 신령과 알록달록한 한복 차림 선녀를 구현한 인형들이 그들을 묘사한 벽화 앞에 서 있었다. 제단 앞에는 호랑이를 수놓은 카펫이 깔렸고, 그 위에 작은 장독과 쌀 담은 향로와 방울이 얹힌 자주색 소반이 놓여있었다. 호랑이는 얼굴을 크게 드러내야 귀신도 접근 못 할 위엄을 과시하겠는데, 하필 소반 다리가 호랑이 눈을 찌르게 놓여 호랑이는 이 무당에게 사로잡혔다는 인상을 주었다. 소반 다리에는 〈신속배달 산동반점〉 스티커까지 붙어있어 호랑이는 들고양이로 격하되었고 아울러 이 무당이 돌팔이일지도 모른다는 선입견을 심어주기에 충분했다. 어쨌거나 민규는 장군을 알아본 상대를 믿어보기로 했다.

"제가 어제 당했던 걸 보여드릴게요."

민규가 노트북에 전원을 넣고 동영상 파일을 재생시켰다. 천지선녀가 고개를 끄덕였다.

"제가 수면제를 먹고 불도 켜고 누웠어요. 곧 잠들 테니 계속 보세요."

동영상 속에서 민규는 전등을 켠 채 잠이 들었다. 시간이 지나자 호흡이 일정하게 유지되면서 렘수면 상태가 되었다. 한 줄기 바람이 불어닥치더니 커튼이 저절로 펄럭이고 전등이 지직거리다 꺼졌다.

"문을 다 닫았었어요."

걸어오는 발이 보이기 시작했다. 표범 가죽 각반이 어둠을 뚫고 척척 이동했다. 발 위로 망토 같은 붉은 옷자락이 흔들거렸다.

"누가 온 거지? 장군인가?"

천지선녀가 묻자 민규가 고개를 끄덕였다.

장군이 왼발로 민규의 가슴을 밟았다. 민규의 고개가 비틀어졌다. 오른발까지 올라가자 바윗돌이 얹힌 듯 온몸으로 답답함을 표현했다. 고갯짓이 격렬해졌다. 장군이 널뛰기하듯 펄떡펄떡 뛰면서 압박을 가하자 고통스럽게 손짓발짓하던 민규는 손에 잡히는 물건마다 집어던지고 발길질을 했다. 장군이 내려와 방 안을 돌아다녔다. 약간 자유로워진 민규의 몸이 구르다가 벽에 부딪치고 의자를 쓰러트렸다. 이 서슬에 책상 위에 쌓아놓은 물건들도 떨어졌다. 의식이 없는 상태에서 주먹으로 바닥을 찧고 소파에 머리를 박기도 했다. 크게 벌린 입은 알아들을 수 없는 소리를 질러댔다.

"매일 이랬어?"

동영상이 끝나자 천지선녀가 물었다.

"그런가 봐요. 직접 본 건 오늘이 처음이고요. 선녀님도 장군을 봤나요?"

"내 눈엔 안 보인다니까."

"그럼 제가 어떻게 당했는지 아시나요?"

"가슴을 짓밟히고 눌린 것 같은데?"

"맞아요."

"장군이 왜 그랬을까?"

"저도 모르겠어요. 왜 제가 저런 귀신한테 걸렸을까요?"

천지선녀가 신딸을 불렀다.

"호정아. 책 갖고 와봐."

호정이 낡은 그림책 한 권을 갖고 다가왔다. 민규는 서점에서 당신을 봤다며 알은체를 하고 싶었지만 그럴 분위기가 아니었다.

"이 중에 당신이 본 장군이 있으면 스톱해."

천지선녀가 책장을 넘기기 시작했다. 판매용이 아닌, 어떤 의도로 펴냈는지 모를 무서운 책이었다. 까마득한 옛 시절부터 무당과 귀신이 함께 있을 법한 장소의 그림만을 모아 조악하게 인쇄한 책이었다. 페이지를 넘길수록 존재 자체가 신비로운 남자들이 나타났다. 갑옷, 혹은 관복, 도포나 구군복 차림의 그들은 비현실적인 믿음으로 엄연히 현실에서 지지를 얻고 있는 이들이었다. 시험의 합격, 운수의 대통, 잡귀의 방어, 병마의 치료에 검증 없이도 이들은 영험함의 자격을 얻었다. 이들은 사람의 운명을 바꾸고 악귀를 굴복시키는 권위를 인간의 믿음으로 취득한 신령들이었다. 하지만 그들은 완벽하게 선한 존재는 아니며 강신(降神)이 잘못되면 인간에게 해독을 끼칠 수도 있는, 절반은 위험한 신령이었다. 그래서 사람들은 제사와 치성과 굿 등의 편의로 그들을 달래며 일종의 이용을 해왔다. 지금 민규의 눈에 비친 칼, 창, 비파, 불덩어리 등을 쥐고 있는 그들은 하나같이 악독하게 생겨 선신으로 보이지 않았다. 인정사정없는 눈길은 그대로 종이를 뚫고 나와 민규를 코앞에서 노려볼 것 같았다.

"집중해서 제대로 봐! 지금 도배지 색상 고르는 줄 알아?"

천지선녀가 호통치자 민규는 책에 시선을 집중했다. 페이지가 빠르게 넘어갔다. 매직아이 북스처럼, 무섭게 생긴 장군들이 형태를 달리해 자신에게 다가왔다. 그중 하나와 마주쳤을 때 민규의 전신에 털이 곤두섰다.

"아, 잠깐만요! 이 장군이에요!"

민규가 페이지를 가리켰다. 코어힐에서 보았던 것과 똑같은 그림이 거기 있었다. 동신아파트에 직접 현신(現身)했고 장무람의 손길을 그대로 관통해버린 귀신 장군이었다. 천지선녀가 헉하고 뒤로 물러났다.

"큰일이다! 위뇌홍 장군한테 걸렸구나!"

"그게 누군데요?"

"명나라에서 온 사악한 장군이야."

호정이 책을 펼쳐 민규가 보기 쉽게 바닥에 놓았다.

위뇌홍 장군

위뇌홍(魏雷弘) 장군은 중국 명나라 때의 장수다. 임진왜란 당시 명의 2차 원병을 이끌고 참전한 방해어왜총병관(防海禦倭總兵官) 이여송 장군 휘하의 부총관 중 하나였다. 성정이 포악하고 사로잡은 포로를 고문하다 죽이길 즐기는 잔혹한 장수로 소문나 적들이 겁을 먹고 전투에 앞서 도망치기 다반사였다는 이야기가 전해진다. 1593년 1월 조명 연합군의 평양성 탈환 때 고향의 부인이 바람을 피운다는 가짜 소문을 퍼뜨린 왜군의 간계(奸計)에 걸려 전사했는데, 그 후 타향 땅에 발이 매인 위뇌홍의 귀신을 봤다는 목격담이 평양 백성들 사이에서 전해져 왔다.

전란 후 함경도와 평안도 백성들이 폐 질환을 앓다가 죽는 일이 잇따랐는데 장군의 혼백이 가슴에 올라타 숨을 못 쉬어 죽는다는 소문이 퍼졌다. 당시 아이들 사이에서 '장군이 올라탄다! 장군이 올라탄다!'라는 유행어가 돌았고 흉살을 염려한 어른들이 심하게 경을 쳤다고 한다. 이후 나라에서 사당을 짓고 넋을 위로하는 제를 올리자 역질은 멎었다고 한다. 그로부터 신격화되었으며 지역을 달리해 아직도 한국의 사당에서 위뇌홍 장군을 신으로 받들어 모시는 곳이 있다고 전해진다.

"이 장군이 틀림없어?"

"맞아요. 이 장군이에요. 내 몸이 이렇게 된 게 이자 때문이란 말이죠?"

"그래."

"아, 왜 나한테 이런 일이 생긴 거지? 난 부정 탄 물건을 주은 적도 없어요. 글 쓰려고 절이나 사당 같은 데는 많이 가봤지만 거기서도 돌멩이 하나 손대지 않았어요."

"당신 글 쓰는 사람이야?"

민규는 대답하지 않았다. 천지선녀는 민규를 이리저리 바라보다가 무릎을 척 세운 후 한쪽 팔꿈치를 기댔다.

"예? 왜 나한테 이런 일이 생겼냐고요?"

"하늘에서 비가 내리면 특정한 사람을 겨냥해 내리나?"

"명나라 장군이고 평양 쪽에 출몰한 귀신이라면서요? 여긴 한국의 섭주잖아요?"

"섭주가 맞지. 이상한 사건, 요상한 귀신 이야기가 우리나라에서 가장 많은 고장."

"왜 나한테 온 걸까요?"

"당신 몸이나 정신이 신을 잘 받을만한 구조로 되어 있는 건지도 모르지. 어릴 때부터 일어나지 않은 일을 미리 꿈으로 꾸거나, 잃어버린 물건을 꿈으로 찾거나, 어떤 일들을 잘 맞추거나 하지 않았어?"

민규는 데자뷔라 생각해왔던 영상을 떠올렸다. 경찰관, 권총, 의처증 부부… 위뇌홍 장군을 죽이기 위해 왜군은 간계를 썼다고 한다. 고향의 부인이 바람을 피운다며. 그러나 민규는 대답을 질문으로 바꾸었다.

"왜 날 해치려 할까요?"

"해치려는 게 아니고 위뇌홍 장군이 당신에게 내리려는 거 같은데. 당신이 시름시름 앓는 건 나를 받으라는 장군의 계시를 무시해서 그런 거야."

"그렇다면 그게 계시였나요?"

민규는 창백한 표정으로 코어힐에서 거듭 꾸었던 '재림'의 악몽에 관해 상세히 설명했다. 고개를 숙이고 있긴 했지만 호정도 듣고 있었다. 천지선녀가 고개를 끄덕였다.

"내, 확신한다. 분명 위뇌홍 장군은 그때부터 당신 곁에 있었던 거야."

"가끔 이상한 광경이 떠올라요. 구체적이진 않은데 예전에 겪은 기분이 들거나 아니면 미래의 예견 같다는 생각이 들 때가 한두 번이 아니에요."

민규가 호정을 가리켰다.

"나 저분을 처음 봤고 어디서도 만난 적이 없었어요. 그런데 저

분 보자마자 저절로 '작두도 밟고 칭칭쾅쾅 굿도 할 거야?'라는 말
이 떠올랐어요. 저분이 선녀님 신딸인 걸 모를 때부터요. 그런 것
도 일종의….″

갑자기 호정이 흐느끼는 바람에 민규는 말을 중단했다. 민규가
왜 그러냐 물으려 하자 천지선녀가 거칠게 내뱉었다.

"나가 있어!"

호정이 손바닥으로 얼굴을 가리며 나갔다. 천지선녀가 흥미롭
다는 표정을 지었다.

"잘 맞췄어. 쟤는 작두 탈 운명이야. 오기 싫다는 데도 내가 쟤
를 여기로 오게 했거든. 당신한테 장군의 영향력이 이미 시작된 거
야. 재림, 즉 '다시 임한다'의 뜻이 뭐겠어?"

"신의 내림이란 말인가요? 신내림?"

"그렇지. 받아들여야 해."

"내가 무당이 되어야 한다 이건가요? 오 마이 갓, 난 그럴 생각
없어요."

"그럼 죽어야지 뭐."

천지선녀가 웃었다. 민규가 손으로 이마를 짚었다.

"내가 살던 집 이웃들이 내가 층간소음을 일으키는 사람처럼 막
대했어요. 이제 알겠어요. 동영상처럼 나도 모르게 내가 그들에게
소음 소란을 일으킨 거예요."

"아주 난리였겠구먼."

"동서남북 이웃들이 날 무척 싫어했죠. 난 그들을 미워했고요.
내 몸의 열병도 홧병인 줄로만 알았어요."

"멀쩡하던 사람이 하루아침에 무속인이 되는 게 남의 일 같았겠

지? 어느 날 그들은 그렇게 계시를 받고 선택받는 거야. 나도 그랬고 호정이도 그랬지. 심지어 목사나 승려한테 가는 경우도 있어. 지금 중요한 건 그게 아냐."

"그럼 뭐가 중요한데요?"

"빠른 시일 내에 받지 않으면 귀신은 그 사람을 흔들어대. 일종의 독촉을 하는 거지. 그게 뜻대로 되지 않으면 그 사람을 버리고 다른 사람한테 간단 말야."

"그러면 좋은 거잖아요?"

"버리고 간다는 말 뜻을 몰라?"

"죽이고 간단 말이에요?"

"그래."

"귀신은 사람을 죽일 수 없어요. 어떻게 닿지도 않는 귀신이 사람을 죽여요? 하긴 난 닿지만⋯."

"낫지 않는 병, 급성으로 오는 질환. 그런 것 전부를 의사들이 분석하고 밝혀낼 수 있다고 생각해? 인공지능이 답을 줄 수 있다고 생각해?"

천지선녀의 표정이 심각해졌다.

"역시 내 예상은 틀리지 않았어. 닭 피에 조금 놀라긴 했지만 저 장군이 더 강해. 이미 당신 집 안을 자기 집처럼 드나들잖아. 내일이라도 당신은 급사할 수 있어."

"아, 이런⋯ 내림받지 않고 쫓아낼 수는 없나요? 퇴마의 달인이라면서요?"

"상대는 명나라에서 온 큰 귀신 위뇌홍 장군이야. 내가 장군에 맞선다면 플라이급 선수가 헤비급 선수하고 붙는 격이야. 퇴마사로서 도전해 볼만한 일이긴 하지만… 나뿐만 아니라 당신까지 목숨을 걸어야 해."

천지선녀는 이 일에 상당히 흥미를 갖고 있는 게 틀림없었다.

"한 가지 방법이 있긴 한데…."

"그게 뭔데요?"

"귀신은 산 사람에게 붙어. 당연히 죽은 사람한텐 붙지 않는다고."

"그런데요?"

"만약 내림받을 사람을 일시에 죽은 것처럼 꾸미고 귀신이 거기에 속아 넘어간다면 일은 끝나."

"그런 방법이 있어요?"

"말 그대로 귀신을 속이는 거지. 하지만 위험해. 귀신은 영리하거든. 속았음을 안 순간 화풀이를 하겠지."

"상관없어요. 당장 하겠어요! 저 장군만 떨쳐내준다면 뭐라도 하겠어요!"

"진짜지? 잘못하면 우리가 다 죽을 수도 있어."

천지선녀의 눈이 빛났다. 민규는 내가 지금 뭘 하는 건지 의아해하면서도 물었다.

"돈이 많이 드나요?"

"돈은 많이 들지 않아. 위험해서 그래."

"그럼 할래요! 난 대한민국 최고의 추리소설가예요! 무당이 될 순 없어요. 아, 죄송해요. 이런 일로 내 인생을 바꿀 순 없다고요!"

"신을 받으면 좋은 일도 있어. 영험한 능력을 얻게 되거든."

"싫어요. 난 그냥 정상인처럼 살고 싶어요."

민규는 몸을 내리누르는 몸살을 떨쳐버리듯 소리쳤고 실제로 고통이 조금 덜어졌다. 천지선녀가 그런 민규를 노려보았다.

"귀신 속이는 일을 하게 되면, 온몸을 시체로 꾸미고 숨 안 쉬는 공연을 하는 거라 생각하는 모양인데 그런 거 하고 달라. 추리소설가? 저 귀신하고 숨바꼭질하고 서스펜스 자아내는 거하고도 달라. 무조건 내가 시키는 대로만 해야 해. 악귀가 접근 못 하도록 당신 혼을 쏙 빼놓는 일을 내가 하는 거란 말야. 그래도 좋아?"

민규가 대답하지 않자 천지선녀가 강한 어조로 말했다.

"할 건지 안 할 건지 진짜로 결정해. 비용은 안 받을 수도 있어. 이런 경우의 굿판은 돈 벌려고 하는 푸닥거리하고 차원이 달라."

민규는 고민했다. 천지선녀의 등에 가려졌던 제단이 눈에 들어왔다. 청룡검, 부적, 촛불, 무서운 탱화들… 민규는 나이 먹은 할머니 할아버지나 행할 무속 행위를 머릿속에 그려보다가 정신적 공황 상태에 빠졌다. 하지만 장군은 엄연히 실재했고 정체가 귀신임을 인정한 마당이다.

"당신 목숨도 목숨이지만 이건 내게도 중요한 인생 도전이야. 난 대한민국 최고로 무력(巫力)이 왕성한 신의 대리인이 될 수도 있어!"

천지선녀의 눈이 흥분으로 활활 타올랐다.

"저 밖에는 지금도 장군이 있고 계속 당신을 노릴 거야. 명심해, 내 장담하는데 당신한테는 며칠밖에 시간이 없어."

"그게 무슨 소리죠?"

"강한 귀신이 눈에 실제로 보일 정도로 가까이 붙었는데도 받지 않고 버티면 아무리 길어도 사나흘이야. 후회하는 순간이 올

때 불귀의 객이 되는 거라구. 농담 아냐. 죽고 나면 후회할 겨를도 없어."

민규는 갈등을 접기로 결심했다. 무조건 장군하고 멀어져야만 소설도 쓸 수 있을 테니까.

"하겠습니다."

"두말하기 없기다. 정말 결심한 거야!"

"계속 시름시름 아픈데 이래 죽으나 저래 죽으나 뭐가 다르겠습니까?"

"알았어."

천지선녀는 호정에게 또 뭔가를 가져오라고 지시한 뒤 민규를 보고 말했다.

"지금부터 내가 하는 말 잘 들어. 내리려 하는 귀신을 안 받고 내림 받는 이를 죽음까지 내몰리게 해서 귀신을 무리하게 쫓아내는 건 일반적인 굿하고 달라. 정상적인 사람의 치료법하고 틀리단 말야. 뉴스에서 돌팔이들이 굿하다 사람 죽여 감옥 가는 거 봤지?"

"예."

"지금 당신의 한쪽 눈은 절박함이 깃들어 있지만 다른 쪽 눈은 의심이 가득해. 이 일은 서로 간에 믿음이 없이는 절대로 할 수 없어. 하기로 작정하면 정말 위험하고 무서운 일이 될 거야. 당신 살고 나 살자면 서로가 힘을 합쳐 싸워야 해. 자, 돈은 나중에 얘기할 테니 여기에 서명부터 해."

천지선녀가 호정이 가져온 서약서를 내밀고 피가 든 그릇을 내밀었다. 민규로서는 상상도 못 해 본 상황이었다. 앞으로가 험난한 가시밭길임을 예견하는 순간이었다.

202( )년 본인 ( )는 상세불명의 이유로 인해 신병을 앓아 무가(巫家)의 치료법을 원하기에 천지선녀님을 전적으로 의지하고, 완전한 자의적 결심으로 일체의 무속 행위를 허용합니다. 이 서약서를 쓰기까지 상대 측으로부터 어떠한 강압도 없었으며 오로지 본인의 희망으로 굿을 의뢰함을 이 서약서로 보증합니다. 치료를 위한 어떠한 방법도 수용할 것이며 결과에 대해 어떤 이의와 법적 조치도 제기하지 않을 것임을 약속합니다.

호정이 문가에 서서 민규를 바라보았다. 긴 머리칼이 얼굴을 가려 북두칠성 점도 그녀의 눈도 보이지 않았다.

'나보다 먼저 당했을 저 사람이 서약서에 찍으라고 종용하는 걸까, 아니면 찍지 말라고 경고하는 걸까?'

온몸에 몽둥이찜질이 가해지는 몸살이 다시 시작되었다. 재림과 장군과 동영상이 스쳐지나가자 생각이고 자시고 할 것도 없었다. 서약서에 이름을 쓴 민규는 손가락에 피를 묻힌 후 지장을 찍었다. 굿하다 의뢰인이 사망해도 무녀는 책임이 없단 말은 씌어있지 않았지만 문서 자체에 그 내용이 살아 숨쉬는 것 같았다.

서약서를 손에 쥔 천지선녀는 크게 만족해 고개를 끄덕였다.

죽음

삶을 예측할 수 없듯이 죽음 또한 예측할 수 없다.
사람은 죽음을 향해 태어나고 죽음과 최대한 마주하지 않기 위해 삶을 연장한다.

그것이 죽음이란 대전제 안에 놓여진 삶이란 소전제다.

죽음은 크고 삶은 작다.

지상 최고의 영광을 삶 속에서 이루어도 그 모든 것을 거두어가는 것은 죽음이다.

죽음을 속이고자 해도 절대로 속지 않는 것이 죽음이다.

삶은 거짓이지만 죽음은 진실이기 때문이다.

거짓된 삶은 있어도 거짓된 죽음은 없다.

타인의 죽음은 거짓일지라도 스스로의 죽음만은 진실이다.

그것은 풀 수 없는 문제이자, 피할 수 없는 굴레이며, 어떻게든 맞닥뜨릴 수밖에 없는 운명이다.

인간이 온갖 것을 체험하는 삶에서, 죽음은 최후의 체험이다.

사색도, 반추도, 회고도, 혐오도, 반성도, 후회도 할 수 없는 단 한 번의 체험이다.

죽음은 체험과 동시에 끝이 나며, 체험 후 다시 삶으로 돌아가지 못한다.

죽음과 삶은 예정이 없다.

언제 던져질지 모르는 것이 삶인 것처럼 언제 찾아올지 모르는 것도 죽음이다.

제 3 장

죽도록
무당에게
시달리기

7월 10일(퇴마 1일 차)

1

어둠 속에 갇혀있던 민규는 자신의 몸이 허공으로 들려 어디론가 운반되는 것을 알았다. 속이 울렁거리고 멀미가 났다. 시간과 공간의 개념을 인지할 수 없었다. 그를 구속한 비좁은 어둠 속에서 조금도 몸을 움직일 수 없었다. 죽을 것처럼 기운이 없었고 몸은 더 안 좋아졌다. 폐소공포증을 호소하고 소리도 질러봤지만 천지선녀는 그를 가둔 어둠을 풀어주지 않았다.

"이게 정말 귀신 쫓는 행사예요? 날 가둬 죽일 셈이에요?"

민규의 절망적인 질문에 천지선녀의 대답은 한결같았다.

"이성 잃지 말고 잘 생각해봐. 거기 갇히게 되면서 장군은 한 번도 네 앞에 나타나지 않았을 텐데?"

틀린 말은 아니었다. '거기'에 들어간 이후로 장군은 나타나지 않았다. 천지선녀에게 신체포기각서나 다름없는 서약서에 사인했던 날 저녁, 천지선녀와 신딸 이호정은 제단에 치성을 드렸다. 그

사이 민규는 당분간 돌아가지 못한다는 천지선녀의 엄포에 집 안을 정리했다. 시간이 흘러 밤이 왔고 위층에서 무거운 짐을 나르는 소음이 지나간 후, 천지선녀는 민규를 불렀다. 그리고 '거기'에 들어가라고 했다. 거기란 사람 형상의 거대한 나무 조형물로, 일종의 등신불(等身佛) 같은 수납공간이었다. 민규의 눈에 비친 그것은 아무리 좋게 봐도 '관'을 세워놓은 것이었다. 검은 옷, 검은 갓 차림의 무서운 인물을 그려놓은 뚜껑을 열어젖히자 안에 짚과 부적이 가득했다. 이곳에 들어가 뚜껑을 닫으면 갇힌 사람은 몸을 꼼짝할 수 없고, 뚜껑에 그려놓은 '검은 남자'의 눈구멍을 통해 간신히 바깥을 볼 수 있는 것이었다.

천지선녀가 들어가라 소리쳤을 때 민규는 주저했다. 그러자 검은 한복을 입은 사람 두 명이 나타났는데 그들은 각기 천하대장군과 지하여장군 탈을 얼굴에 쓰고 있었다. 민규가 누구냐 물으니 천지선녀를 돕는 법사들이라고 했다. 두 사람이 합심하여 경을 읽자 졸음이 오고 온몸의 기운이 빠져 민규는 뒤로 비틀거리다 저절로 짚단에 등을 대게 되었다. 그렇게 '거기'로 들어가게 되자마자 뚜껑이 쾅 닫혔다. 데이비드 카퍼필드 마술쇼의 희생자 역할이라는 상상은 몸이 뒤로 눕혀지면서 사라졌다. 말 그대로 관 속에 갇히게 된 것이다.

"살아있는 내가 관에 드러눕게 되다니…."

민규의 허탈한 혼잣말에 천지선녀가 혀를 찼다.

"아무것도 모르는 중생아. 이건 저승사자의 형상을 본떠 만든 관이야. 관 속에 네가 있고 바깥에 저승사자가 버티고 있고 이제 우리가 네 생의 흔적을 감추면 장군은 네가 죽은 줄 알고 떠나갈 거란 말이지."

민규는 황당함과 무서움에 숨이 막혔다. 죽음을 흉내 내다가 정말 죽을지도 몰랐다. 남의 일 같았던 무속 행위 중 사망사고가 피부에 와닿았다. 그러자 이렇게 죽을 순 없다는 생각이 들었다. 육체의 통증을 덜고 정신력을 유지할 수 있는 이전의 방법이 떠올랐기에 그는 필사적으로 천지선녀에게 소리쳤다.

"뜻은 알겠지만 난 추리소설 다루는 작가예요! 이 일의 신빙성과 가능성, 그리고 내가 어떻게 될지에 대한 대책을 설명해줘요."

"문자 쓰고 자빠졌네. 거기 들어간 지 얼마나 됐다고 벌써부터 지랄이야? 내가 가장 싫어하는 인간이 누군지 알아? 뭘 하겠다고 결심해놓고 돌아서자마자 도저히 못 하겠다고 질질 짜는 놈이야. 신이 관여하는 일은 인과관계로 설명할 수 있는 게 아니야. 넌 이미 서약서에 사인했어. 묻지도 따지지도 말고 그냥 견뎌!"

천지선녀가 웃어댔다. 담배를 많이 피운 쉰 웃음은 들개가 짖는 것과 비슷했다. 민규는 땅을 치고 후회했지만 때는 늦었다.

나는 돌이킬 수 없는 짓을 했어!
그 서약서에 피를 묻히는 게 아니었어!

민규는 무더위 속 감금의 공포에 시달리면서도 정신을 차리려 노력했다. 칠흑 같은 어둠과 남게 되자 원초적인 사념들이 하나하나 흉기가 되어 몇 배의 통증으로 몰려왔다. 시간과 공간의 감각을 잃은 그에게 유일하게 남은 것은 청각이었다. 무당의 주문, 끈덕지게 이어지는 무악, 요상한 사설이 귀를 괴롭혔다.

유일한 위안 한 가지는 장군이 나타나지 않았다는 것이다. 하지만 가끔 눈을 감았을 때는 악몽을 꾸었다. 탈을 쓴 사람들이 상여를 메고 가고, 검은 개가 피로 흥건한 도로를 달리고, 형체가 흐릿한 누군가가 총소리에 뿔뿔이 흩어지고, 동영상을 거꾸로 작동시킨 것처럼 거대한 도자기 위로 피가 다시 올라가고 금 갔던 부분이 붙는 그로테스크한 악몽이었다. 머리가 거대하고 몸은 손바닥만 한, 벌레처럼 생긴 기형의 인간도 얼핏 스쳤다가 사라졌다. 악몽은 단편적이고 일관적이질 않았다. 그것이 하루 동안 물 한 모금 마시지 못한 민규가 겪었던 일이었다.

'이상해요. 그리고 불안해요. 누군가 나를 잡으러 올 것 같거든요.'

이동이 멈추고 관이 땅에 놓였다. 짚이 쿠션 역할을 했다. 저승사자 디자인의 관 뚜껑이 열리자 햇살이 몰려들었다. 손으로 눈을 막을 새도 없이 천하대장군 탈, 지하여장군 탈이 나타났다. 그러나 민규를 일으킨 건 호정의 손이었다. 두 탈바가지는 부적을 머리 위로 올리고 뭐라 중얼중얼 인사를 하는 시늉을 했을 뿐이다. 호정의 억센 손에 의해 민규는 강제로 일으켜 세워졌다.

2

"여긴 어디죠? 붕평마을인가요?"
민규가 물었지만 호정은 답하지 않았다. 호정은 민규를 근처의

버드나무까지 밀어붙인 후 밧줄을 꺼내 사람과 나무를 함께 묶었다. 그녀의 손은 완강했지만 조금 떨렸다. 장승 탈을 덮어쓴 두 법사는 가방 속에서 돼지머리와 과일 따위를 꺼내 상을 차렸다. 머리에 붉은 끈을 동여맨 천지선녀가 다가왔다.

"장군이 근처에 있는지 둘러봐."

민규가 고개를 들다가 떨구자 천지선녀가 야단쳤다.

"고개 안 들어? 지금 장난하는 줄 알아! 샅샅이 찾아봐!"

기운이 없었지만 민규는 다시 고개를 들고 주위를 둘러보았다. 앞뒤를 분간할 수 없도록 온통 푸르고 울창한 나무뿐이었다. 그곳은 깊은 산속이었다.

"장군이 보여, 안 보여?"

"안 보여요. 그러니 이거 좀 풀어주면 안 돼요?"

"안 돼. 장군이 어디 있는지도 모르는데."

"없다니까요. 확실해요."

"임진왜란 때 위뇌홍 장군은 허허실실(虛虛實實)의 지장(智將)이었다. 허허실실이 뭔지 알아?"

"비어 보이는 것이 실상은 가득 차 있고, 가득 차 보이는 것이 실상은 비어 있다."

민규가 말하자 천지선녀와 호정이 서로를 바라보았다.

"정말 영특한데? 참으로 아까운 인물이야…."

호정이 자리를 피하려 하자 천지선녀가 거친 동작으로 어깨를 잡고 민규를 보게 했다. 민규는 신어미가 신딸에게 어떤 체험학습을 시키는 건 아닌가 하는 인상을 받았다. 이어지는 천지선녀의 말은 그런 추리를 확신으로 굳히기에 충분했다.

"마음 독하게 먹어 이것아. 이 길에 들어섰으니 앞으로는 더 못 볼 꼴도 봐야 할 거야."

호정 역시도 '당하는' 입장이란 생각에 민규가 말했다.

"난 괜찮으니 저분 말씀대로 하세요."

천지선녀가 호정에게 차갑게 말했다.

"이 건방진 자식 뺨을 한 대 후려쳐!"

호정이 머뭇거렸다.

"빨리!"

천지선녀가 눈에 힘을 주었다. 호정이 천천히 손을 들다가 민규의 뺨을 후려쳤다. 손길은 매서웠고 굉장히 아팠다. 민규는 자신의 손을 바라보는 호정을 보았다. 마치 '오, 내가 이 손으로 사람을 죽였어' 하고 대사를 읊는 영화배우처럼. 민규는 필사적으로 생각을 짜냈다.

'만약 내가 이자들한테서 도망칠 일이 생기면 저 여자를 이용해야 한다.'

천지선녀가 이죽거렸다.

"허허실실이야 허허실실. 위뇌홍 장군은 방심한 너를 언제든지 들이쳐 어깨 위에 올라탈 수도 있어."

민규의 머릿속은 복잡해졌다. 허(虛)는 비어있는 것이고 실(實)은 가득 찬 것이다. 멀쩡한 성인인 자신이 지금 이 기이한 공연에 스스로 참가한 것은 장군이 자신의 육체와 정신을 차지하려 한다는 믿음 때문이다. 강신, 신내림이 이뤄진다면 장군과 자신 중에 어느 쪽이 비어있는 것이고 어느 쪽이 가득 찬 쪽이 될 것인지 의문이었다. 내 몸의 주인은 나인데 타인이 내 몸의 주인이 된단 말인가? 비어있는 내 몸을 차지하는 것이 실재인가, 지혜로 가득한 빈 것을 받아들일 이 허약한 내 몸이 실재인가? 이 모든 게 정신병원에 강제로 들어가야 될 내 마음의 병은 아닐까.

"지금부터 죽은 척을 해라. 네가 죽었다고 생각해."

"나는 죽었다… 나는 죽었다…."

"이게 장난 같지?"

민규가 기계적으로 암송하자 천지선녀가 법사에게 손을 내밀었다. 법사가 방울과 청룡도를 건넸다. 그사이 전물상은 다 갖춰졌다. 천하대장군과 지하여장군이 양쪽에서 상을 들고 민규 앞으로 옮겼다. 호정은 차 트렁크에서 식용유 통 같은 것을 꺼냈다. 두 법사는 상을 놓자마자 징과 장구를 꺼냈다. 호정이 식용유 통을 세숫대야로 기울였는데 거기서 나온 것은 피였다. 민규의 머리털이 곤두섰다.

'그럼 그렇지! 겨우 닭 두 마리로 온 샷시를 피 칠갑했을까 봐? 수십 마리는 죽였겠다!'

천지선녀가 방울을 딸랑였다. 법사들이 바가지로 피를 담아 민규에게 교대로 뿌려댔다. 퍼지고 튀고 흐르고 날아가는 피에 민규의 전신은 피범벅이 되었다. 민규가 그만하라 해도 뿌려댐은 멎지 않았다. 행위미술가의 물감 뿌리기를 보는 것 같았다. 나무도 이파리도 그 아래를 기던 뱀까지 피에 젖어 붉게 변했다. 천지선녀가 방울과 청룡도를 엇갈리게 잡았다.

이리 가도 저승이요 저리 가도 저승이라
감당 못 할 귀신 명장 숨 취하러 온다는데
귀신은 속여도 나는 못 속인다지만
나는 속여도 귀신은 안 속아 넘어가거늘
받아놓지도 않은 오늘 이날
길일이지도 않은 오늘 이날
아무쪼록 무사히 소원 성취하고…

피가 귓구멍까지 막았는지 무당의 사설이 잘 들리지 않았다. 눈앞이 흐려졌다. 방울 소리가 커지면서 사설은 묻혔다. 귀를 집중하자 이번에는 법사들이 내는 장구 소리, 징 소리가 커졌다. 나뭇잎이 바람에 살랑이며 채 덜 마른 이슬을 털어내고, 가지가 까딱거리며 가려졌던 햇빛을 드문드문 쏘아보냈다. 지나치던 산짐승이 호기심에 돌아보고, 활짝 핀 꽃잎이 경기를 일으켜 움츠러들었다. 피 칠갑을 한 자신을 제외하고는 아름다운 풍경이었다. 이곳은 완벽한 원시 자연이었고 그 어떤 문명의 유산도 없었다. 그러나 그 모든 자연의 조화가 무당에게 반응하고 순응하는 것 같았다. 반면 자신의 몸에서는 빠른 속도로 힘이 빠졌다. 피가 다 빠져버린 것처럼.

'정말 내가 죽는 건가?'

고통이 사라졌기에 안락사를 연상할 정도였다. 천지선녀가 쾅쾅쾅 뛰는 흐릿한 영상을 눈앞에 둔 채 민규는 눈을 게슴츠레 떴다.

그러자 밝은 세상이 지워지고 컴컴한 장막이 민규의 눈을 가렸다. 엔진오일 타는 냄새가 솟아오르며 피아노 소리가 들려왔다. 그건 익숙한 어떤 노래의 전주 같았다. 어떤 여자가 어떤 여자를 불렀다.

김하영! 김화영!

증폭하는 볼륨이 민규의 귀를 자극했다.

김하영! 김화영!

얼굴이 드러나지 않은 흐릿한 인상의 경찰관이 나타나 누군가에게 총을 쏘자 환상은 와장창 깨져버렸다. 무악이 격렬해졌고 땀에 젖은 천지선녀의 사설도 격렬해졌다.

"천신신장 오방장군… 일월성신 삼불제석… 지극정성 명산선생… 청배하고 청배하니… 터주에 신령… 집주에 신선… 이 씨 아무개라 김 씨 아무개라… 터 안 좋아 그늘지고 기 안 좋아 시끄러우니… 사방에서 화살들이… 죽어죽어 죽어죽어… 빨리빨리 죽어라아…."

"나 저 사설 알아… 무당이 내게 뱀을 푸는 악몽에서 들었던 소리야!"

민규가 눈을 크게 떴다. 천지선녀가 멈칫거렸다. 민규는 천지선녀를 보지 않았다. 그의 눈에 들어온 건 높고 높은 나무 꼭대기에 흔들리지 않고 서 있는 어두운 그림자였다.

"왜 그래?"

천지선녀가 춤을 멈추었다. 법사들의 무악도 멎었다.

"장군이 저기 있어요."

"어디? 어디 있어?"

"저기 나무 꼭대기요… 저기는 사람이 오를 수 있는 높이가 아니에요. 어떻게 저게 가능하죠?"

"들켰구나! 내가 그랬지? 장군이 숨어서 지켜볼 거라고!"

잎이 울창한 버드나무 꼭대기에 장군이 두 발로 서 있었다. 족히 5미터는 초월할 높이였다. 몸을 흔드는 푸른 가지, 불어오는 강풍에도 장군은 미동도 없었다.

"너를 보고 있나?"

"그런 것 같아요."

천지선녀는 더 이상 뒤돌아보지 않았다. 먼 하늘로 시선을 둔 민규에게 낮은 목소리로 호통을 쳤다.

"빨리 고개 떨구고 움직이지 마! 죽은 척하란 말야!"

민규가 고개를 떨구었다. 연기가 아니라 자연스런 행위였다. 악기가 바뀌어 피리만이 울어댔다. 천지선녀가 지시를 내리자 호정이 차로 달려갔다. 천지선녀는 장군이 아닌 민규에게 절을 해대며 사설을 읊어댔다. 말이 하도 빨라 잘 알아들을 수 없었지만 '죽어 죽어 죽어죽어… 빨리빨리 죽어라아'의 내용이었다. 의심의 여지 없이 이사 온 직후 2층으로부터 들은, 악몽인지 현실인지 분간할 수 없는 가운데 들었던 소리였다. 이 같은 의심이 새롭게 숙여진 머리를 일으키게 했다. 호정이 두 손에 그릇 하나를 들고 달려와 민규의 입에 갖다댔다.

"이걸 마셔요."

피 색깔과 비슷한 그릇 속 액체에는 무수한 가는 것들이 떠다녔다. 사람의 머리카락인지 짐승의 털인지 분간할 수 없었다.

"이게 뭔데요?"

"당신을 보호할 정화수예요. 마셔요!"

그릇이 강제로 민규의 입에 밀착했다. 호정이 턱을 잡고 액체를 부었다. 민규는 고개를 저었지만 이겨낼 도리가 없었다. 두 번 다시 겪고 싶지 않은 감각이 목구멍을 넘어왔다. 머리카락인지 짐승 털인지 모를 것이 오장육부로 들어와 체액 내를 유영하며 장기(臟器)를 찔러댔다. 눈앞의 풍경이 지워지고 또다시 환각이 보였다. 붉은 혀를 내민 흑견이 피 묻은 산야를 돌아다니는 광경이었다. 개가 맹렬히 짖는 소리가 수호신의 고성처럼 산야를 메우자 장군은 자취를 감추었다.

천지선녀가 손을 비비며 소리쳤다.

"아이고 죽어서 어떡하노! 원통해서 어떡할까!"

전물상은 장군을 위한 것이 아니었다. 민규를 위한 전물상이었다. 천지선녀가 엎드려 빌고 두 탈바가지 법사가 경쟁이라도 하듯 무악을 두드리는 와중에 호정도 절을 했다. 그들의 대상은 전물상이었고 전물상은 장군이 아닌 민규를 향해 놓여 있었다.

김하영… 김화영…

이름이 귓가를 맴돌았다. 점점 의식이 흐려졌다. 오일이 타는 냄새와 함께 다시 피아노 소리가 들려왔다. 흑견이 입가에 침을 흘리며 맹렬히 으르렁거렸다. 산야를 달리는 짐승의 네 발 사이로도 피가 흥건했다. 몸은 손바닥만 하고 머리는 거대한 기형 인간이 웃었다. 피아노 소리는 어떤 노래의 전주가 맞았다. 여자 가수가 노래를 불렀기 때문이다.

"햇빛촌… 〈유리창엔 비〉… 나 이 노래 알아… 어디선가… 들은 적 있어…."

나무에 묶인 채 민규는 실신하다가 정신을 잃기 전 소리쳤다.

"나 죽나 봐… 아냐! 난 죽지 않아! 죽으면 안 돼!"

3

서서히 빛이 어둠을 몰아냈다. 민규의 눈에 비친 것은 푸른 하늘이 아니었다. 허연 수염을 길게 기르고 부리부리한 눈을 부릅뜬 산신령의 탱화였다. 천지선녀의 집은 천장도 벽화로 도배되어 있었다.

"좀 어때?"

천지선녀가 물었다. 저승사자 문양을 새긴 관 뚜껑은 활짝 열려 있었고 민규는 그 안에 드라큘라 백작처럼 누워있었다. 천하대장군, 지하여장군 법사는 없었지만 호정은 천지선녀 곁에 있었다. 벽시계 바늘이 3시 50분을 가리켰다. 호정이 민규를 바라보았다. 그녀의 눈은 슬퍼보였다. 천지선녀가 호통쳤다.

"좀 어떠냐니까!"

"내가 죽은 건가요?"

"어째서 그렇게 생각하지?"

"당신이 실제로 날 죽이려 했으니까요."

"맘대로 생각해. 지금은 장군이 보여 안 보여?"

그 말에 민규는 몸을 떨며 눈을 돌렸다. 파블로프의 조건반사처럼 이제 위뇌홍 장군이라는 이름은 그에게 공포의 신호였다.

"없네요. 정신을 잃었는데 어떻게 된 거죠?"

"맞아. 넌 정신을 잃었어. 우린 굿을 끝내고 널 다시 데려왔고."

"장군이 날 포기하고 완전히 떠난 건가요?"

"피 칠갑을 한 몸을 봤으니 일단은 속여넘긴 것 같아."

"몸이 안 좋아요. 이전보다 더 안 좋아요."

"그렇다면 아직 장군이 주위에 있다는 말이야."

"아니오. 내가 진짜 죽어가기 때문이에요. 당신들은 날 가두고 먹을 것도 주지 않았어요."

"좀 참아. 장군이 이길지 우리가 이길지… 내 말했잖아. 모든 게 길어봤자 며칠이라고."

"배고파요."

"밥을 먹는 건 죽음이 아닌 삶의 연장 행위야. 장군은 그걸 바로 알아채. 완전히 떠난 걸 확인한 후에 먹을 수 있어."

"당신들 경찰에 신고하겠어."

"나중에 고맙단 인사부터 하게 될 걸?"

"내 휴대폰 돌려줘요."

"휴대폰 같은 소리하고 있네. 휴대폰이 어딨어?"

"노트북 내놔!"

"휴대폰이고 노트북이고 다 잊어!"

"당장 내놔!"

"서약서에 사인한 건 너야."

벽시계가 오후 4시를 가리켰다. 천지선녀가 이마를 짚으며 일어섰다. 그녀의 얼굴은 상기되었고 손가락도 떨고 있었다.

"피곤하다. 좀 쉬어야겠어."

호정이 관 뚜껑을 닫고 자물쇠를 채운 후 천지선녀에게 열쇠를 건넸다. 이 광경을 민규는 관 뚜껑의 눈구멍으로 보았다. 힘을 써도 뚜껑은 열리지 않았다. 천지선녀는 호정에게 으름장을 놓은 뒤 방을 나섰다.

"잘 지켜. 민규한테 맘 약해져 허튼 수작하면 니 동생한테 무슨 일이 생길지는 잘 알지?"

천지선녀가 나가고 방 문은 밖에서 잠겼다. 천지선녀는 신딸에게도 완전한 신뢰를 갖고 있는 게 아니었다. 민규는 관 속에서 소리 지르고 비명을 지르다가 기운이 다해 또다시 정신을 잃었다. 눈을 떴을 때는 5시 30분이었다. 아직 지지 않은 해 덕분에 주변은 환했다. 천지선녀는 돌아오지 않았다. 민규는 관에, 호정은 방에 갇힌 상태였다. 그녀는 등을 돌린 채 앉아 있었다.

"이봐요, 당신도 저 여자한테 끌려다니는 거죠?"

호정은 돌아보지도 답하지도 않았다. 민규는 발성 자체에 괴로움을 느끼면서 말했다. 배 속의 따가운 기운은 아직도 그치지 않았다. 이상한 머리칼 같은 것이 여전히 체내에 있었다.

"나이도 비슷한데 왜 어머니라 불러요?"

호정은 대답하지 않았다.

"동생이 인질로 잡혀 있나요?"

호정은 그래도 반응하지 않았다. 민규가 그녀의 얼굴에 대고 또렷이 발음했다.

"작두도 밟고 칭칭쾅쾅 굿도 할 거야?"

호정이 고개 돌려 민규를 바라보았다.

"그 말… 어디서 들었어요?"

"모르겠어요. 당신만 보면 저절로 그 문장이 떠올라요. 있잖아요, 난 섭주서림에서 당신을 처음 봤어요. 무속 관련 책을 보고 있었죠. 나비 머리핀을 한 당신을 봤을 때 저절로 그 문장이 떠올랐어요."

"20년쯤 전에 동생이 내게 한 말이에요."

"남동생인가요?"

"그래요."

"지금 어떻게 됐는데요? 천지선녀가 못된 짓을 했나요?"

"많이 아파요."

호정이 그 말을 마지막으로 입을 다물었다. 등을 돌린 그녀는 우는 것 같았다. 모두가 자신에게 등을 돌리자 극심한 폐소공포증이 닥쳐왔다. 민규는 관을 벗어나려 필사적으로 말했다.

"당신 표정만 봐도 알 수 있어요. 뭔가 약점 잡힌 게 있죠? 내가 당신을 도울 수 있어요. 난 출판사에도 아는 사람들이 많고 그들은 또 언론 쪽으로도 연결이 되거든요. 언론은 경찰과 연결되고요. 동생분이 어떤 위험에 처한 건지는 몰라도 그것도 제가 도울수 있어요."

"말할수록 당신 기운만 빠져요. 그대로 있어요."

호정이 낮게 말했다. 아파트 어딘가에서 무악이 들려오기 시작했다. 산속에서의 격렬함과는 다른 멜로디였다. 풍악이라고 불러도 좋을, 잔치에 어울릴만한 리듬이었다.

"천하대장군, 지하여장군 두 법사들인가요?"

"그래요."

"왜 저러고 있대요?"

"장군을 완전히 쫓아 보낸 게 아니니까요! 제발 그 입 좀 다물어줄래요?"

호정이 언성을 높였지만 민규는 물러서지 않았다.

"아까 굿할 때 천지선녀가 내게 했던 행위가 뭐지요?"

"장군을 속이는 거였어요."

"포기의 각인이라 이거죠?"

"죽음의 시늉이에요."

"천지선녀가 외우던 주문은 내가 이사 온 날에도 들었던 거예요. 죽어라 죽어라, 빨리빨리 죽어라. 그땐 장군이 나타나지도 않았는데 왜 내게 그런 소릴 했을까요?"

민규의 어조가 절박해졌다.

"꿈인 줄 알았는데 그건 꿈이 아닐지도 몰라요. 부탁이에요. 저 여자가 아무래도 나를 속인 거 같아요. 장군은 그녀가 데리고 있는 귀신일지도 몰라요. 나를 장군한테 제물로 보내려는 걸 거예요. 처음부터 내가 당했나 봐요. 물론 한패일지도 모를 당신한테 이런 걸 부탁한다는 게 무리란 건 알지만 제발 나를 보내주세요. 내 휴대폰을 좀 갖다줘요."

"당신에게 능력이 생긴 거예요."

"네?"

"어머니가 당신을 속인 게 아니라 그 장군이 가까워져 당신한테 과거와 미래를 보는 능력이 생긴 거라고요."

호정이 민규를 지그시 바라보았다. 장무람도 비슷한 말을 했었다.

"어머니가 처음부터 당신을 속일 생각이었다면 재림의 꿈은? 그건 어머니도 모르는 일이잖아요. 당신이 전에 살던 아파트에서 겪었던 거잖아요. 나타나진 않았지만 장군은 그때도 있었어요."

그녀의 말을 반드시 부정할 순 없었다. 장군의 그림은 성휘작이 갖다놓은 게 아니라 실제로 집 안 어딘가에 있었다는 쪽으로 생각이 몰렸으니까.

"굿하면서 이상한 광경들도 봤을 텐데요?" 호정이 말했다.

"맞아요. 뭔가가 뒤죽박죽이었지만 이전보다 약간 선명해진 거 같아요. 거대한 고려청자 도자기, 재림의 불길, 경찰관과 권총, 자동차 오일 냄새, 의처증, 김하영, 김화영, 유리창엔 비, 벌레처럼 생긴 기형 인간…,"

"그게 다 뭔데요? 누가 겪었던 일인가요?"

호정이 민규를 응시했다. 민규는 기억을 집중하다가 고개를 저었다.

"순서가 없고 너무 단편적이에요. 경찰관이 누구를 쏘는지 잘 모르겠어요. 범인인지 자기 아내인지. 내가 이사 올 때 101호 집주인은 경찰이고 부동산업자는 의처증을 앓고 있었어요. 그 상황과 비슷한 거 같아요. 장군이 끼어들고 나니 그 모든 게 다 암시였던 거 같아요."

호정이 약간 다정한 음성으로 말했다.

"천지선녀는 영험한 분이에요. 감당해야 할 굿이 힘들어도 조금만 참아요. 장군만 가고 나면 당신은 편해질 테니까."

"장무람 씨라고 이 아파트에 사는 작가가 있어요. 그 사람이 장군을 만졌어요. 손이 관통해버렸지요. 그 사람이 지금 괜찮은지 궁금해요. 혹시 창밖 정자에 책 읽는 젊은 아가씨가 보이지 않나요?"

밖에서 자물쇠 덜그럭거리는 소리가 들렸다. 민규가 벽시계를 보니 6시 1분이었다. 벌컥 문이 열리고 눈이 발갛게 충혈된 천지선녀가 들어왔다. 민규는 관에 박힌 구멍을 통해 천지선녀가 호정의 머리채를 잡아당기는 광경을 보았다.

"왜 쟤가 안 자고 있니? 잠을 푹 자는 게 누구 눈에는 죽는 걸로 보인다 그랬잖아?"

천지선녀가 발길질로 관을 찼다. 취객이 걷어찬 종이박스 안의 고양이처럼 민규가 흠칫거렸다.

"이것 봐라. 죽는 시늉을 하랬더니 산낙지처럼 쌩쌩하네."

천지선녀가 호정의 머리채를 흔들었다.

"너희들 계속 이야기한 거야?"

"나 혼자 떠들었어요. 내가 말을 걸었지만 호정 씨가 대답하지 않았어요."

"아가리 닥쳐 넌! 굿을 그렇게 청승맞게 벌였는데 이러면 뭘 하니? 죽는 시늉하는 게 뭐가 그리도 어렵니? 난 죽었다 난 죽었다 자기최면을 걸고 죽는 데만 몰입하란 말야! 죽는 것만 잘 해내도 장군이 곧 떠날 텐데 뭐가 그리 어려워?"

그때 바깥에서 앙칼진 여자의 고함이 들려왔다.

"내 몸이 이상해! 장군인지 뭔지를 만지고 머리카락도 손발톱도 다 빠져! 어딨어 이 악마야! 난 죽기 싫어! 난 살 거야!"

법사들의 무악이 뚝 멎었다. 민규가 겁에 질린 목소리로 말했다.

"저 아가씨예요! 장무람이란 아가씨! 그녀가 밖에 있을 거란 예감이 들었어요."

"그래? 장군의 능력이 너에게 또 작용하나 보구나."

천지선녀의 내뱉음에 아랑곳없이 민규는 소리쳤다.

"나 때문에 저렇게 된 거예요. 저 사람을 만나게 해줘요!"

천지선녀가 입술을 젖힌 채 이빨로 뭐라고 험한 욕을 해댔다. 머리채를 놔주니 호정은 급히 바깥으로 나갔다. 그사이 천지선녀는 소매를 걷어붙였다. 발소리가 있고 나서 호정이 검은 가방을 갖고 들어왔다. 민규는 그 가방을 어디선가 본 적이 있었다.

"왜 이리 말이 많고 팔팔하니? 어째서 밖에 누가 있는지조차 안단 말이니? 넌 죽어야 하는데!"

천지선녀가 가방에서 김장 포기처럼 꺼낸 것은 U자형으로 휜 검은 구렁이였다. 호정이 자물쇠를 풀고 관 뚜껑을 열었다. 거대한 뱀 대가리와 그보다 악독한 무녀의 얼굴이 민규를 내려다보았다. 머뭇거림 없이 천지선녀는 구렁이를 관 속에 던진 후 뚜껑을 쾅 닫았다. 민규는 거대한 구렁이와 함께 관 속에 갇히고 말았다.

"아악! 이러지 말아요!"

천지선녀가 선심 쓰듯 말했다.

"움직이면 깨문다."

"사람 살려요!"

"살리기는? 넌 죽어야 된다니까!"

문을 차고 머리로 박고 발악을 하고 싶었으나 깨문다는 말이 족쇄가 되어 민규의 몸은 굳었다. 축축한 기운이 머리부터 발끝까지 옮겨다녔다. 뱀이 천천히 민규를 장악하자 심장 쪽에 극심한 통증이 오며 온몸이 전기에 감전되는 듯했다. 얼굴을 기어가는 축축한 몸체를 그대로 느끼며 민규는 실신해버렸다.

'시늉이 아닌 진짜 죽음이다, 난 깨어나지 못할 것이다…'

천지선녀의 말이 귀로 날아 들어왔다.

"저 뱀은 사람 안 물어. 저 정도 놀래킨다고 사람이 쉽게 죽을 거 같아? 뭘 그리 질질 짜? 니 동생 생각나? 너 조심해. 정 때문에 일을 그르치면 손해 볼 건 너야. 민규한테 봉박법(封縛法)은 실패했으니 이젠 구타법(毆打法)을 하자. 법사들 전화해서 당장 오라 그래."

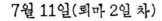

7월 11일 (퇴마 2일 차)

1

처음엔 흐릿한 형체가 무엇인지 알아볼 수 없었다. 눈의 초점이 잡히자 머리를 싸맨 채 웅크린 여자란 걸 알았다. 괴로워하고 있는 모습이었다. 활짝 열린 관 위로 별이 총총한 하늘이 보였고 시원한 강바람이 피부에 와 닿았다.

"내가 죽은 건가요?"

민규가 묻자 웅크리던 호정이 머리를 들었다. 민규는 기운이 없어 몸을 움직일 수 없었다.

"뱀이 아직도 관 속에 있나요? 제발 좀 치워주세요. 손가락 하나 까딱할 수 없어요."

"치웠어요. 걱정 안 해도 돼요."

민규는 그녀가 미웠다.

"두 번 다시 겪고 싶지 않은 경험이었어요."

"미안해요."

"미안하긴 뭘 미안해?"

천지선녀가 다가왔다. 밀가루를 뒤집어쓴 듯 허옇게 분칠하고 입술은 빨갛게 칠한 그녀의 얼굴은 귀신조차 달아날 정도로 무서웠다.

"네게 뱀을 넣은 치료는 경압법(警壓法)이라 부르는 거야. 귀신을 놀래키고 위압하여 붙은 사람한테서 떠나게 하는 퇴마의 방법이지. 묶어서 귀신 쫓는 봉박법이 실패했으니 작전을 바꾸었어. 병에 걸린 사람을 절벽에서 밀어 떨어트리기, 환자 모르게 뱀을 목에 걸기 따위가 다 경압의 예시야. 네 경우는 좀 특별해. 너는 살아있는 사람보다 죽은 사람에 더 가까워야 하거든? 혼이 빠진단 말 들어봤지? 난 널 그런 상태로 만들 필요가 있어. 장군이 너 따위 비실비실거리는 인간을 그냥 지나치도록."

"그래, 딸꾹질 멎게 하려고 놀래키는 거랑 비슷하다 이 말이죠?"

민규가 천지선녀에게 침을 뱉으려 했으나 기운이 없어 시도는 성공하지 못했다. 관 속에 다시 쓰러진 그를 호정이 다가가 안아 일으켰다.

"당신한테 다 득이 되는 거니까 참아요."

"또 나한테 무슨 짓을 하려는 거죠?"

관 밖으로 끌려 나가며 민규가 물었다. 아무도 질문에 답을 하지 않았다.

자정을 갓 넘긴 시각이었다. 시간상 이틀째였지만 간격이 짧아 민규는 하루에 두 번이나 무서운 고문을 당하는 심경이었다. 풀 냄새, 시냇물 냄새가 코로 들어왔다. 문명이 그리웠고 스마트폰이나 텔레비전이 그리웠다. 바람에 움직거리는 나무만이 가득한 대자연이 갈수록 싫었다. 도시 생활의 도피처로 생각해왔던 자연은 결코 사람의 친구가 아니었다. 자연은 하찮은 인간을 비웃었다. 바람으로 소리내어 웃고, 비로 똥오줌을 내리고, 눈으로 매정한 싸늘함을 보여줬다. 크게 화가 날 때는 산불로, 홍수로, 폭설로 죽음의 맛을 보여주었다. 과학으로 입증되고 예측되는 현상에 자연재해라 이름 붙인 공포는 견딜만하지만, 무당이라는 중개인을 내세울 때의 초자연적 공포는 견디기가 어려웠다. 법칙과 공식이 착착 들어맞던 풀이가 여기선 쉽게 적용되지 않았기 때문이다.

이번에 민규는 나무에 묶이지 않았다. 미리 깔았음이 분명한 돗자리에 강제로 앉혀졌다. 민규는 주위를 둘러보았다. 어제 왔던 장소와 비슷했다. 나무와 나무 사이로 빨랫줄 같은 줄이 연결되어 있었고 줄마다 식칼이 주렁주렁 매달렸다. 검은색 줄도 따로 연결되어 있었는데 여기에는 빽빽한 부적과 오색 깃발이 내걸렸다. 천하대장군과 지하여장군 법사는 각각 딱딱이와 북을 잡았다.

"장군이 있나 둘러보아라."

민규가 천지선녀의 지시대로 고개를 돌렸다. 7월인데도 산속은 추워 민규는 양팔로 어깨를 감싼 채 떨었다. 밤의 장막 속에서 이쪽을 쳐다보는 형상이 있었다. 바위 위에 꼿꼿이 서 있는 장군이었다. 언제 왔는지 장군은 번쩍이는 눈으로 미동도 없이 그렇게 서 있었다.

"없네요. 장군은 떠났어요."

"어디서 거짓말을 하고 있어!"

천지선녀가 고함쳤다. 그 진동이 어마어마해 민규는 머리 가죽이 날아가는 줄 알았다.

"내 오른편 45도 방향 바위 위에 네가 이사 왔을 때와 똑같은 기운이 느껴진다. 어때? 내 말이 틀려?"

"맞아요. 장군이 거기 있어요."

"널 포기 않으려는 게야. 속은 걸 알고 화가 나 있어! 쳐다보지 마, 장군을 쳐다보지 마! 아예 관심을 꺼버리란 말야!"

천하대장군 법사가 호정에게 칼국수 만들 때 쓰는 홍두깨 같은 몽둥이를 건넸다. 호정이 받지 않으려 했다. 천지선녀가 호정을 노려보았다.

"이번에는 구타법을 시행할 거야. 구타법은 귀신 들린 자를 물리적인 타격으로 자극해 귀신이 은거할 공간에서 쫓아내는 방법이야. 선무당이 사람 잡는다고, 많은 돌팔이들이 잘 알지도 못하면서 이 방법을 함부로 쓰다가 사람을 죽여 철창 신세지기 다반사였지. 잘 들어. 이건 장군에게 보여주기 위한 방법이야. 네가 죽어야 할 운명의 사람이라는 걸 보여주는 연극일 뿐이라고. 매 앞에 장사 없다고, 사람 아니라 귀신도 겁내는 게 매야. 좀 아프겠지만 죽이진 않아. 그러니 네가 연기를 잘 해야 해. 최대한 고통스럽게 표현하다가 죽는 시늉을 해야 한다구."

"날 때린다고? 이봐요… 세상에 이런 굿이 어딨어요? 이건 범죄야… 그러다가 정말 사람 잡아요."

"입 다물어 못난 놈아. 장군이 다 듣고 있잖아."

"장군이 다 듣도록 하나부터 열까지 설명한 건 당신이잖아?"

"닥쳐라, 무엄한 놈!"

민규는 허연 얼굴에 핏발이 곤두선 천지선녀를 보고 공포에 사로잡혔다.

"살려주세요! 사람 살려요!"

"산다는 말 하지 마, 이 바보야!"

천하대장군이 약간 거칠게 호정에게 몽둥이를 들이밀었다. 호정은 마지못해 쥐었지만 갈등이 전달되었는지 몽둥이 끝이 약간씩 떨렸다. 지하여장군이 허연 포댓자루를 가져왔다. 안에 뭐가 들어 있는지 마구 들썩거렸다. 지하여장군이 푸대를 묶은 줄을 여는 사이 천지선녀는 날이 시퍼런 식칼을 쥐었다. 열린 푸대 안에서 닭이 고개를 들이밀었다. 천지선녀가 한 마리 목을 붙잡자 닭이 날개를 퍼덕거렸다. 식칼이 날아가고 닭이 피를 뿜었다. 닭 머리가 민규 앞으로 떨어졌다. 무녀는 춤을 추며 민규에게 닭 피를 뿌렸다. 지하여장군이 가세해 두 사람이 차례로 닭을 죽였다. 민규는 손으로 얼굴을 가리며 뒤로 물러났다. 천하대장군이 징을 쳐댔다. 약에서 강으로, 느린 템포에서 빠른 템포로.

"자, 쳐라!"

천지선녀가 명령했지만 몽둥이는 민규를 향하지 않았다.

"도저히 못 하겠어요."

"니 동생이 어떻게 되어도 좋단 말이지?"

몽둥이가 조금 위로 올라갔지만 끝은 떨렸다. 몽둥이는 감정이 없지만 몽둥이 쥔 자는 감정을 가졌다. 민규가 호정에게 애원했다.

"제발 살려주세요! 그걸로 날 때리지 말아요!"

천지선녀는 호정의 동생을 인질로 잡고 있었다. 천지선녀는 그루밍도 가스라이팅도 아닌 협박을 하고 있었다. 민규는 그 사실을 깨달았고 호정을 돕고 싶었지만 지금은 아무것도 눈에 들어오지 않았다. 이런 몸 상태로는 몽둥이 몇 대만 맞아도 사망할 판이었다. 두 사람이 거듭 뿌려댄 피로 민규의 몸은 이전의 자국을 닦을 새도 없이 또다시 붉게 물들었다. 이미 발 아래에는 수많은 닭머리가 몸을 잃은 채 널브러져 있었다. 머리를 잃고 늘어진 닭들도 수박밭의 수박처럼 여기저기 널렸다.

"치라니까!"

천지선녀가 호통쳤다. 갑자기 이를 악문 호정이 몽둥이를 휘둘렀다. 피에 젖은 몸이 퍼억! 하는 둔탁한 소리를 퍼뜨렸다. 핏물을 튀기며 민규는 뒤로 넘어졌다. 손을 들어 얼굴을 막았지만 몽둥이는 또 날아왔다. 민규가 장군에게 손을 내밀었다. 그러자 천지선녀가 주문 같은 사설을 외치면서 머리가 붙은 닭을 몸째로 던졌다. 한 마리를 던지자 이미 죽은 닭들이 날개를 퍼덕이며 일어나 일제히 날아올랐다. 민규는 장군에게 가까이 가지 못했고 장군 역시 도움의 손길을 주지 않았다. 민규의 몸에서 퍼지는 피가 자신의 피인 줄 아는 닭들은 머리를 잃은 채로도 분주히 뛰어다녔다. 닭털이 폭설처럼 흩날렸다. 눈을 가렸기에 민규는 몽둥이를 볼 수 없었다. 하지만 매질은 수십 대가 되고 수백 대가 되었다. 한 사람이 치는 몽둥이가 아니었다. 퍽퍽, 하는 사이 민규는 천지선녀의 목소리를 들었다.

"너는 죽었다! 너는 죽었다! 너는 죽은 몸이다! 너는 죽은 몸이다!"

민규가 눈을 떴다.

수많은 사람들이 몽둥이를 들고 그를 두들겨 패고 있었다. 투블럭컷 헤어스타일의 경찰이 있었고, 웨이브 파마머리가 인상적인 여자가 있었고, 소방관 제복을 입은 여자가 있었다. 꽁지머리를 한 청년이 있었고 가발을 쓴 근엄한 경찰관 간부가 있었고 무전기를 쥔 경찰관도 있었다. 그들 모두가 차례로 몽둥이를 휘둘렀다. 잠시 후 환각이 바뀌어 어떤 여자가 총을 맞고 의자에서 넘어졌다. 가발을 떨어트리며 경찰관 간부가 쓰러졌다. 무전기를 쥔 경찰관은 총을 쏘면서 총에 맞아 쓰러졌다. 머리가 거대한, 그러나 몸집은 손바닥만 한 기형 인간이 잠시 보이다가 사라졌다.

그들 모두가 한꺼번에 몽둥이를 들고 달려와 민규를 향한 집단 매질을 시작했다. 천하대장군은 소대가리를 흔들었고 지하여장군은 돼지 대가리를 흔들었다. 가축들의 커다란 머리통 아래로 울컥울컥 피가 쏟아졌다. 김하영인지 김화영인지 이름이 날아왔고 때릴 때마다 오일 타는 냄새와 총소리가 울려퍼졌다. 때리는 형체들이 무한정 늘어났다. 몽둥이가 수십 개로 보였다. 옛 시대의 대감 차림 남자가 있었고 포도대장 구군복의 관리도 있었다. 6·25 무렵의 공산군과 국군도 있었다. 민규의 손은 가슴을 막고, 또 얼굴을 막고, 또 다른 곳을 막느라 분주히 움직였다. 몽둥이 쥔 사람들에게 둘러싸인 가엾은 유기견 같았다. 호정은 눈물을 흘리며 마구 몽둥이를 휘둘렀는데 민규가 '때리지 말아요! 아파요!' 하고 다리를 붙잡자, 더 이상 내리치지 못했다.

"살려줘요! 난 죽기 싫어요! 제발 살려주세요! 흐으! 으, 으, 으, 으, 으, 으…"

민규가 그녀를 올려다보았다. 모든 환각이 사라졌다. 그를 때린 건 하나의 몽둥이였고 몽둥이를 쥔 사람도 여자 하나였다. 호정이 민규를 내려다보았다. 눈가가 경련을 일으키고 표정이 일그러졌다. 그녀는 절망적으로 고통을 호소하는 민규의 얼굴을 보고 과거의 한 자락을 떠올렸다. 21년 전, 자신이 열 여섯 살, 동생 준찬이 다섯 살 때였다. 당시 그녀는 천지선녀를 만나기 전이었고 이름도 호정이 아닌 민정이었다.

… 얼굴이 빨개진 민정은 자리를 벗어나고 싶은 맘뿐이었지만 동생 준찬이 따라주지 않았다. 준찬은 자꾸만 머리를 돌려 '교회 오빠' 동석을 바라보려 했다. 민정의 얼굴에 노기가 번졌다. 동석은 아무 말도 없이 멀어져가는 남매의 뒷모습만 바라보았다. 그러다가 '준찬아 잘 가' 하고 소리쳤고 어린 준찬은 뒤돌아 손을 흔들려다가 노여움에 찬 누나의 손에 잡혀 바이바이를 하지 못했다.

민정의 귀에는 '작두도 밟고 칭칭쾡쾡 굿도 할 거야?' 소리가 메아리를 쳤다. 다정한 동석 오빠 얼굴을 한 번만이라도 보고 싶었으나 그럴수록 울분만 치솟았다. 눈 밑에 붙은 북두칠성의 점을 칼로 그어 잘라버리고 싶었다. 화가 난 그녀는 준찬에게 고개를 들이밀고 '빨리 걸어!' 하고 소리쳤다. 그러자 준찬이 입을 떡 벌리고 민정을 쳐다보았다. 민정은 준찬이 겁을 먹어 그러는 줄 알았지만 사실은 그게 아니었다. 그 찰나의 순간, 준찬은 살아있을 적의 엄마 얼굴을 누나의 얼굴에서 찾아낸 것이다. 기억나지 않던 엄마 얼굴이 엄마를 닮은 누나의 얼굴로 한 번에 살아났다. 그러자 모든 게 싫고 하늘나라로 간 엄마가 보고 싶을 뿐이었다. 준찬의 마음을 모르는 민정은 증오가 맺힌 눈으로 준찬을 노려보다가 손을 놓은 채 빠른 걸음으로 먼저 가버렸다. 동석 오빠가 아직도 있을 뒤쪽은 결코 돌아보지 않았다.

준찬은 혼자 가는 누나 때문에 잔뜩 겁에 질렸다. 멀어져가는 노랑나비 머리핀처럼 누나도 나비처럼 날아갈 것 같았다. 엄마처럼 먼 곳으로 날아갈 것 같았다. 자기를 버려두고 간다는 생각에 어린아이는 공포에 사로잡혔다. 다섯 살 아이의 자그마한 운동화는 열여섯 살 먹은 누나의 커다란 운동화를 따라가기 위해 포장이 덜 된 인도를 통통통통 뛰었다. 금세 숨이 찼고 누나의 눈치를 보는 커다란 눈에선 눈물이 떨어질 것 같았다.

결국 누나를 따라잡는 데 성공한 준찬은 손을 내밀어 누나의 손을 잡았다. 그러나 민정은 동생의 손길을 매몰차게 거절했고 비틀거린 준찬은 결국 튀어나온 보도블록에 발이 걸려 앞으로 넘어지고 말았다. 팔을 앞으로 벌린 준찬은 땅에 가슴을 부딪쳤고 왼발의 운동화는 벗겨졌다. 준찬은 에, 에, 에, 에, 에, 에 하고 어린아이다운 여섯 번 짧은 리듬의 울음을 시작하더니 잠깐 숨을 들이마신 후 으에에에에 하고 크고 긴 날숨의 울음을 터뜨렸다. 넘어지는 아이가 흔히 내는 이런 울음엔 당하게 된 놀람이나 통증도 원인이 있지만, 때론 같이 있는 사람에 대한 원망이나 맞게 될 야단에의 무서움 같은 감정도 섞여 그 사람이 직접 관여를 하지 않는 한 길게 유지되는 법이다. 그러나 민정은 동생을 일으켜 세워주지 않았다. 냉혹한 겨울 공기에 저항해 화병 같은 숨만 내쉴 뿐이었다. 거리 저편에 동석은 이미 사라지고 없었다.

이웃집 지호네 강아지가 준찬을 알아보았다. 꼬리를 흔들며 달려온 강아지가 넘어진 준찬의 뺨을 핥았다. 강아지 덕분에 눈물이 닦였다. 그래도 준찬의 울음은 멈추지 않았다. 이번엔 사람이 달려오는 소리가 들렸다. 담벼락이라도 있다면 기대고 싶었지만 민정의 주변엔 허허벌판뿐이었다. 달려온 지호 엄마가 준찬을 안아 일으켰다.

"우리 준찬이 넘어졌구나. 괜찮아, 괜찮아."

지호 엄마가 준찬의 등을 다독이고 가슴께의 먼지를 털어주었다. 준찬은 민정이 자신에게 걸어오자 더 크게 울어댔다.

"다 큰 게, 그치지 못해?"

민정이 싸늘한 얼굴로 바라보자 준찬은 딸꾹질 같은 잔울음을 간헐적으로 내보이며 울음을 그쳤다.

민정은 동생을 미워하지 않았다. 동석 오빠 앞에서 준찬이 '작두도 밟고 칭칭쾅쾅 굿도 할 거야' 소리를 해서 울컥 화가 났을 뿐이었다. 다섯 살 아이가 뜻도 모르면서 내뱉은 그 문장은 악의 있는 비아냥거림이 아니었다. 몇 번 듣다 보면 저절로 외워지는 노래 가사 같은 것일 뿐이었다. 그게 민정은 더 슬펐다. 엄마도 아빠도 없는 이 세상에서 엄마 역할, 가장 역할은 그녀에게 벅찼다. 아무것도 모르는 준찬이 애처롭게 보였다.

허탈한 한숨과 함께 민정이 앉아 어부바 몸짓을 보이자 눈치를 보던 준찬이 누나의 등에 업혔다. 준찬은 누나의 뺨에 흐르는 눈물을 못 봤지만 두 번 다시 동석 형에게 말했던 그 문장을 입에 담지 않았다…

호정이 듣고 있는 민규의 비명은 준찬의 어린 시절 울음과 비슷했다.

에, 에, 에, 에, 에, 에… 으에에에에에에에…

흐으! 으, 으, 으, 으, 으, 으…

"차마… 더는 못 하겠어요!"

호정이 몽둥이를 내던지고 주저앉았다. 천지선녀가 달려왔다.

뜻밖에도 그녀는 곁에 쪼그려 앉아 호정을 끌어안아 주었다. 호정은 천지선녀의 품에 안겨 서럽게 울었다. 선녀가 호정의 등을 토닥였다.

"마음 아픈 건 알지만 어쩔 수 없는 일이다. 우린 이 세상에서 인간들이 행복해지도록 선택받은 존재들이기 때문이야. 사람을 시험하고 관찰하는 저세상 존재들 앞에서 우린 한없이 자비로울 수가 없어."

그러나 천지선녀는 민규에겐 자비로운 눈길을 주지 않았다.

"많이 아프냐?"

"이 살인마들… 이 살인마들…."

저주를 퍼붓던 민규가 천지선녀와 그 뒤편을 바라보다가 통증조차 잊을 광경을 보았다. 무속인을 향한 의심이 또 한 번 회의를 맞이한 순간이었다. 석고상처럼 고문의 현장을 지켜보던 장군이 갑자기 등을 돌리더니 어둠 속으로 걸어간 것이다. 민규의 몸은 여전히 기운이 없었지만 통증이 덜어졌고 시력이 회복되었다. 같은 기운을 알아챈 천지선녀가 눈을 감고 고개를 끄덕였다.

"요기(妖氣)가 사라졌다."

"맞아요… 장군이 등을 돌려 걸어갔어요…."

"이래도 날 안 믿을래?"

"모르겠어요…."

"봤지? 너는 죽지 않았고 장군은 물러간 거야. 그게 일시적인지 영구적인지는 모르지만."

천지선녀가 눈앞에서 나뭇가지를 흔들자 기운이 다한 민규는 실신해버렸다.

2

민규는 또 관 속에서 눈을 떴다. 어제처럼 밝은 햇살이 관 뚜껑으로 쏟아졌다. 손을 대보니 얼굴이 온통 부어 있었다.

"내가 얼마나 이러고 있었던 건가요?"

민규의 질문에 등 돌린 호정은 답하지 않았다. 천지선녀는 보이지 않았다. 몸이 이곳저곳 할 것 없이 아팠지만 매질에 의한 통증인지 장군에 의한 통증인지 밝혀내기가 쉽지 않았다.

"밖에 장군이 있나요?"

"…"

"두 법사가 연주하는 음악이 또 들려오네요. 어제처럼 귀신 쫓는 리듬이 아니라 누군가를 위해 풍악을 울리는 거 같아요… 추리 작가는요, 보는 것, 듣는 것, 냄새 맡는 것 어느 하나에도 소홀하면 안 돼요… 그게 다 사건의 해결을 위한 방법으로 활용될 수 있거든요."

민규는 말을 하다 숨이 가빠 그대로 누웠다. 호정의 목소리가 들려왔다.

"몸도 성치 않을 텐데 그대로 있어요."

"아뇨. 이야길 하고 싶어요. 이야길 하고 생각을 하면 내 몸의 통증이 덜어져요… 항상 그랬어요. 난 작가거든요… 탐정소설 작가고 내가 곧 탐정이에요… 그러니 저 음악을 궁금해할 권리가 내겐 있어요."

"아직 주위에 있을지 모를 장군에게 무악으로 달래기도 하고 경고도 하는 거예요."

민규는 다시 고개를 들었지만 관에 구속되어 호정의 얼굴을 볼 수 없었다.

"당신은 날 무자비하게 구타했어요. 하지만 당신을 원망하지 않아요. 무슨 이유인진 몰라도 가족이 천지선녀한테 인질로 잡혀 있는 거니까요."

관이 크게 흔들거려 민규가 놀랐다. 틈으로 보니 호정이 관을 끌어안은 채 어루만지고 있었다.

"왜 그래요?"

"미안해요… 때려서 정말 미안해요."

"천지선녀가 협박해서 그런 거잖아요."

"봉박법도 구타법도 무녀의 치료행위가 맞아요. 어머니는 믿을 만한 사람이에요. 조금만 더 참으면 다 좋게 끝날 거예요."

"선녀는 내가 죽기 전에 날 풀어줄까요?"

"아무 걱정도 의심도 말고 그분이 하자는 대로 받아들여요."

간만에 추리작가다운 의지가 약간 살아났다. 민규는 눈구멍을 통해 탈옥에 도움이 될 만한 물건이라도 있는지 방 안을 둘러보았다. 눈앞에 있는 호정이란 여자가 정이 있는 사람처럼 보여도 이는 가스라이팅의 작전일 수도 있었다. 지독한 고통과 인간적 면모로 민규를 세뇌시킨 후 자연스럽게 그의 재산을 무당 편으로 넘기는 가스라이팅 작전. 추리소설에선 가장 착한 인간도 항상 반전의 악당으로 판명 나니까. 《애크로이드 살인 사건》도 그랬잖아?

'잠깐, 갑자기 기억난 건데 내가 이 소설을 언제 읽었더라?'

관 뚜껑에 붙은 눈구멍으로 벽시계가 보였다. 오후 4시였다. 그는 기억보다 탈옥의 가능성에 두뇌를 집중하며 대화를 이끌었다.

"내가 가장 충격받은 게 뭔지 아세요? 무당의 치료란 게 내가 평생 동안 알아왔던 지식과는 완전히 동떨어진 거란 점이죠. 뭔가를 흉내 내고 놀래키고 겁을 주고 으르렁거리는 게 어떻게 아픈 사람을 위한 치료가 될 수 있겠어요? 그런 미치광이 같은 행위를 신뢰할 수 없었어요. 근데 마지막 순간에 장군이 등을 돌려 걸어갔거든요. 똑똑히 봤어요. 그 무자비한 매질에도 난 죽지 않았고요."

"믿음을 보이다니 잘한 거예요. 어머니는 영검이 큰 신령을 몸주로 갖고 있는 무녀예요."

"솔직히 절반은 믿고 절반은 못 믿겠어요. 그분 몸주가 누군데요? 위뇌홍 장군보다 더 무서운 장군인가요?"

"어머니의 몸주는 치효성모(鴟鴞聖母)라는 신령이에요."

"그게 뭔데요?"

"성스러운 올빼미 신."

"올빼미 귀신이 동에 번쩍 서에 번쩍하는 장군도 굴복시킬 수 있나 보죠?"

"맞아요. 치효성모는 대단히 무서운 신명이에요. 얘길 듣고 싶나요?"

"듣고 싶어요. 통증을 잊기 위해서라도."

민규가 눈알을 굴리는 사이 호정이 옛날이야기를 동생에게 들려주는 누나처럼 입을 열었다.

"치효성모에 관해 알려면 조선시대까지 거슬러 올라가야 해요. 옛날, 왕가의 혈통을 수태했다는 이유로 궁궐에서 쫓겨나 이곳 섭주까지 흘러들어온 궁녀가 있었어요. 그녀는 명목상의 남편인 어느 무관과 살림을 차렸는데 화려한 한양 생활을 잊지 못해 늘 불만을 품고 살았어요. 그녀가 만삭의 몸이 되었을 때, 올빼미 한 마리가 쥐를 잡으러 부엌에 들어온 적이 있었죠. 그녀는 몸을 돌보지 않고 올빼미를 잡아 불태워 죽였고 그 저주로 올빼미 눈을 가진 여자아이를 낳게 돼요. 그 아이는 흉측한 외모 때문에 수 년 동안 골방에 갇혀 지내야만 했지요.

그 아이도 아이 엄마도 모르는 사실이 하나 있었는데, 아이가 갇혀있던 방은 사실 몇 년 전 무당이 살다 떠나간 당집의 신당이란 거였어요. 거기 살던 이들 아무도 그걸 몰랐기에 급사하고 우물에 빠져 죽고 미치게 됐죠. 그 사실 역시 모녀는 알지 못했고요.

언제부턴가 아이는 벽에서 산신령을 보기 시작하고, 어느 날 그 신령을 직접 만나게 돼요. 신령의 안내로 아이는 잠긴 문을 열고 깊은 산속까지 따라가게 되죠. 산신령이 아이의 영력을 알아보고 인도한 장소는 신물(神物)이 숨겨진 어두운 골짜기였어요. 그 아이는 산신령의 계시로 신비함이 깃든 청동거울을 파내는 데 성공하지만 뭐가 잘못됐는지 이상하게도 물에 빠져 죽어요.

불로소득은 엉뚱한 사람이 차지하게 되죠. 근처를 지나가던 무당이 그 아이 시신을 건져낸 후 손가락을 자르고 명도(明圖)받는 의식을 거행하자 아이의 혼백이 무당에게 지피었거든요. 선무당에 불과했던 그 여자는 그날 이후로 무엇이든 맞추고 무엇이든 해결하는 백발백중의 영험한 무당이 되죠. 그녀의 신통력이 얼마나 초월적이었냐면 산적 두목을 피가 다 빠진 시체로 잡아오기도 하고 고을 사또를 지붕에서 추락사시키기도 해요. 그녀의 몸주가 된 올빼미 아이의 혼 덕분이었죠. 그 혼을 치효성모라고 부르고 모시는 거예요. 버림받고 구박받아 사악함과 무자비함만 키운 악신. 영험한 힘을 갖고 있지만 올빼미처럼 다른 귀신을 잡아채는 일에 그 힘을 쓰는 신, 악한 음모에 활용하기 위해 근본이 잘못된 무녀들이 내림받고 싶어 하는 귀신.

치효성모가 몸을 차지한 무녀가 수명이 다해 죽고 나면 성모는 잠시 올빼미의 몸을 빌려 날아가 새로운 무녀를 물색해요. 한 번 받기만 하면 돌팔이 무당도 용하기 그지없는 신녀가 되니까 성모를 내림받으려는 무녀들이 전국 각지에 넘쳐나죠. 치효성모가 시대를 초월해 어디선가 계속 등장하는 이유도 바로 이거예요. 지금은 내 신어미 천지선녀가 치효성모를 몸주로 모시고 있고요."

"두 분 나이가 자매뻘인데 어째서 신어머니와 신딸이지요?"

이야기에 빨려들어 듣고만 있던 민규가 불쑥 물었다.

"신병 앓는 사람한테 신내림 받게 해주는 사람이 신어머니예요. 나이는 중요치 않아요."

"무병에 시달리는 분처럼 안 보이는데요."

"나는 어릴 적부터 이 병을 앓아왔고 그 때문에 가족도 내 모든 것도 산산조각이 났어요."

"당신이 천지선녀에 이어서 치효성모를 몸주로 모시게 됩니까?"

"치효성모는 나의 신이 아니에요. 선녀님의 신이죠. 내가 그분을 도와 일하는 건 개인적인 목적이 있어서예요. 동생이 많이 아파요."

"낫지 못하는 병까지 치료해준단 말입니까?"

민규가 유도 질문을 던졌지만 호정은 답하지 않았다. 무서운 상상이 펼쳐졌다. 아직 강신(降神)이 안 된 그녀가 동생이 죽을 경우 그 혼백을 명도받으려는 건 아닐까? 죽어 치효성모가 된 올빼미 눈의 아이처럼! 천지선녀라는 매개자를 통해서!

호정이 답하지 않자 민규는 질문을 바꾸었다.

"천지선녀가 그렇게나 믿을만한 무녀예요?"

"당신은 잘 모를 거예요. 하지만 우린 잘 알아요."

"그럼 천지선녀에게도 한때는 그녀보다 능통한 분이 있었겠네요. 올빼미 귀신을 내림받게 해준 신어머니가 있었을 것 아닙니까?"

"지금은 죽고 없어요. 백단보살 고현수라는 여자였죠."

"고현수?"

"전국에 크게 명성을 떨친 무녀였어요. 신통방통함은 물론 저주와 방자술을 이용해 사람까지 죽일 수도 있었던 사악한 여자."

"그분도 치효성모를 몸주로 모시고 있었나요?"

"아뇨. 그보다 더 큰 존재를 모시고 있었죠."

"장군보다 더 세고 올빼미 귀신보다 더 센 존재를요? 이건 뭐… 먹이사슬 같네요?"

"고현수가 모신 몸주는 사도세자가 빙의된 어떤 남자의 혼백이었어요. 애시당초 치효성모를 몸주로 가진 무당은 고현수의 어머니였어요. 어머니가 나이 먹고 병이 들자 후계자로 신기(神氣)가 왕성한 딸을 점찍은 거예요. 하지만 몇 차례나 치성을 드리고 강신의 노력을 해도 고현수에겐 내림이 되지 않았어요. 그건 그 여자가 애초부터 다른 신을 섬길 운명이었기 때문이에요. 그녀는 몇 날 며칠을 기도한 끝에 올빼미한테서 계시를 받아냈죠. '네 딸의 몸주는 왕이 될 사람이다'라는 계시를요."

"왕이 될 사람이라, 그럼 전국에 공고라도 냈나요? 관상쟁이를 불렀거나?"

"그렇게 경박하게 말하지 말아요. 고현수는 사도세자와 생년월일이 똑같은 남자를 구해 사악한 방법으로 빙의의 단계를 밟게 만든 후 죽여버려 혼백을 취한 거예요. 시신은 버리고요."

"사람을 죽였다고요? 살인을 했단 말입니까?"

"천지선녀 앞에선 절대 그 말을 하면 안 돼요. 그래요, 증거도 없고 범인도 없는 완벽한 살인이죠. 하지만 고현수는 그날 이후로 사람에서 신으로 거듭난 거예요."

겪어온 며칠간의 경험으로 미루어 호정의 말은 거짓이 아니리라. 참으로 무서운 이야기였고 참으로 무서운 인간들이 많은 세상이었다. 인간의 상식을 불허하는 일이 현대에도 어떤 인간들 사이에선 버젓이 벌어지고 있다. 그 불허가 남들이 이루지 못할 영험함을 이루고 믿는 자를 낳으면 불허는 기적이 된다. 이런 일에 자신의 모든 것을 거는 자들이 바로 무속인이다. 일반인들은 절대 그들을 이해할 수 없다.

민규는 천지선녀의 스승 고현수가 어떤 남자를 사도세자 몸주로 취했다는 말을 듣고, 자신 역시도 비슷한 방식의 희생양이 된 건 아닐까 생각해보았다. 민규의 맘을 아는지 모르는지 호정이 창밖을 바라보았다.

"그 남자는 평택에서 공무원 생활을 했던 한기성이란 평범한 청년이었어요. 천지선녀가 세속인이었던 시절 대학 동창인 남자였죠. 그녀는 자신의 어떤 소원을 이루기 위해 아무런 원한도 없는 동창생을 고현수에게 희생물로 바친 거예요. 사도세자와 생년월일이 같다는 자격을 알게되자마자요. 고현수가 사도세자와의 접신을 이뤄 영력이 어마어마한 무당이 되면 어떤 소원이든 들어준다고 약속했거든요. 결국 고현수는 신을 받는 데 성공했지만 천지선녀는 자기가 원하는 대로 소원을 이루지 못했어요. 정확히 말하면 절반만 이룬 거였지요. 결국 죄도 없는 동창을 죽였다는 데 죄책감을 느낀 그녀는 세상을 등진 채 숨어 살았어요.

백단보살 고현수는 사도세자를 등에 업고 영력이 극강을 달려 돈도 명성도 얻은 무속인이 되었지요. 돈과 권력 있는 사람들이 그녀를 찾아와 원하던 바를 하나하나 이루었어요. 더 많은 돈을 벌고 싶은 사람은 그렇게 되고, 젊음을 찾고 싶은 사람은 젊음을 찾았어요. 수명을 늘리고 싶은 사람은 수명을 늘리고, 누군가를 죽이고 싶은 사람은 증거 없는 살인마저 이뤘어요. 하지만 2020년이 지나면서 고현수는 힘이 약화되었어요. 다른 나이 든 무녀처럼 몸주가 그녀를 떠난 거예요.

최근 사도세자 남자 한기성의 혼백이 완전히 떠나간 고현수는 시름시름 앓기 시작하더니 결국 코로나에 걸려 죽었어요. 한기성을 속여 죽게 만든 일당들이 전부 그 병으로 죽었죠. 하지만 천지선녀는 죽지 않았어요. 대신, 고현수가 죽고 나니 그렇게나 원해도 내리지 않던 올빼미 신 치효성모가 그녀와 피 한 방울 안 섞인 천지선녀를 찾아간 거예요. 그녀는 신병을 심하게 앓다가 결국 운명을 받아들였어요."

"신병이 아니라 죄책감이 마음의 병을 만들어낸 건 아니에요?"

"아뇨, 난 오히려 그 죄책감이 올빼미 신을 불러들인 거라고 생각해요. 여태껏 올빼미 신은 악신이었어요. 하지만 모든 신이 근본은 선해요. 치효성모는 그전처럼 누군가를 해치지 않고 누군가를 돕는 새로운 신으로 거듭나기 위해 비슷한 상황에 놓인 사람을 골랐을 거라고 봐요."

"그렇게 천지선녀 편들 것 없습니다. 그녀가 선한지 악한지 난 몰라요."

"지금은 믿기 어려워도 시간이 지나면 알게 될 거예요."

"그 한기성이란 사람은 어떻게 죽었죠?"

"사도세자 남자라 그랬잖아요? 지금 당신이 당하고 있는 것처럼 뒤주 같은 데 갇혀 서서히 죽어갔어요."

"그럼 나도 같은 결과를 맞이하게 돼요?"

민규의 긴장한 음성에 호정이 쓰디쓴 웃음을 지었다.

"이거 하나만 알아두세요. 이기적인 인간쓰레기였던 한 여자에게 치효성모가 찾아가 천지선녀로 새롭게 태어나게 한 건 기회를 줬기 때문이란 걸. 악한 목적으로 칼을 휘두르지 말고 어려운 사람 돕는 데 방울을 잡으라는 기회 말이에요. 그녀는 지난 인생을 새로이 돌아보았고 후회와 참회 속에서 그 뜻을 받아들인 거예요. 그분이 그랬으리라 난 확신해요."

"나한테 한 짓을 보면 어려운 사람 돕는 건지 아닌지 잘 모르겠습니다."

"원래 좋은 일에는 의심이 따르기 마련이에요."

바깥에서 자물쇠 덜그럭거리는 소리가 들려왔다. 이내 문이 열리더니 천지선녀가 들어왔다. 민규는 급히 입을 다물고 시선을 돌렸다. 눈구멍 사이로 벽시계가 보이다가 천지선녀의 얼굴이 시야를 가렸다. 화장품 냄새가 확 풍겨왔지만 자신의 목적을 위해 동창생을 죽였다는 전력답게 그녀는 악독한 야차처럼 보였다. 핏줄이 터진 것처럼 눈은 벌겋게 충혈되고 꽈악 깨문 이빨 위아래로 젖혀진 입술은 쉬지 않고 실룩거렸다. 악마와 같은 얼굴과 시선을 마주하자 민규의 몸은 원래대로 돌아갔다. 숨이 차고 근육통이 찾아왔다.

"너희들 또 얘기하고 있었지?"

입을 여는 순간, 그녀의 내부에서 엄청난 기운이 뿜어져 나왔다. 호정에게서 이야기를 들었기 때문인지 천지선녀는 인간이 아니라, 큰 신의 이름을 대리하는 작은 신처럼 보였다. 짝! 소리와 함께 뺨을 맞은 호정의 머리칼이 헝클어졌다. 천지선녀가 민규에게 얼굴을 돌렸다.

"봉박에 경압에 구타까지 해도 이 새끼가 도대체 왜 이리 원기왕성해? 왜 내 말대로 따르지 않는 거지? 죽은 척하고 있으랬잖아!"

"왜 장군이 아닌 당신을 보니 몸이 아픈 거죠?" 민규가 천지선녀를 노려보았다.

"무슨 소리야?"

"장군이 갔단 말이에요. 조금 전까진 그렇게 얻어맞았는데도 어지럼증과 열기가 줄었어요. 내 눈에 보이는 헛것도 사라졌고요. 장군이 나를 떠난 게 확실해요. 그가 내 앞에서 등을 돌렸단 말이에요. 그런데 당신을 보니 몸이 또 아파와요."

"헛것? 무슨 헛것을 봤지?"

"그게 중요한가요?"

"내겐 중요해. 어서 말해."

천지선녀가 고갯짓을 하자 호정이 관 뚜껑을 열었다. 민규는 무거운 몸을 억지로 일으킨 후 단내나는 숨을 뱉었다.

"좋아요. 그건 어떤 이야기를 이뤄간다는 점에서 내게도 중요해요. 그전엔 경찰관과 의처증이란 단어만 두리뭉실했는데 이제 스토리가 보이기 시작했어요. 물론 전체를 이루진 못한 부분적인 스토리지만요. 어떤 경찰관이 어떤 사람을 총으로 쏴요. 아마도 자기 부인을 쏘는 것 같아요. 그 여자는 경찰관인 것 같았지만 소방관일지도 몰라요. 김하영 아니면 김화영이란 이름을 갖고 있을 거예요."

"좋은 소설감이네. 그렇게나 사실적인데 헛것이라고 부르나?"

천지선녀가 기분 나쁜 미소를 지었다. 민규는 정신 바짝 차리지 않으면 이 여자가 어떤 짓을 저지를지 모른다고 생각했다.

"예지력이라 부르죠. 장군이 가까이 있을 때면 그런 미지의 앎이 내게 그런 광경들을 보여줘요. 어디선가 곧 일어날 일이에요. 그걸 안다면 여기서 이럴 게 아니라 막아야 해요. 누군가의 생명은 소중한 거니까요."

호정이 기겁한 얼굴을 했다. 자기가 얘기한 천지선녀의 과거가 민규의 발언에 암시되어 있었기에. 다행히 천지선녀의 반응은 달랐다.

"생명이라… 그렇게나 죽으라고 가르쳤더니 또 사는 것을 얘기하는구나… 너 참 구제불능이다… 지금 남 일에 신경 쓸 겨를이 있니?"

"장군은 갔고 난 더 이상 이상한 걸 보지 않는다잖아요! 갔단 말이에요. 어차피 굿을 한 대금도 결재해야 할 테니 이만하고 날 풀어줘요. 달라는 대로 돈을 줄 테니까."

"뭘 믿고 그렇게 기세등등이야? 뭘 믿고 장군이 갔다고 확신해?"

"그는 분명 등을….'

"니 얼굴에서 왜 그리 땀이 뚝뚝 떨어지고 열병 환자처럼 보이지?"

"나도 몰라요! 당신을 보고나니 그래요! 장군이 아니라 당신을 보고나니까요! 당신은 내게 뱀을 집어던졌어요. 난 그 모습을 이미 봤어요. 꿈속에서 천장을 통해 당신이 뱀을 내려보냈어요! 어쩌면 장군이 아닌 당신이 내게 안 좋은 기운을 불어넣는지 어떻게 알아요?"

호정이 나섰다.

"제발 믿어요. 어머니는 당신을 도우려는 거예요."

"넌 잠자코 있어!"

천지선녀는 호정에게 야단을 친 뒤 민규를 보고 웃었다.

"물에 빠진 놈 건져줬더니 보따리 내놓으라는 꼴일세? 니가 재림인지 뭔지 불에 타는 꿈 꾸고, 자다가 동네 사람 다 깨우도록 쿵쿵쾅쾅 지랄을 했으면서 나 때문에 안 좋은 기운을 받았다고? 그럼 지금 내가 느끼는 기운은 뭔데? 네 집 주변에 처음 장군이 나왔을 때와 비슷한 기운이 지금도 느껴지는데?"

민규가 기어서 관 밖으로 나왔다. 얼굴을 만져보니 온통 까지고 상처투성이였다. 통증과 추위로 몸을 떨면서 그는 불안한 질문을 던졌다.

"어디서 기운이 느껴지는데요?"

"저기."

민규의 질문에 천지선녀가 창밖을 가리켰다. 시선을 돌리자마자 민규가 으악 하고 비명을 질렀다. 목 매단 사람처럼 둥둥 떠다니는 발 두 개가 있었다. 표범 가죽 같은 각반이 푸른 하늘을 유유히 떠다녔다.

"있어?"

"정말이군요… 그는 가지 않았어요."

"어디 있어?"

"창밖이요. 허공에 장군이 떠 있어요."

"역시 그랬구나… 어쩐지 등이 아프다더니."

민규의 눈동자가 창밖을 응시했다. 갈수록 민규보다 높은 곳에 위치하는 장군은 영원히 벗어날 수 없다는 이미지를 주었다. 불어오는 바람에 아랑곳없이 장군은 오직 하나만 노려보았다. 민규의 얼굴만.

천지선녀가 소리 죽여 화를 냈다.

"백약이 무효인 건 다 너 때문이야. 니 믿음이 부족하고 하라는 걸 도통 하지 않아! 지금 네게 필요한 건 자유의지가 아니라 운명 결정이야, 알아? 이 병신 같은 놈아! 내일이 마지막이야. 그때까지 저 자가 안 가면 넌 진짜 죽어 병신아! 진짜 죽는다는 게 뭔지나 알아?"

장군이 창틀 앞으로 날아와 방 안을 째려보았다. 민규가 지른 비명에 천지선녀마저 깜짝 놀랐다.

"살려줘요! 장군이 나를 노려보고 있어요! 공중에 뜬 채로요! 제발 살려줘요!"

민규가 천지선녀의 발목에 매달리려 했다. 그러나 천지선녀는 한 발을 뒤로 빼 매정하게 나오더니 민규와 호정을 싸잡아 화풀이를 했다.

"살려달라고? 죽여달라 말해야 하는 거야, 저 장군 앞에선! 애를 잘 지키랬더니 니가 그 따위니까 장군이 끝내 안 떠나가는 거잖아? 마음에 드는 게 하나도 없어! 당장 솟대로 데리고 가!"

7월 12일(퇴마 3일 차)

　7월 12일 새벽이 되었다. 그사이 민규는 꿈을 꾸지 않았지만 시끄러운 다툼 소리를 현실로 들었다. 어떤 남자들이 천지선녀에게 반발하는 목소리였다. 민규는 꽉 막힌 음성으로 그들이 탈바가지를 쓴 우스꽝스런 법사들임을 알았다. 민규를 때린 호정만큼이나 관을 나르고 악기를 두드리고 온갖 퍼포먼스를 벌인 그들도 중노동을 했다. 무더운 날씨에 탈까지 썼으니 민규만큼이나 탈진 상태였을 것이다. 천지선녀가 시간이 없다 호통쳤으나 반발의 강도는 더 커졌고 결국 달래는 투로 그녀의 음성은 변했다. 기다리는 사이 차 소리가 났고 누군가 새롭게 가세한 기척이 느껴졌다. 과연 민규의 관은 훨씬 가볍고 빠르게 운반되었다.

　"또 새벽에 일을 시작하는구나. 이번에는 나를 어떻게 괴롭히려는 걸까?"

　관이 땅에 놓이고도 뚜껑은 열리지 않았다. 식기가 부딪치며 상

차리는 소리가 들리고 제문을 낭독하는 소리가 이어졌다. 습한 기운이 관 사이로 들어왔다. 비가 내릴 것 같았다. 갑자기 온몸을 바늘로 찌르는 듯한 통증이 엄습했다. 매질의 후유증이 아닌, 장군이 따라왔다는 육감이 민규를 놓아주지 않았다.

"소리 내지 말고 죽은 듯 기어 나와."

천지선녀의 허락이 있자 관 뚜껑이 열렸다. 그래, 올빼민지 부엉인지 사이빈지 이 여자야 갈 때까지 가보자, 민규는 아픈 몸을 이끌고 기어 나왔다. 까지고 멍들고 부은 민규의 얼굴을 호정이 자꾸만 돌아보았다. 민규는 혼돈의 인파 사이에서 믿을 건 그녀 하나밖에 없다고 생각했다. 모질지 못한 그녀의 마음을 탈출의 기회로 이용할 만했다.

'난 죽을 수 없어. 도망쳐야 해. 교수형 장면 찍는 영화배우가 실수로 목 졸려 죽는 경우가 왜 없겠어?'

천하대장군, 지하여장군 법사들이 전물상 앞에서 은은히 풍악을 울렸다. 하회탈을 쓴 남자 하나가 추가로 와 있었다. 그는 두루마기를 걸쳤지만 발목 아래 청바지가 다 보였다. 그 역시 전물상 차림에 분주했지만 활짝 웃는 탈의 이미지는 어딘가 분위기가 가벼워보였다. 상 앞에 앉은 장군은 그 누구에게도 눈길을 주지 않았다. 민규에게도.

민규는 이유를 알았다.

장군이 술 마시는 데만 몰두하고 있었던 것이다.

장군은 푸짐한 돼지머리와 소머리 안주는 손도 대지 않고 술동이를 양손으로 들어 입으로 기울였다. 신비로운 광경이었다. 원래의 술동이에서 장군의 손이 닿는 대로 투명한 술동이가 새롭게 생겨나고 있었다. 술동이의 혼백이라고 불러도 좋을 광경이었다. 천지선녀가 다가왔다.

"장군이 뭘 하고 있지?"

"술을 마시고 있어요."

"귀신은 술을 좋아하지. 왜 우리가 전물상을 차렸는지 이제 알겠지?"

"허허실실인가요?"

"시간이 없어. 니가 죽었다고 믿지 않으면 장군은 인내에 한계를 느끼고 너를 죽일 거야. 내 점괘가 맞다면 내일이면 넌 끝장나. 자, 니가 갈 곳은 반대편이야. 몸을 돌려 저 숲으로 천천히 기어가."

민규는 시키는 대로 했다. 술 마시는 일에 팔린 장군은 그를 바라보지 않았다. 장군에게서 멀어져도 몸 상태는 전혀 나아지지 않았다.

울창한 숲 안에 나무를 베어내고 인공적인 개활지를 만들어놓은 공간이 있었다. 그 안에 기둥이 하나 서 있었다. 철봉만 한 굵기의 나무 기둥이 10미터나 될 높이로 하늘 높이 솟구쳐 있었다. 왜 산속에 이런 걸 지어놓았는지 해괴했다. 까마득한 꼭대기에 붙여놓은 닭과 비슷한 새 조각상이 간신히 보였다.

"이걸 솟대라고 하는 거야."

천지선녀가 호정에게 손짓하자 그녀가 휴대폰으로 포털 검색창에 솟대를 써넣은 후 민규에게 보여주었다.

솟대: 나무나 돌로 만든 새를 장대나 돌기둥 위에 앉혀 마을 수호신으로 믿는 상징

"눈치 채이지 말고 조용히 돌아봐, 장군이 아직도 술자리에 있나?"

"지금도 술을 마시고 있어요. 정말 신기해요."

"뭐가?"

"장무람이란 아가씨가 만졌을 때 손이 장군 몸을 관통했거든요. 지금이 그래요. 술동이를 들어 올리는데 영상이 겹친 거처럼 보여요. 상에 놓인 술동이와 장군이 들어 올린 술동이가 두 개로 분리되네요."

천지선녀의 음성이 조금 온화해졌다.

"우리가 제사상에 음식을 왜 올리겠어? 단순 전시용일까 봐? 귀신이든 조상이든 저런 식으로 임해서 보이지 않게 인간의 정성을 받는 거야. 보이는 것에 정성을 다하듯 안 보이는 것에도 소홀하면 안 돼. 그게 참다운 마음이야. 안 보인다고 무시 안 하고 믿음을 가지니까 수천 년이 지나도 살아남는 것들, 그게 바로 전통이지. 진짜 전통은 결코 미신(迷信)도, 미신(未神)도 아냐."

다정함까지 연상된 표정이 다시 독을 품었다.

"올라가."

"뭐라고요?"

"솟대 꼭대기까지 올라가라고."

"미쳤군요. 이걸 어떻게 올라가요?"

"시간이 없어. 저기 올라가야 장군이 널 포기하고 간다."

"대체 여길 왜 올라가야 되는데요?"

"이건 차력법(借力法)이야. 다른 물질, 다른 기운의 힘을 빌려 몸을 굳세게 하는 거지. 저 위에는 이 땅의 토지신이 있거든."

허리를 펴기도 어려운 상태라 민규는 노인처럼 구부정히 서 있었다. 위를 보려고 고개를 들자 현실의 통증과 곧 당할 상황에의 공포가 한꺼번에 몰려들었다.

"어서 올라가!"

"장군도 보는 난데 왜 토지신은 안 보이는 걸까요?"

"장군을 못 보는 내 눈이 토지신은 보고 있다. 어서 올라가."

고통 때문에 이를 악문 민규가 화난 음성으로 답했다.

"나보고 죽은 척을 하라더니 지금 당신은 몸을 굳세게 하라고 해요. 그거 모순 아니에요?"

천지선녀는 허를 찌른 질문에 답을 하지 못했다. 민규의 공세는 한발 더 나아갔다.

"내가 모를 줄 알고? 날 여기서 떨어뜨려 죽게 만들려는 거지? 당신 날 진짜 죽이려는 거지? 저 제사상 위에 죽은 내 몸이 얹히는 건 아냐?"

"네 놈 의심은 부처도 구제 못 하겠구나. 장군이 칼을 뽑으면 네 혼백은 영영 구천을 떠돈다."

"구천이든 구만이든 마음대로 해. 턱걸이도 못할 기력인데 뭘 올라가란 말야?"

민규는 정말 힘이 없음을 입증하듯 자리에 드러누웠다.

"일어나! 올라가!"

"싫어! 난 한기성이가 아냐!"

천지선녀가 당황한 모습을 보인 건 처음이었다. 석고상처럼 몸이 굳은 그녀의 눈에 눈물이 가득 고이더니 눈썹과 입술이 확 구겨졌다.

"두 번 다시 그 이름을 입에 담지 마."

당황은 노여움으로 바뀌었다. 천지선녀는 벌개진 얼굴로 차까지 달려가더니 하회탈에게 뭐라 지껄였다. 하회탈이 트렁크를 열자 천지선녀가 약수통을 직접 들고 걸어왔다. 민규는 여전히 누워 있었다. 천지선녀가 솟대 주위에 약수통을 거꾸로 들고 뿌리니 기름 냄새가 코를 찔렀다. 통을 집어던진 그녀는 성냥을 꺼냈다.

"좆같은 새끼! 니가 죽나 내가 죽나 한번 해보자!"

"이봐요, 지금 뭐하는 거예요?"

"그렇게 좋은 예지력으로 재림의 타 죽음이 실현되었다 생각해라!"

민규가 솟대 바깥으로 도망치려 했다. 그러나 무슨 일인지 발이 떨어지지 않았다. 천지선녀가 성냥을 그어댔으나 불이 잘 붙지 않았다. 호정은 지켜보면서도 발만 동동 구를 뿐 도와주지 않았다. 민규가 절규했다.

"그만해! 이 미친년아!"

"어디 니 말이 맞나 내 말이 맞나 내길 해보자!"

성냥개비가 부러지자 다른 성냥개비가 나왔다. 호정이 민규에게 소리쳤다.

"올라가요!"

"그만해요! 그 성냥 치워!"

"살려주려는데 날 살인자로 몰아?"

천지선녀의 성냥개비가 작은 불꽃을 일으켰다.

"빨리 올라가라니까!"

호정의 거듭된 고함에 민규가 솟대를 잡았다. 성냥개비에 마침
내 화아악 불이 붙었다. 물에 휩쓸려가는 사람이 장대를 잡은 것처
럼 민규는 정신없이 위로 손을 뻗었다. 그러자 다리가 알아서 팔
에 보조를 맞췄다. 허공으로 도약하는 점프가 있고 나자 아래쪽에
서 불길이 폭발하듯 일었다. 민규는 양손을 잡은 기둥에 머리를 묻
었다. 뜨거운 기운이 아래에서 몰려왔다. 고개를 드니 불길이 활활
타는 가운데 자신은 이미 1미터쯤 되는 높이에서 솟대에 매달려
있었다. 내가 어떻게 여길 올라온 거지? 그는 믿지 못하겠다는 시
선으로 나무를 꽉 붙잡은 두 손을 보았다.

"잘만 올라가네, 이 괘씸한 놈! 어서 올라가지 못해!"

"내려가면 널 죽여버릴 거야, 이 돌팔이 무당년아!"

"하하하, 그 전에 네가 먼저 타 죽는다. 그러기 싫으면 어서 올
라가. 넌 올라갈 수 있어. 그럴 능력이 있으니까. 올라가! 떨어져
죽을 것만 생각하면서 올라가! 장군도 너 같은 놈은 포기하도록 죽
음의 기백을 보여주라구! 이게 바로 세계 최고 무녀가 자랑하는 민
간 치료법이야. 넌 나중에 내게 감사하게 될 거야."

천지선녀를 향한 증오가 머리끝까지 치솟아 올랐다. 그 의지가
전달되었는지 몸에 기운이 약간 돌아왔다. 이렇게 죽으면 분하다
는 생각이 들자 눈앞이 바로 보였다.

'난 추리작가야, 여기서 죽을 수 없어! 해결해야 할 일이 많아!
써야 할 것이 많아! 고발해야 할 인간상들도 많다구! 그렇지, 추리

작가로서의 의지를 생각할 땐 항상 통증이 줄어들었지! 그걸 왜 잊고 있었지? 저 돌팔이 무당의 고문과 구타가 그걸 잊게 만든 거지! 나를 잊지 말자! 내 의지를 잊으면 안 돼! 난 추리 작가《떼부잣집 탐정》시리즈의 김민규고 앞으로도 10편까지 써내야 해! 4편의 악당은 무당이 될 거야! 가스라이팅 무당! 나 역시 인신공격을 톡톡히 해주지! 그건 결국 귀신보다 사람이 더 세다는 거야.'

"오냐, 올라가 줄 테니 잘 보거라."

불길이 발목을 간질이고 뜨겁게 했다. 민규는 팔과 다리에 한데 힘을 줘 위로 올랐다. 정신력에 갑옷이 입혀지자 농담마저 튀어나왔다.

"〈살인의 추억〉이로군! 여기 올라가면 향숙이 죽인 범인을 보는 거야?"

"장난칠 생각은 하지 마! 속세는 잊어! 장군도 잊어! 니가 죽는다는 생각에만 집중해!"

천지선녀의 음성이 분노가 아닌 응원의 기운으로 바뀌었다. 그녀를 해치고 싶은 맘밖에 없는 민규는 그 기색을 알아채지 못한 채 손을 바꿔가며 위로 또 위로 올랐다. 지상의 인간이 천상을 향하듯이.

아래의 소란들이 멀어졌다. 고개를 숙이고 보니 그사이 중간 지점까지 올라왔다. 어느새 4미터나 올라온 것이다! 멀어진 지상에 그는 공포와 현기증을 느꼈다. 이 손만 놓으면 추락한다. 하지만 뜨거운 기운이 여기까지 솟구쳐 내려갈 수도 없었다. 불길은 맹렬했다. 나무가 탈지도 모르는데 저들은 불을 끌 생각을 하지 않고 있다. 천지선녀가 장악하는 공포 분위기 때문일 것이다. 세 탈바가지가 하늘을 바라보며 우왕좌왕거리는 모습이 기괴했다. 호정은 손을 모은 채 민규를 바라보고 있었다.

그때 예상치도 않게 코로 어떤 냄새가 번져왔다. 그것은 천지선녀가 뿌린 휘발유와는 다른, 자동차 오일이 타는 냄새였다. 다리 아래가 뜨거워 민규는 팔을 교대로 잡아 위로 더 올랐다. 팔에 경련이 일었고 손아귀가 아팠다. 그러나 오를수록 냄새는 한층 진하게 코로 날아들었다.

몸살이 사라졌다.
구타의 후유증도 느껴지지 않았다.
위로 오를수록 알지 못하는 어떤 일이 벌어지고 있었다.

번쩍 눈을 뜬 민규의 눈앞에 지상이 아닌 공중 세상이 보였다. 새벽인지라 온통 어둠뿐이었다. 그 덕에 환영은 더 생생하게 다가왔다. 어느새 그는 7미터 이상 높이의 위치까지 올라와 있었다. 땅만을 밟아온 미천한 인간에게 땅 위 세상의 비밀이 한꺼번에 닥쳐왔다. 보이지 않는 것들이 허공을 떠다녔다.

바람이 불어 솟대가 흔들거렸다. 죽는다는 공포도 잠시 잊은 채 그는 허공이 보여주는 비밀로 나아갔다. 죽음에 다가갈수록 비밀은 점점 구체화되고 선명해졌다. 경찰관이 어떤 남녀에게 권총을 들이밀었다. 한 사람이 아니었다. 침을 튀기며 윽박지르는 경찰관 때문에 방아쇠는 당겨지기 일보 직전이었다. 남자가 뭐라고 지껄이는지 멀리서 들려오는 김하영, 김화영 이름의 반복 때문에 잘 들리지 않았다. 총구에 내몰린 남녀는 공포에 질렸다. 남자는 모르는 얼굴이었지만 여자는 웨이브가 들어간 파마머리가 익숙했다. 성휘작 부부 생각이 났다. 초인적인 힘으로 솟대 위로 더 올라간 민규는 추락의 죽음과 환각의 정경 사이에서 더욱 커져가는 미지의 비밀을 보았다. 경찰관은 의처증을 앓고 있었고 남녀는 틀림없는 그의 부인과 실제의 내연남 혹은 그렇게 의심받는 사람이었다.

어쩌면 호정의 동생이 아닐까?

민규는 비밀을 알고 싶어 위로 더 올라갔다. 환영이 뒤바뀌며 스티븐 시걸처럼 꽁지머리를 한 청년이 나타났다. 하하하 크게 웃는 모습 때문에 만화 캐릭터처럼 보였다. 무속인처럼 보이지는 않았다. 자동차 오일 타는 냄새는 그에게서 풍겨왔다.

거기서 잘 살아라.

웃음소리가 울음소리로 바뀌었다. 고려청자 같은 도자기가 그 남자의 얼굴을 가리다가 파열했다. 허연 조각이 허연 가루로 흩어지면서 산산조각이 났다.
거의 다 왔으니 멈추지 말고 올라가라는 천지선녀의 음성이 올라왔다. 꺼진 재 냄새와 오일 타는 냄새가 한꺼번에 올라왔다. 천지선녀와 맺은 서약서를 구겨서 그녀의 입에 넣어버리면 속이 시원하겠단 생각이 들었다. 민규는 쥐가 나는 팔다리를 끈기 있게 교대로 붙잡아 솟대를 잡아당겼다. 진실이라는 난파선의 사슬을 바다로부터 끌어당기듯이.

하늘이 가까워질수록 알지 못했던 사실은 더욱 새롭게 다가왔다. 컴컴한 허공 속에서 '김순진'이란 이름표를 단 소방관의 얼굴이 나타났다. 석가모니처럼 인자하게 생겼지만 그녀의 뺨과 옷깃에는 피가 묻어 있었다. 붕평마을 박물관과 똑같이 생긴 사무실에서 그녀는 피를 묻힌 채 서 있었다.

'아, 여기는 파출소야. 박물관이 아닌 파출소야.'

이어서 소리와 영상이 뒤섞였다.

김하영, 김화영, 김하영, 김화영, 안동시 법흥동, 안동시 법흥동…

하하하하하하하하!

경찰관이 나타났다. 민규는 투블럭컷 헤어스타일에 하금테 안경을 쓴 경찰관의 머리에 앉아 있는 어린아이를 보았다. 그러나 그건 아이가 아니었다. 머리만 정상이고 팔다리가 몸에 붙은 그 인간은 임신과 출산의 중간 지점에 있는 기형 인간이었다. 이전에도 본 벌레 인간. 경찰관의 얼굴이 울상으로 변하면서 방아쇠는 당겨질 준비를 마쳤다. 그때 느닷없는 고함에 민규는 환각에서 풀려났다.

"아이구 더워라, 씨발! 사람 탈진하겠네!"

아래를 보니 하회탈 남자가 탈을 벗고 있었다. 까마득한 거리, 정수리만 보여 얼굴을 확인할 수 없었다. 그러나 어디선가 들어본 듯한 목소리였다.

"탈 안 써, 이 미친 놈아? 부정 탈 짓 할 거야?"

천지선녀가 고함을 치자 남자가 투덜대며 다시 화회탈을 얼굴로 가져갔다.

민규는 이 모든 것을 소설로 써낼 자신이 있었다. 그가 본 모든 것은 아무도 모를 살인사건의 일부분이었다. 그것이 점점 색깔을 띠고 숨결을 얻는 지금 반드시 써내야 한다는 의무감이 생겼다. 그것은 추리소설가인 자신의 존재 이유였고 앞으로 풀어내야 할 미제사건이었다. 무당 따위가 이런 생의 환희를 방해할 순 없었다. 그러자면 여기서 반드시 살아 도망쳐야 했다.

'무당은 죽으라 하지만 나는 결코 그러지 않겠다.'

어떻게 할까? 뛰어내릴까? 여기서 뛰어내리면 죽지 않을까? 저 불만 없으면 그냥 내려가겠는데… 화상을 감수하고 내려가 저들을 밀치고 순식간에 도망칠까? 그게 유일한 방법이구나.

"다 왔다!"

천지선녀의 고함이 들렸다. 민규는 옆을 보다가 깜짝 놀랐다. 거대한 목각 새가 어느새 옆에서 그를 쳐다보고 있었다. 그가 올라간 게 아니라 솟대가 줄어든 것처럼. 눈을 믿지 못할 일이었다. 그러나 그를 놀라게 한 건 따로 있었다. 목각 새 옆에 또 다른 어두운 그림자가 웅크리고 있었다. 아래에 있어야 할 존재가 어느새 그를 따라왔다.

"장군이다! 장군이 여기 있어요!"

"뭐야! 언제 올라갔지? 술을 그렇게나 먹였는데!"

천지선녀의 음성에 당황이 묻어났다. 표정이 없는 탈바가지 셋도 판토마임 배우처럼 온몸으로 당황을 표시했다.

"빨리 민규를 죽여야 해. 나무를 잘라!"

"뭐? 나를 죽인다고!"

민규가 소리쳤다. 솟대가 우지끈 우지끈거렸다. 세 명의 탈바가지가 도끼질을 하는 모양이었다. 온몸이 휘청거리자 민규는 엄마야, 하고 나무를 꽉 붙잡았다. 장군은 조금도 흔들리지 않았다. 민규가 장군에서 아래로 시선을 돌리니 인간이 가장 공포에 처한다고 느끼는 높이가 그의 머리를 터트릴 준비를 하고 있었다. 형형히 빛나는 눈으로 민규를 내려보던 장군이 칼집에 한 손을 올렸다. 민규는 넋을 잃고 장군을 바라보았다. 칼집에서 눈부신 빛이 뿜어져 나왔다.

우지끈거리던 솟대가 천천히 옆으로 기울었다. 청룡열차를 탄 듯 민규의 몸도 기울어졌다. 10미터 나무 기둥이 급격히 아래로 쓰러졌고 민규는 순식간에 가까워지는 지상을 보았다. 그를 베는 데 실패한 장군은 그대로 허공에 남았다.

눈앞이 하얘진 민규는 진정 다가오는 죽음을 느꼈다. 극히 짧은 순간, 그 죽음마저 통과한 미지의 비밀이 한꺼번에 눈앞에 보이다가 사라졌다. 그 생각도 현실로 바뀌면서 땅에 부딪치면 머리가 박살난다는 공포로 전환되었다. 그가 늘 디디고 선 땅이 급속히 확대되었다. 둘씩 짝을 지은 채 담요를 잡고 우왕좌왕하는 법사들과 호정의 모습도 커졌다. 땅이 눈 깜빡할 사이에 거대해졌고 가까워졌다. 아얏! 머리가 터지는구나! 완전한 죽음의 도래에 인체의 모든 전원이 꺼졌다. 남은 건 어둠뿐이었다. 구슬픈 피아노 선율과 함께 〈유리창엔 비〉 노래가 흘렀다.

2

한없는 어둠이 지나고 민규가 눈을 떴다.

손을 뺨에 대보니 거친 피부와 온통 까진 생채기가 만져졌다. 그는 10미터 높이에서 추락한 지옥을 경험했지만 죽지 않고 살아 있었다. 그가 누워있는 곳은 저세상이 아니었다. 동신아파트 201호 신당임을 눈을 가로막는 구멍으로 알 수 있었다. 곁에 웅크리고 있던 호정이 고개를 들었다.

"담요 위로 떨어져서 정말 다행이에요."

"그래요… 법사들이 펼친 담요…. 내가 정말 거기로 떨어졌다고요?"

민규는 벽에 걸린 시계를 보면서 물었다. 호정이 고개를 떨구었다.

"그래요. 이미 연습을 많이 한 작업이었어요."

'거짓말이야. 날 살린 건 너희가 아닌 장군이야.'

'나에 대한 이용 가치를 장군은 어떻게 생각하고 있는 걸까?'

민규는 본심을 감추고 다른 질문을 던졌다.

"하회탈을 쓴 남자는 누구였죠? 청바지 위에 두루마기 걸친 남자요."

"〈금강법력 불기〉의 사장이에요."

"절에 있는 물건을 파는 가게 사장이란 말이죠?"

"이 집에 있는 물건은 다 그 사장이 공급한 거예요."

"혹시 명함 같은 게 있나요?"

"왜요?"

"어디서 본 사람 같아서요."

"제겐 없어요. 어머니라면 몰라도."

"지금 저 밖에 풍악은 뭐지요?"

호정이 머리를 창가로 기울였다. 법사들이 내는 은은한 무악이 들려왔다.

"장군이 아직도 있다고 생각하니 그의 주의를 돌리는 거예요."

"왜 천지선녀는 직접 관여하지 않지요?"

"쉬고 계시니까요."

"늘 정해진 시간만 쉬네요."

민규가 벽시계를 바라보며 말했다.

"지금이 오후 네 시예요. 지난 이틀과 같다면 그 여자는 오후 여섯 시에 돌아와요. 정확한 반복이죠. 네 시에서 여섯 시 사이는 항상 자리를 비워요. 자기가 없으니까 장군을 붙잡도록 법사들에게 연주를 시킨 거란 말이잖아요?"

"과연 작가다운 관찰력이네요."

"대체 두 시간 동안 그녀는 뭘 하는 거죠?"

"잠을 자요."

"정반대로군요. 난 네 시만 되면 이렇게 항상 눈을 뜨니…."

"그건…."

호정이 머리를 들고 천천히 돌아보았다. 일곱 개의 점이 한꺼번에 떨렸다. 떨림을 막으려 커다란 눈은 곧 눈물을 흘려보낼 예정이었다.

"내가 관을 두드려 깨웠기 때문이에요."

"왜요?"

"우리 둘만 있을 수 있고, 당신과 이야기를 나누고 싶어서요."

"동생 생각이 나서요?"

"그래요."

"그런데 별로 말을 하지도 않았잖아요?"

"맞아요. 난 당신과 말을 섞으면 안 되거든요."

그녀가 뜻밖의 행동을 했다. 관 아래에서 어떤 쇠붙이를 꺼내어 든 것이다. 바늘 같았는데 잠시 그녀는 민규의 얼굴을 빤히 바라보더니 그 물체를 자물쇠에 넣고 이리저리 돌리기 시작했다. 철컥하고 자물쇠는 열렸고 관 뚜껑도 따라 열렸다. 민규가 고개를 들자 호정이 손을 뻗어 상처투성이 얼굴을 여기저기 건드렸다. 이내 얼굴이 구겨지고 그녀의 입에선 울음이 터져나왔다. 민규는 몹시 의아했지만 온몸이 아프고 저려 그녀의 슬픔에 동참할 수 없었다. 오직 떠오르는 건 마지막 기회였다. 그녀의 인간적인 면모에 도박을 걸어볼 기회.

"대체 당신한테 무슨 일이 생긴 거죠? 동생과 당신은 어떤 협박을 당하고 있는 거죠?"

"죽는 것보다 못한 고통을 받고 있어요."

민규가 몸을 완전히 일으키자 관 뚜껑에 붙여놓았던 부적들이 한꺼번에 떨어졌다. 그 모습을 보니 민규의 몸에 조금 힘이 돌아왔다.

"장군이 있나 보세요."

호정이 창가를 가리켰다. 민규가 걸어가 바깥을 내다보았다. 정자 위에 법사들이 등을 돌린 채 풍악을 울려댔고 그 앞에 장군이 앉아 술동이를 입으로 가져다대고 있었다. 언제 봐도 눈을 믿지 못할 장면이었고 왜 평범한 자신이 이런 처지에 놓이게 됐는지 암담했다.

"장군은 결코 나를 떠나지 않는군요. 천지선녀는 다음 번엔 나를 정말로 죽일 거예요."

"천지선녀가 무서운 건가요, 장군이 무서운 건가요?"

민규가 돌아보니 호정이 곁에 와 있었다. 민규가 그녀의 손을 잡았다.

"부탁이에요! 저를 살려주세요!"

"그러고 있잖아요."

"아니에요. 이건 사람을 죽이려는 거지 살리려는 게 아니에요. 제발 여기서 내보내주세요. 내 나이 이제 스물 여섯이에요. 난 앞날이 창창한 소설가였어요. 층간소음 때문에 삶이 꼬여 여기로 이사 왔는데 저런 귀신은 생각도 못 했고 무속 행위로 사망하는 건 더욱 생각 못 해봤어요. 이렇게 죽기는 싫어요. 제발 살려주세요."

"내 동생과 동갑이 맞군요."

호정이 손등으로 눈가를 훔쳤다. 민규는 거칠고 투박하지만 따뜻한 그녀의 손을 잡은 채 무릎을 꿇었다. 눈물이 민규의 뺨을 타고 흘러내렸다. 호정은 고개를 외면했지만 표정엔 더 크고 지독한 괴로움이 찍히고 있었다.

"그렇다면 저를 동생처럼 봐주세요! 제발 한 번만 저를 살려주세요, 누나! 제가 여기서 나간다면 경찰에 신고할게요. 누나를 구하고 동생도 구하도록 협력할게요. 당신은 가스라이팅을 당하고 있어요! 사람을 죽여 혼백을 취하는 일 같은 건 하면 안 돼요. 그런 건 사람이 할 일이 아니에요. 나도 지금 내게 벌어지는 일을 부정할 수는 없지만 그렇다고 다 믿을 수도 없어요. 원인은 알 것 같은데 해결은 틀린 것 같거든요."

호정이 민규의 손을 뿌리치려 했지만 민규는 그 손을 더욱 꽉 잡았다.

"누나! 무속인이 하라는 대로 하면 절대 안 돼요. 제가 도울 수 있어요. 약속할게요. 전 배신하지 않아요. 일단 여기서 벗어나게 해주시면 제가 이 일을 바깥에 알려 누나와 누나의 동생을 구할게요. 약속해요."

"대체 왜 이리 비굴하게 구는 거야, 남자가!"

호정의 울음 섞인 고함이 민규의 내면을 뒤흔들었다.

아아, 이 말 역시도 난 어디에선가 들은 적 있어…
왜 비굴하게 구는 거야, 남자가…

호정은 자그마한 손으로 눈가를 닦는 다섯 살 동생의 얼굴을 떠올리고 있었다.

그치지 못해! 다 큰 게…

"제발 저를 여기서 보내주세요."

"이 방은 잠겼어요. 밖에는 장군이 있고요. 어떻게 나가려고요?"

드디어 호정의 마음에 변화가 생겼다. 민규가 힘주어 말했다.

"창문으로 가스관을 타고 내려가면 돼요. 지난번에도 장군이 술을 마시는 걸 봤어요. 술 마시는 동안은 다른 일에 신경 쓰지 않아요. 그사이 제가 도망칠 시간은 충분해요."

"그래도 장군은 당신을 알아챌 걸요."

"이젠 그자에게 죽는다 해도 상관없어요. 천지선녀에게 먼저 죽을 테니까요. 어쩌면… 장군은 나를 도와주려는 존재인지도 몰라요. 결과가 어떻게 되든 내 운명은 내가 개척할게요. 아무 책임도 묻지 않을게요. 제발 한 번만 나를 못 본 척해주세요!"

"당신이 사라지고 나면 내가 당할 곤란은 생각해보지 않았나요?"

막힌 갱도를 뚫고 또 뚫고 나아가다가 석벽에 막힌 기분이었다. 그녀의 한마디는 민규의 행동을 멈추게 했다. 민규는 무너지듯 중얼거렸다.

"그렇군요… 미처 그걸 생각 못 했네요."

호정은 민규의 얼굴을 바라보다가 천천히 입을 열었다.

"여기 섭주는 내 고향이에요. 나는 서른 살 이후로 여기를 떠나 살았어요. 옛날, 내 친엄마는 신혼 초부터 무당이 될 기질이 있다고 해 신내림을 받을 처지였는데 그것을 받지 않았어요. 그러자 신병을 보러왔던 무녀가 엄마에게 경고했어요. '지금 신을 받지 않으면 너는 어찌어찌 무사히 넘어가겠지만 너의 후대에는 반드시 큰 화가 미칠 것이다'라고요.

그 후에 내가 태어났어요. 이 북두칠성 점을 날 때부터 얼굴에 붙인 채로요. 엄마는 살아가는 내내 불길함을 버리지 못했고, 내 나이 여덟 살 때부터 실제로 이상한 일들이 일어나기 시작했어요. 저런 장군이나 사극 주인공 같은 사람들이 눈에 보이고 6·25 때 죽은 사람도 보였거든요. 난 반창고로 이 점을 가리고 다녔지만 아이들은 나를 귀신 들린 아이라고 놀려댔어요. 꼬마 무당이라고 괴롭혔죠. 어떤 애는 내 책상에 죽은 벌레를 넣기도 하고 어떤 애는 가방에 십자가를 넣기도 했어요.

아이들이 밉고 선생이 미워 난 학교에 불이 나면 좋겠다고 빌었는데 정말 6학년 때 교실에 전기합선으로 불이 났고, 나를 놀린 아이 다리가 부러졌으면 좋겠다고 빌자 그 아이가 유괴사건으로 살해당한 일이 생겼어요. 내가 한 일이 아닌데도 사람들은 내가 한 짓으로 여겼어요. 나는 손가락질 받는 사춘기를 보냈고 그 나이 또래 애들이 가질 즐거움을 하나도 가지지 못했어요.

열두 살 때 동생이 태어났어요. 그 아이는 정상적으로 태어났지만 후대에 화를 입을 거라는 무당의 경고는 늘 신경 쓰였어요. 내가 열다섯 살이 되던 해 아빠와 엄마가 함께 돌아가셨어요. 두 분이 방문한 보험회사가 있는 고층건물에 불이 난 거예요. 불길은 샌드위치 패널 자재에 순식간에 옮겨붙었고 두 분은 빠져나오지 못했어요. 구조자 중에 엄마의 마지막 절규를 들은 사람이 있댔어요. '준찬 아빠, 정말 미안해. 나 때문에 당신까지 죽게 됐어'.

알겠어요? 사람 살리려는 보험회사에 실비를 청구하러 간 두 분이 죽어서 시신으로 돌아온 거예요. 공사 현장 스파크 불꽃이 화재 원인이랬지만 난 엄마가 평생 읊어댔던 저주가 원인이라고 생각했어요.

그 후 난 소녀 가장이 되었어요. 도움의 손길이 있고 교회에서도 나와 내 동생을 돌봐줬지만 역부족이었어요. 난 어렸고 동생도 어렸어요. 무엇 하나 잘 해나갈 수 있는 나이가 아니었어요. 무엇보다도 저주가 여전히 나를 따라다니는 것 같았어요.

고등학교에서도 나는 왕따에 귀신 들린 여자아이로 취급당했어요. 그 아이들이 내게 '작두도 밟고 칭칭쾡쾡 굿도 할 거야?' 하고 하도 많이 놀려댄 탓에 어린 내 동생도 철없이 그 말을 그대로 따라했어요. 당신 입에서 그 말을 들었을 때 정말이지 너무나도 놀랐어요.

내가 좋아한 교회 오빠가 있었는데 그 앞에서 동생이 그 소릴 하니 너무 부끄럽기도 하고 밉기도 했어요. 어린 동생한테 크게 화를 낸 게 그때가 처음이었는데 그게 너무 후회돼요. 당신이 천지선녀에게 구타법을 당할 때 잊고 있던 준찬이 모습이 떠올랐어요."

"동생 이름이 준찬입니까? 이준찬?"

그녀가 눈물을 닦았다.

"그래요. 난 준찬일 학교에 보내고 서른 살이 될 때까지 미용실에서 보조미용사로 일했어요. 그런데 내 눈에 헛것이 보일 때가 예전보다 많아졌고 몸도 많이 아프기 시작했어요. 머리를 하러 온 어떤 무녀를 만난 것도 그때였어요. 그녀는 날 알지도 못하는데 '너도 네 엄마의 길을 걷게 된다. 너 때문에 동생이 큰 화를 입을 것이다. 너 역시 네 엄마처럼 신을 받아야 한다'고 했어요. 그렇지 않으면 누군가 죽는 일이 생길 거라고. 하지만 엄마가 그랬듯 나 역시도 신받음 따위는 할 생각이 없었어요. 아빠 엄마가 당한 일은 사고일 뿐이라고 내 스스로를 세뇌했어요. 단지 미신에 집착한 엄마가 그렇게 믿었을 뿐이라 생각했어요. 하지만 앞으로의 일은 걱정이 안 될 수 없었어요.

난 고민 끝에 동생에게 얘기하지 않고 집을 나가버렸어요. 무슨 일이 벌어질지 두려웠고 현실이 싫기도 해서요. 그 무녀가 거리를 두고 혼자 살면 가족은 무사하댔거든요. 서울로 가서 변두리 미용실에 취직한 후 고향과 친구와 동생과 모두 연락을 끊고 살았어요. 동생이 방황하다 범죄를 저지르고 소년원에 들어갔다는 소식이 나중에 귀에 들어왔지만 그래도 난 찾아가지 않았어요. 오히려 그 옥살이를 액땜으로 저주는 끝났을 거라 스스로를 위로했을 뿐이죠.

하지만 늘 마음은 불안했고 무슨 일이 일어날 것 같았어요. 그 불안은 끝내 적중했어요. 몇 년 뒤 천지선녀가 어떻게 알았는지 내가 일하는 미용실로 사람을 보냈거든요. 그 사람은 동생의 친구이기도 했어요. 준찬이가 혼수상태라는 이야기였어요.

천지선녀는 모든 걸 알고 있었어요. 왜냐하면 부모님께 애초의 저주를 알려준 무녀가 그녀의 스승인 고현수였거든요. 천지선녀는 이 모든 게 너 때문에 벌어진 일이니 결자해지를 하는 데도 네가 필요하다 했어요. 난 도저히 벗어날 수 없는 운명을 느꼈고 거기서 도망친다는 게 무의미하다는 것도 깨달았어요. 그래서 그의 제자가 되기로 한 거예요."

"그럼 동생분은 아직도 병원에 있습니까?"

"아뇨."

"어디에 삽니까?"

"섭주에 있어요."

"섭주 어디요?"

"당신이 살던 코어힐."

"정말이에요?"

번쩍하고 민규의 뇌리에 늘 가래침을 뱉고 화장실 물을 내리던 옆집 남자가 떠올랐다. 그 사람은 바깥출입을 하지 않는 중환자였다. 호정이 창문을 열었다.

"가세요."

"날 보내주는 거예요?"

"그래요. 그렇게 나가고 싶어하는데 어떻게 붙잡겠어요?"

"누나는 어쩌고요?"

"중요한 건 내가 아니라 당신이에요. 명심해요. 당신이 어디 있든 천지선녀는 알아내고야 말 거예요. 잡히면 안 돼요. 절대 잡히지 말아요. 천지선녀가 말하는 죽음의 흉내보다 차라리 위험하고 험난한 도망살이가 나을 수도 있어요. 하지만 당신에겐 의지가 있어요. 당신이 쓰는 소설이 그 의지의 원동력이란 걸 나는 알아요. 쓰고 싶은 걸 쓰는 건 장소가 문제가 아니에요. 언제든, 어디서든 쓰고 싶은 소설을 쓰면서 잘 살면 돼요. 그게 귀신의 문제를 해결한답시고 벌이는 이런 굿판보다 더 나을 수도 있어요."

민규는 마음의 갈등을 겪었지만 여유가 없었다. 여섯 시가 되면 천지선녀가 돌아올 테니까.

"감사합니다! 정말 감사합니다! 내 몸이 조금이라도 회복되면 누나를 구하러 꼭 돌아올게요."

"그럴 필요없어요. 천지선녀는 날 협박한 게 아니니까요."

"그런 게 바로 가스라이팅이란 거예요. 판단은 다른 사람에게 맡겨야 해요."

"중요한 건."

민규의 어깨에 호정의 손이 얹혔다.

"장군을 조심하란 거예요. 장군이 칼을 뽑으면 당신은 정말 위험하댔어요."

"잊지 않을게요."

민규는 잘 가누지 못하는 몸으로 가스관을 타고 내려갔다. 창가에 멀어져가는 호정의 얼굴을 보니 마음이 아팠다. 봉박법, 경압법, 구타법, 차력법 등의 굿판으로 고스란히 느낀 고통만큼이나 그걸 지켜보는 그녀도 고통받았던 것이다. 나약한 인간이란 면모에서 그녀는 무녀가 될 자격이 없었다. 인정이 큰 성격이라면 귀신을 제압할 수 없었다. 귀신보다 무서운 천지선녀에게 호정이 당할 일이 걱정이었지만 민규는 도주를 망설이지 않았다.

3

다행히 장군은 따라오지 않았다. 뒷모습밖에 보이지 않는 법사들은 정자 위에서 풍악을 울렸고 그 앞에서 장군은 술만 마셔댔다. 장군의 시선 방향은 민규 쪽이었지만 술이 귀신의 능력을 실제로 앗아갔는지 도주는 수월했다. 아픈 몸을 이끌고 동신아파트를 벗어나던 민규는 장무람 생각을 했다. 며칠 전까지 환한 미소로 정자를 독차지했던 그녀가 걱정되었다. 경찰서로 가려던 민규는 일단 코어힐에 먼저 가기로 했다. 머릿속 생각이 어떤 명령을 내렸기 때문이다. 거기 가면 뭔가 발견할 수 있을 거라고.

코어힐에 도착했을 때 주차장에는 사람이 보이지 않았다.

엘리베이터를 타고 오르자 오일 타는 냄새가 코를 찔렀다. 데자뷔 같은 영상이 또다시 단편적으로 소용돌이쳤다.

죽음의 경험에 접근할수록 환각은 강화되었다. 의처증을 앓는 경찰관이 아내와 내연남을 쏘아 죽였고, 손바닥만 한 몸통에 팔다리가 붙은 기형 인간이 경찰관의 머리 위에 있었다.

'그 이상한 형상은 경찰관이 과거에 유산했던 아이가 아닐까?'

떠오를 듯 말 듯한 기억이 거기서 끊어졌다. 민규에게 정상의 인간을 능가할 영적 능력이 생긴 건 확실했다. 문제는 그 영향력이 장군에게서 온 건지 천지선녀에게서 온 건지 모른다는 점이다.

엘리베이터가 열리고 604호가 민규를 맞이했다. 간만에 방문한 내 집인지라 정겨웠다. 어린애가 무서움을 겪을 때 종종 하는 말은 '집에 가고 싶어'이고, 이 '집'은 흔히 '엄마 아빠'와 연결된다. 엄마 아빠와 같은 안식처가 내 집이니까. 어깨에 힘이 풀리고 통증도 되살아났지만 마음은 편했다. 귀신의 출현과 무당의 고문까지 겪은 민규에게 충간소음은 더 이상 살아있는 공포로 다가오지 않았다. 차라리 소음이 있어야 자신이 죽지 않고 살아있음이 입증될 거란 묘한 기분마저 들었다. 문을 열고 들어가려던 민규는 옆집으로 고개를 돌렸다.

억울하다고 주장하는 605호 아가씨 집 앞에 꽃다발과 메시지 쪽지가 놓여 있었다. 요즘 시대와 어울리지 않는 프로포즈였지만 작가인 민규는 이 같은 장면에 애틋한 감동을 받았다. 저렇게 관심을 받는 아가씨가 뭐가 억울한 걸까? 모르지, 저 꽃의 주인은 스토커일 수도 있으니.

민규는 현관문을 열고 자기 집에 들어갔다. 텅 빈 집이 민규를 받아들였다. 싱크대는 그대로였지만 그 위에 있어야 할 사진은 보이지 않았다. 거기서 잘 살라던 꽁지머리 청년은 자취를 감췄다.

민규는 사진을 찾기 위해 이리저리 걷고 싱크대 문을 열고 서랍을 탕 닫다가 기운이 빠져 주저앉았다.

"그 사람 누군지 알 것 같은데 기억이 안 나… 여기 오면 기억날 줄 알았는데… 카센터에서 일하는 사람인 건 분명해. 오일 타는 냄새가 증거야."

소음을 낸 와중에도 그에게 화를 내는 이웃은 없었다. 멀리서 드릴 소리가 간간이 들려오는 가운데 사방은 조용했다.

민규는 저도 모르게 목소리를 냈다.

"그간 죄송했습니다. 지금껏 제가 피해자로 알았지만 저는 사실 가해자였습니다. 원인은 제게 있었습니다. 미리 알았더라면 제가 먼저 여러분께 사과드렸을 겁니다. 지금 여러분이 각자의 집에 계신 인기척을 저는 오랜 감각으로 느낄 수 있습니다. 소음으로 대응하지 않아주셔서 정말 감사합니다."

민규의 음성에 울먹임이 섞여들었다.

"제가 지금 몹시 아픕니다. 못된 귀신, 못된 사람한테 못된 일을 당해서 그래요. 가까스로 내 집으로 도망쳐왔답니다. 어떤 사진을 찾고 싶은데 없어졌어요. 아프고 힘이 없어 제가 예전에 저도 모르게 그랬듯 또 소음을 냈습니다. 그래도 이렇게 봐주시니 그것만으로도 감사드려요. 여기서 나가면 어디로 도망쳐야 할지 걱정입니다. 이곳에 오면 환영으로 보였던 단편들이 하나의 기억으로 완성될 줄 알았는데 그것도 아닌 것 같네요. 이제 나가봐야겠습니다. 앞으로 제 목숨이 어찌 될지는 모르겠지만 언젠가 만날 기회가 있으면 여러분 모두에게 꼭 사과드리겠습니다."

온 사방이 쥐 죽은 듯 고요했다. 그러나 민규가 몸을 움직이자 여자의 숨죽인 흐느낌이 605호에서 들려왔고, 아픔을 참는 신음이 603호에서 들려왔다. 윗집에선 애써 발소리를 자제하는 기척이 느껴졌다. 갑자기 그들을 만나고 싶다는 생각이 들었다. 만나서 자신의 얘기에 귀를 기울여주길 원했다. 도움을 청하고 싶었다. 특히 603호 남자를 만나 누나가 있냐고 물어보고 싶었다. 하지만 만신창이가 된 몰골로 그럴 수는 없었다. 도망이 급선무였다. 천지선녀가 압수했기에 민규에겐 휴대폰조차 없었다.

집을 나오자 아래층에서도 자제하는 기척이 느껴졌다. '너 죽었어, 한번 만나기만 하면'의 환청이 들려오는 듯했다. 다행히 아무 소리도 들려오지 않았다. 민규는 네 가구 모두 각자의 집에 있음을 확신하면서 현관문을 닫았다. 605호 앞에 꽃다발은 아직도 놓여 있었다. 문득 호기심이 인 민규는 꽃다발 포장지에 낀 메시지를 확인하고 싶어 허리를 굽혔다.

앞으로도 고진성은 영원히 위혜령 씨만을 사랑합니다.

민규는 한꺼번에 부활한 통증에 몸을 움찔거렸다.

'605호 여자 성이 위 씨였네.'

603호 앞에는 이름을 확인할 그 무엇도 없었다. 그는 계단 난간을 짚고 가쁜 숨을 몰아쉬며 7층으로 올라갔다. 704호 현관문 앞에 택배가 쌓여 있었다. 하나같이 아이들이 먹는 과자였고 과자마다 똑같은 이름이 기재되어 있었다.

사랑하는 위진숙 선생님

경련이 일고 발작이 일어날 것 같았다. 간신히 엘리베이터를 타고 1층까지 내려간 민규는 우편함을 뒤졌다. 확인 결과 603호 남자의 이름은 위태용, 만나면 죽인다는 504호 남자는 위철규였다. 이호정의 가족은 거기 없었다.

"모두 위 씨라니… 이것들은 한패야… 그렇구나! 비현실적인 충간소음이 이유가 있었어… 이것들이 처음부터 나를 목표로 무서운 음모를 꾸몄던 거야!"

장군을 속여 퇴치하려는 천지선녀의 치성은 진심이었다. 그녀는 사람을 제물로 받는 장군이 얼마나 무서운 존재인지 애초부터 알았던 것이다. 명나라에서 조선으로 건너온 위뇌홍 장군은 한국의 시골 아파트까지 동서남북에 추종자들을 갖춘, 현실과 저승에 양발을 걸친 진정한 악귀였다. 아무것도 모르는 민규는 어느 날 불쑥 그렇게 장군 귀신의 제물로 낙인찍혀 버린 것이다. 추종자들은 제물에게 보이지 않는 저주의 영력을 퍼부어댔다, 바로 충간소음으로! 그냥 살았더라면 '재림의 불'에 인신공양이 되었을 민규는 섭주 최고의 무녀 천지선녀를 만났기에 그들이 신으로 모시는 장군을 직접 볼 수 있었던 것이다!

하지만 미심쩍은 게 하나둘이 아닌 천지선녀를 백 퍼센트 믿을 마음은 없었다.

이사를 제안했던 〈웰심신케어〉의 의사 구영훈이야말로 생명의 은인이었다. 이제 방법은 하나였다. 구영훈에게 돌아가야 했다. 민규가 막 발길을 돌리는데 어떤 생각이 뇌리를 스쳤다.

"이호정이 말한 한기성이란 남자 이야기도 데자뷔 같아… 꼬드김 받고 죽어 고현수의 제물로 바쳐졌다는 사도세자 남자… 고현수의 제자 천지선녀도 나를 그렇게 만들려는 걸지도 몰라."

소름 끼치는 시나리오들이 하나하나 떠올랐다.

어떤 사람을 제물로 바치기 위해 커다란 조직력으로 그 사람을 속이는 자들이 있다. 사이비 종교가 그렇고, 불법 다단계가 그렇다. 하지만 동서남북의 아파트를 마련해서까지 한 사람을 말아 넣는 지독한 악마들이 있을까!

민규는 최종 결정을 내렸다. 가야 할 곳은 섭주 경찰서뿐이었다. 믿지 못할 지금까지의 정황을 설명하려니 앞이 캄캄했지만 방법이 없었다. 사상 최악의 무서운 음모가, 대도시에서도 보기 힘든 엽기적 강력사건이 이곳 섭주에서 버젓이 벌어지고 있었다.

민규가 주차장으로 나왔을 때 등 뒤에서 낯익은 목소리가 들려왔다.

"니가 죽지않고 살려고 환장했구나. 여길 다 오고."

돌아본 민규의 눈에 선글라스를 쓴 천지선녀의 모습이 보였다. 옆에 선 호정의 얼굴에는 피가 묻어 있었다. 엉거주춤한 모습이 강제로 끌려온 건지 그런 척 쇼를 하는 건지 구분이 되지 않았다. 천지선녀가 잎이 수북한 나뭇가지를 쳐들었다. 민규의 두 손이 저절로 얼굴을 가렸다. 나뭇가지가 공격해오자 뼈를 꺾는 고통이 몰려들었다. 선글라스가 약간 기울어지면서 사람 눈 대신 박힌 거대한 올빼미 눈이 드러났다. 호박처럼 둥그런 원형에 바둑알 같은 점이 박힌 올빼미의 눈.

이 눈을 감추기 위해 천지선녀는 네 시에서 여섯 시까지 숨어 지냈다. 올빼미가 암약을 준비할 신시(申時)와 유시(酉時) 사이에 드러날 본색을 몸을 숨겨 가렸던 것이다.

사사사삭! 소리와 함께 나뭇가지가 민규의 눈을 쓸어버렸다. 무수한 잎이 가시로 변해 눈을 찌르고 들어왔다. 앞이 보이지 않았다. 천지선녀의 음성이 귓구멍을 찌를 듯 들어왔다.

"이건 복숭아나무 가지야. 복숭아는 오목의 정수로 사악한 기운을 다스리고 야행하는 백귀를 쫓아내는 힘을 갖고 있다. 귀신 묻은 너를 딱 다루기 쉬운 도구라구. 봄철의 정으로 늦봄 잎이 돋아나기 전에도 꽃을 피우는 게 복숭아나무야. 그러니 다른 나무보다 생기가 충만해 구마의 힘도 왕성하단다. 내가 이런 신비한 물건으로 그 무서운 장군을 막아주는데 너는 그걸 왜 모르니? 네게 시간이 남은 줄 아니?"

민규가 두 손을 모아 빌면서 소리쳤다.

"장군이 날 집요히 따라온 이유를 알았어요. 추종자들이 있어요! 내 몸을 제물로 바치려는 무서운 자들이 있다고요!"

"추종자가 있다고? 하하, 니가 뭘 모르는 모양인데 그자에겐 추종자 따위 없어."

"아니에요, 당신은 아무것도 몰라요! 장군의 후손들이 내 아파트 동서남북에 살아요! 모두 위 씨들이에요! 우리나라 사람인지 중국인인지 화교인지 조선족인지 모르겠어요! 그 사람들이 날 피말려 죽이려 한 거예요! 위뇌홍 장군에게 제물로 바치려고요!"

"목소리 죽이고 입 다물어! 죽는 일에만 집중해! 죽는 걸 확인해야 장군이 물러간단 말이다!"

"그 재림은 사교가 결부된 재림이야! 귀신 속이는 일이 문제가 아니야! 이 돌팔이 무당아!"

"이게 추리소설만 읽더니 맛이 갔나? 감히 날 보고 돌팔이라니!"

천지선녀의 매질이 계속되었다. 복숭아나무에 수십 차례 구타당한 민규는 결국 쓰러져 정신을 잃었다. 선글라스가 날아간 천지선녀가 완전한 올뻬미 눈을 호정에게 못 박았다.

"니 동생이 어떻게 될지 알면서 얘를 풀어줬단 말이지?"

"잘못했어요."

"널 어떻게 처분할 건진 나중에 결정하지! 시간 없으니 어서 들어!"

호정이 슬픔이 가득한 표정으로 민규를 안아들었다. 솜털처럼 가벼운 청년의 고개와 팔이 축 늘어졌다.

4

꿈속에서 민규는 코어힐 아파트에 갇혔다. 뻥 뚫린 천장으로 위층이 보였다. 그를 내려다보는 장군은 수많은 아이들에게 둘러싸여 있었다. 땟국에 절고 누더기를 걸친 임진왜란 시절의 아이들은 환영의 시선으로 장군을 바라보았다. 하지만 장군은 아이들의 손을 잡아주지도 그들을 쳐다보지도 않았다. 찢어진 눈은 끝내 민규만을 향했다. 장군은 민규의 위층에 군림해왔고 소음으로 암시를 던졌으며 이제 그의 앞에 재림했다.

왼쪽으로 시선을 주자 현대식 화장실에 들어서는 장군 모습이 보였다. 손을 대지 않았음에도 물이 내려가고 입을 대지 않았음에도 카아악 퉤 침 뱉는 소리가 들려왔다. 오른쪽의 투명한 벽을 통해서도 장군이 나타났다. 잔뜩 노려보는 눈 너머로 여자의 울음이 들려왔다. 억울하다는 귀곡성은 완전한 반어법이었다. 장군은 억울하지 않았고 재림은 성공이었다. 그녀의 울음은 광신도의 성스러운 울부짖음이었다.

아래층에서도 특유의 소리가 들려왔다. 그러나 그곳에는 장군이 있지 않았다. 머리를 완전히 밀어버린 덩치 큰 남자가 위층을 올려보다가 분노에 찬 한마디를 내뱉었다.

너 죽었어! 한번 만나기만 하면…

조직폭력배처럼 생긴 그 무서운 남자가 바로 위철규였다!

'저 자가 위뇌홍 장군을 모시는 두목이고 모든 일을 지시한 원흉인가?'

익숙했던 온갖 소음이 민규의 귀를 파고들었다. 울고, 가래침 뱉고, 뛰어다니고, 소리지르는 소음이 몰려오자 귀에서 피가 쏟아지고 구렁이가 기어나왔다. 소음은 더 요란해졌다. 민규의 둥그런 눈동자가 온갖 소음에 맞춰 좌, 우, 위, 아래로 굴렀다. 드릴 소리가 뒤섞이면서 온 세상이 진동했다. 고려청자 같은 거대한 도자기가 땅에서 솟아올라 요동쳤다. 집채만 한 불길이 일어나 도자기 뒤에서 일렁거렸다. 재림의 불이었다. 도자기에 금이 가고 피 분수가 퍼지고 칼집을 움켜쥔 장군의 팔이 솟아올랐다. 피에 젖은 닭 수천 마리가 장군 주위에서 날아다녔다. 장군은 시공을 초월해 존재했고 어디서나 민규에게 재림을 가르치려 했다. 칼집을 쥐지 않은 한

쪽 손이 민규에게 다가왔다. 피하려 해도 소용없었다. 시공을 넘나
드는 힘이 어깨로 전달되면서 민규는 꿈의 감각이 그대로 현실의
고통으로 바뀜을 알았다.

"빨리 묶어!"

천지선녀의 앙칼진 호통에 민규는 눈을 떴다. 코어힐이 아니라
바깥이었다. 팔목에 밧줄을 묶고 있는 건 호정이었다. 어둠이 펼
쳐진 공간이 나타났다. 붕평마을 인근 산속이었다. 줄줄이 늘어선
고택들과 기이한 표정의 장승들 위로 폭우가 쏟아졌다. 나뭇가지
가 미친 광대처럼 춤을 추었다. 검은 실루엣의 거대한 대가리가 나
타나더니 점차 가까워졌다. 황소였다. 맞닥뜨린 상황에 놀라고 내
리치는 비에 놀라 고개를 버둥거리는 거대한 황소. 검은 자보다 흰
자를 크게 드러낸 황소는 공포에 질린 모습이었다. 목에 묶인 밧줄
이 민규의 팔목과 연결되었다. 번개가 주위를 밝히는 사이, 청룡검
을 움켜쥔 천지선녀가 다가왔다. 천하대장군 법사가 복숭아 나뭇
가지로 황소의 엉덩이를 때렸다. 놀란 황소가 앞으로 나아가자 목
줄과 연결된 민규의 왼팔이 팽팽해졌다. 청룡검이 민규의 팔 위에
서 춤을 추기 시작했다. 민규의 오른 팔은 다른 나무에 묶여 소가
한 발자국만 더 나아가도 팔이 떨어져나갈 판이었다. 하지만 천지
선녀의 의도는 그게 아닌 것 같았다. 그녀는 팔을 자르는 데 수월
할 만큼만 줄이 팽팽해지는 걸 원했다. 앞으로 나아가려 한 황소를
지하여장군 법사가 뿔을 잡아 제지한 것만 봐도 알 수 있었다. 천
지선녀가 쾅쾅쾅 뛰기 시작했다. 징은 두 법사에 비해 어딘가 아마
추어스러웠던 하회탈 법사가 신나게 두들겼다. 커다랗게 두리번
거리는 황소의 눈, 미친 듯 징을 두들기며 웃는 하회탈 얼굴, 소의

뿔을 잡은 지하여장군 얼굴, 깃발 쥔 두 팔을 하늘 향해 흔드는 천하대장군 얼굴, 그리고 올빼미와 시뻘겋게 충혈된 사람 눈이 절반씩 섞인 천지선녀의 얼굴이 민규 앞에서 빙빙 돌았다. 다섯 얼굴이 번개의 번득임 사이로 맴을 돌고 빗줄기 사이로 철썩거릴 때 민규는 자신이 지옥에 빠졌음을 깨달았다.

"팔이 떨어질 것 같아, 제발 풀어줘!"

민규가 소리쳤다.

"이러다 사람 죽겠어! 제발 살려줘!"

천지선녀는 애원 섞인 고함도, 폭우도, 황소도 무시한 채 중력을 거부하듯 펄펄 뛰었다.

쾅! 쾅! 쾅! 쾅! 쾅! 쾅! 허이야아!

징의 연타 끝에 토한 하회탈의 헛기침이 민규에게 사형선고를 내렸다. 사설이 시작되면서 천지선녀는 무녀가 아닌 사형을 집행하는 망나니가 되었다.

속여라 속여라 급한 사자를 속여라

달래라 달래라 성난 손님을 달래라

허나 이제 안 받는구나

두 번 다시 안 속는구나

이래 가르쳐도 백번이 무효이고

저래 흔들어도 천 번이 헛수고니

어떻게 달래야 하나

어떻게 떨어야 하나

괘씸한 놈 말 안 듣는 놈

팔을 잘라 봐주소 달랠까

발을 잘라 이것 보소 아양을 떨까

죽는 거도 모르고 사는 거만 아는 놈

가만히만 있으래도 내뺄 줄만 아는 놈

머릴 잘라 달랠까

혼을 뽑아 달랠까

속여라 속여라 급한 사자를 속여라

죽어라 죽어라 제발 좀 죽어라

비에, 공포에 속수무책 젖은 민규는 소리쳤다.

"당신들은 죽는 시늉을 가르친 게 아냐! 날 정말 죽이려는 거지!"

"아무것도 모르는 놈아! 넌 죽음을 알아야 해! 죽음을 깨달아야 해!"

천지선녀가 청룡검으로 민규의 몸을 쓸어내렸다. 민규가 도리질을 치며 악을 썼다.

"내겐 처음부터 선택권이 없었어! 장군도 너희도 날 죽이려고만 할 뿐이야!"

호정이 천지선녀 옆으로 다가왔다.

"저렇게도 애원하는데 그냥 보내주면 안 돼요?"

"입닥쳐 넌! 일이 이렇게까지 된 데는 네 탓이 가장 커!"

청룡검이 다시 민규에게 겨눠졌다.

"죽음을 깨닫고 죽음을 인정하고 죽음을 받아들여라, 이놈!"

"난 죽지 않아! 이대로 죽을 수 없어!"

"네 놈 고집이 여기 있는 황소보다 지독하구나! 오냐, 진짜로 죽여주마!"

억수 같은 비가 퍼부었다. 천지선녀가 검을 번쩍 쳐들었다. 지하여장군이 황소를 앞으로 이끌었다. 민규의 팔이 떨어져나갈 듯 팽팽해졌다. 쏟아지는 비를 튕기며 청룡검이 내리쳐졌다. 날이 시퍼런 검이 살을 뚫고 들어오고 소는 너덜너덜해진 팔이 끊어져라 앞으로 나아갔다.

"아아악!"

민규의 비명은 산악을 진동시켰다.

"두번째 신검 나가신다아아아!"

천지선녀는 채 끊어지지 않은 민규의 팔에 다시 검을 휘둘렀다. 빗물이 살점을 튕겨내고 빗물이 피를 가렸지만 민규의 팔은 떨어지지 않았다. 하지만 네 번째 내리침에 민규의 팔은 기어이 떨어져나갔다. 황소가 공포를 참지 못해 법사를 머리로 받아버리고 달아났다. 민규는 황소가 줄에 매인 자신의 팔을 끌고 도망가는 광경을 보았다.

"안 돼! 내 팔! 내 팔!"

따라가던 민규가 나무에 묶인 다른 팔 때문에 넘어졌다. 물 고인 바닥에 뒹군 지하여장군 법사는 황소에게 받힌 충격 때문인지 일어나질 못했다.

"돌려줘! 내 팔을 돌려줘!"

"이놈한테 약을 마시게 하고 두들겨 패고 솟대까지 오르게 했는데 대체 우리 일을 못 따라오는 이유가 뭐야?"

천지선녀가 청룡검을 민규의 목에 들이댔다. 사람 눈과 겹쳐지는 올빼미 눈에서 민규는 거부할 수 없는 광인의 의지를 보았다.

그것은 추리소설에서 흔히 범인이 비밀을 고백할 때나 고백하기 전에 보이는 살인의 의지였다.

"나를 찾아온 죽음이로구나! 살인이야! 너희들은 정말 날 죽이려 해!"

오일 타는 냄새가 풍겨오며 폭우 사이로 총 쥔 경찰관이 나타났다. 마침내 그의 얼굴이 드러났다. 투블럭컷 헤어스타일에 하금테 안경을 썼지만 민규가 전혀 모르는 사람이었다. 젊고 핸섬한 남자였고, 나이에 걸맞지 않게 이 세상 괴로움을 혼자 짊어진 듯한 얼굴을 갖고 있었다. 추용수는 아니었다. 추용수는 그 역할을 일부러 떠맡음으로써 어떤 예지력에 도움만 주었을 뿐이다. 경찰관의 머리에는 자라다 만 것 같은, 혹은 그가 키우다 버린 것 같은 기형 인간이 앉아있었다.

성휘작이 주었던 암시처럼, 경찰관 앞에는 웨이브가 뚜렷한 파마머리 여자가, 그 옆에는 표정을 읽을 수 없는 젊은 남자가 나타났다. 그들 역시 끝내 정체를 알 수 없었지만 경찰관 머리 위에 올라탄 기형의 인간은 둘을 보고 낄낄거렸다. 이 광경은 민규에게 깊은 인상으로 다가왔다.

천지선녀가 민규의 머리를 향해 청룡검을 휘둘렀다.

"으아악!"

목에 칼이 박히며 끔찍한 통증이 몰려왔다. 그러나 환각은 그 어느 때보다 생생해졌다. 민규는 울부짖었다.

"살려주세요! 제발 살려주세요! 난 하고 싶은 일이 많아요!"

눈물과 콧물과 피가 뺨을 타고 흘러내렸다.

"제발 살려주세요! 쏘지 마세요! 전 해야 할 일이 많아요! 지금 내가 무슨 소릴 하는 거지?"

민규는 눈을 크게 뜨고 현재의 상황보다 더 거대한 심연의 비밀에 다가갔다.

"그 환각! 그 환각! 그건… 나와 관련된 일이야! 다른 사람이 아닌 내가 겪었던 일이야…."

천지선녀의 노한 얼굴이 기쁜 얼굴로 바뀌는 데는 1초도 걸리지 않았다. 청룡검을 내리며 그녀가 무릎을 굽혔다.

"바로 그거야! 드디어 가까이까지 왔어! 이제 기억났니?"

천지선녀가 민규에게 키스라도 하려는 듯 얼굴을 가까이 들이댔다.

"응? 보이니? 그 새끼 머리 위에 뭐가 올라타 있지, 안 그래?"

그녀의 얼굴은 폭우보다 더 요란한 환희에 젖어 있었다. 민규는 뭐가 뭔지 모를 심정으로 있지도 않은 팔을 번쩍 들었다. 팔은 정상적으로 붙어 있었다. 천지선녀는 실제로 민규의 팔을 자르지 않은 것이다. 그러나 민규는 그 사실조차 몰랐다. 민규의 정신은 그녀에게 있지 않고 그녀 너머의 존재에 가 있었다.

"장군이 왔어요…."

"뭐라고?"

천지선녀가 돌아보았다. 용의 머리가 탈춤 페스티벌의 춤꾼처럼 어둠 속을 돌아다녔다. 창을 쥔 장군의 팔이 서서히 나타났다. 비에 젖지도 않는 장군이 어둠 한가운데 당당히 서 있었다. 민규와 천지선녀는 창을 땅에 꽂은 장군이 칼집에 손을 대는 모습을 무력한 시선으로 바라보았다. 칼집에서 빛이 뿜어져 나왔다. 평소와 다른 장군의 눈엔 이번엔 반드시 놓치지 않겠다는 신념이 가득했다.

"칼을 뽑기 시작했어요….."

"큰일이다! 우리가 늦었구나!"

"살려줘요 아주머니! 살려줘요 선생님! 제발 날 저 장군에게 보내지 마세요!"

민규가 겁먹은 아이처럼 천지선녀의 팔을 붙잡았다. 그러나 장무람이 장군을 잡았을 때처럼 민규의 손은 천지선녀의 몸을 관통해버렸다. 머리가 하얘지는 기분이었다.

"이게 뭐야! 당신… 정체가 뭐야…?"

"아! 그렇게나 조심했는데 너와 내가 이렇게 닿았구나. 잘 듣거라. 나는…."

천지선녀가 모든 것을 고백할 눈으로 민규를 바라보는데 호정이 소리쳤다.

"조심해요! 장군이 앞까지 왔어요!"

장군이 공간 이동을 한 것처럼 어느새 그들 앞에 와있었다. 민규의 머리 쪽으로 장군의 칼이 상승했다. 천지선녀의 눈에 핏발이 곤두섰다. '아이고! 고정하옵소서!'를 외치는 천하대장군, 지하여장군, 하회탈 법사들이 빗물을 튕기며 달려왔다. 그 음성도 어딘가 익숙했다. 그때 호정이 바위를 깨는 음성으로 민규에게 소리쳤다.

"도망가 준찬아! 그 칼에 베이면 안 돼!"

민규가 천지선녀의 얼굴로부터 퍼뜩 정신을 차렸다. 하지만 장군의 공격을 피하기엔 늦었다.

'무당이 되기엔 맘 약한 저 여자, 나를 아예 준찬이로 부르는구나, 고맙지만 늦은 거 같아요… 나 이렇게 죽어요… 내가 죽고 나면 여기서 도망가 어떻게든 동생과 만나세요…'

민규가 전광석화처럼 내려오는 장군의 칼에 얼굴을 맡겼다. 그 순간 천지선녀의 청룡검이 내려오는 장군의 칼을 막았다. 장군이 선녀에게로 고개를 돌렸다. 규칙을 어긴 자에 대한 징벌을 예고하는 시선이었다. 눈부신 섬광이 일었고 빗방울이 구름을 이루었다. 모든 자연의 법칙은 왜곡되었고 민규의 몸은 멀리 날아갔다.

폭발 같은 회오리가 지나간 후 민규가 일어났을 때 가장 먼저 발견한 건 멀쩡히 붙어 있는 자신의 두 팔과 멀쩡한 목이었다. 그 모든 푸닥거리가 환각이거나 가짜였다. 솟대에서 떨어져 죽지 않은 이유도 바로 그런 행위 모두가 환각이거나 가짜였던 까닭이었다. 오직 내리는 비만이 진짜였다. 빛은 사라졌고 장군도 사라졌다.

일어난 민규는 기절해 쓰러진 천지선녀와 그 옆에 쓰러진 법사들을 보았다. 세 법사의 탈은 박살이 나 겨우 잔해만 남았다. 천하대장군 탈이 사라진 얼굴은 추용수였고, 지하여장군 탈이 사라진 얼굴은 성휘작이었다. 하회탈은 하금테 안경이 사라진 택시 기사 김진석이었다. 투블럭컷 헤어스타일이 그대로였다. 형사 김유석과 쌍둥이라는 말은 성휘작이 급하게 지어낸 거짓말이리라.

'왜냐면 붕평마을 향활정에 가야 할 내가 시나리오를 어기고 금오정 주차장으로 갔으니까. 이자들은 모두 나를 속였어.'

천지선녀는 실신했지만 반으로 동강 난 청룡검을 여전히 쥔 채였다. 네 사람 모두 피를 뒤집어썼고 화재 현장에서 발견된 사람들의 모습이었다.

마지막으로 민규는 호정을 보았다. 그녀 역시 머리칼이 흐트러

214

진 채 의식을 잃은 상태였다.

'나보고 준찬이라 그랬어. 불쌍한 여자.'

민규는 숨을 가다듬고 천지선녀의 얼굴을 다시 한번 만져보았
다. 이번에도 손은 그대로 관통했다. 추용수, 성휘작, 김진석 역시
안개처럼 손이 관통했다. 하지만 호정의 북두칠성 점이 있는 뺨에
는 손이 닿고 따뜻한 온기가 느껴졌다. 추리작가가 아닌 공포작가
의 사고방식으로 민규는 섬뜩한 결론을 도출해냈다. 다섯 명 중 넷
은 귀신이며 하나만 사람이라는 결론. 호정이 이들 귀신에게 부림
받는 척했지만, 사실은 부렸던 유일한 무당이라는 결론.

이들을 내버려둔 채 민규는 도망치기 시작했다. 귀신이 가득한
섭주, 귀신과 연관된 무서운 사람이 가득한 섭주를 속히 벗어나고
싶었다.

큰길로 나와보니 포장이 헐겁게 덮인 화물트럭 한 대가 정차 중
인데 운전자가 내려서 소변을 보고 있었다. 심하게 비틀거리는 그
는 음주 운전자가 틀림없었다. 민규는 소리 없이 포장 안으로 들어
가 몸을 눕혔다. 잠시 후 차가 출발하고 봉평마을은 멀어져 갔다.

5

약 30분 후, 묵직한 충격이 있었다. 트럭이 기어이 신호 대기 중
이던 승합차를 들이받은 것이다. 잽싸게 뛰어내린 민규는 자신이

섭주 중심가에 와있음을 깨달았다. 피해 운전자가 트럭 운전자에게 고함을 퍼붓느라 아무도 그를 보지 못했다. 경찰이 출동하면 민규는 천지선녀 일당과 코어힐의 위 씨 일당을 신고할 작정이었다. 그가 처한 상황은 납치와 살인이 결부된 대형 사건일지도 몰랐다.

비가 더욱 거세졌다. 눈에 보이는 익숙한 풍경이 모두 흑백으로 보였다. 눈을 비볐지만 시야는 나아지지 않았다. 고개를 든 민규는 고향 섭주를 둘러보았다. 익숙한 소도시의 풍경 너머로 비현실적인 배경이 병풍처럼 세상을 둘러쳤다. 산의 형상이 시커멨고 무수한 7월의 나무는 을씨년스럽게 보였다. 거리에는 사람이 보이지 않았고 차가운 바람이 불어댔다.

레커는 몇 대나 출동했지만 경찰은 끝내 오질 않았다.

몸은 여전히 욱신거렸다. 칼에 맞고, 구타를 당하고, 신병을 앓은 것과는 관련이 없었다. 아프다고 느꼈기에 아팠고 안 아프다고 느끼니 그렇게 아프지 않았다. 귀신에 홀렸다는 말이 딱 어울리는 그런 상태였다. 추용수, 성휘작, 천지선녀… 21세기의 귀신은 전설의 고향처럼 소복을 입고 공중제비를 돌고 안 잡아먹는 대가로 떡을 요구하는 짓 따위는 안 한다. 대신 영화 스토리 같은 설정과 캐릭터를 갖고 장난치는 것이다.

'그들의 궁극적 목적은 뭘까?'

만약 〈웰심신케어〉에 불이 켜져 있지 않았다면 민규는 들어갈 생각 없이 경찰을 기다렸을 것이다. 이날은 특별히도 야간진료를 하고 있었다. 민규의 발걸음이 저절로 그리로 향했다.

병원은 평소와 똑같았다.

언제나 그랬듯 간호사실을 제외한 모든 문이 활짝 열려 있었고 구영훈은 컴퓨터만 쳐다보고 앉았다. 예외가 있었다. 의사는 이날 따라 선글라스를 벗고 있었는데 민규가 앉아 인사를 해도 알은척을 하지 않았다. 다행히 그의 눈은 올빼미가 아니었다. 컴퓨터 모니터를 이리저리 돌리며 마우스를 딸깍거리던 그는 인기척이 들려오는 간호사실 쪽으로 소리쳤다.

"왔어?"

답이 없었다.

"니기미, 야밤에 이게 뭔 지랄이야?"

민규는 평소와 달리 욕설을 내뱉는 구영훈에게 말을 걸었다.

"선생님, 죄송해요. 제가 큰 음모에 빠진 것 같습니다."

구영훈은 대답하지 않고 모니터만 보았다. 민규는 의자에 털썩 주저앉았다.

"어떻게 설명해 드려야 할지 난감하네요. 정신분열에 피해망상이라고 보실지도 모르지만 어떤 사람들이 조직적으로 짜고 나를 미치게 하려는 것 같습니다. 내가 알고 있는 사람들이 있는데 그들이 귀신이었거든요. 근데 코어힐에 살던 내 집 이웃들이 모두 귀신을 모시는 사람들이었어요."

구영훈은 대답하지도 민규를 바라보지도 않았다. 그때 간호사실에서 아까보다 큰 소리가 들려왔다. 누군가 급하게 의자에 앉는 소리, 키보드 두들기는 소리가. 구영훈은 급히 선글라스를 쓰고 민규가 있는 쪽의 반대편을 보며 말했다.

"아, 김민규 님. 왔나요?"

민규는 떨떠름한 음성으로 대답했다.

"네, 선생님… 야간진료를 안 하셨다면 들어올 생각을 못 했을 거예요."

구영훈의 대답은 평소처럼 시간이 걸렸다. 간호사실에서 키보드 소리가 들려왔다.

"야간진료 자주 합니다. 반대쪽을 봐요. 뭐 반대? 무슨 소리야? 아? 아!"

구영훈이 민규 쪽으로 급히 고개를 돌렸지만 시선은 맞지 않았다. 민규는 선글라스 너머 구영훈의 눈이 자신을 바라보고 있지 않음을 알았다. 온몸을 타고 소름이 번져왔다.

"가만히 보니 이상해. 난 이 병원에서 다른 환자를 본 적이 없어."

역시 구영훈은 즉각적으로 대답하지 못했다. 민규의 말도 듣지 못하는 눈치였다. 민규는 더욱 빠르게 말했다.

"처방전을 받아본 적도 없어요. 약국에 들른 적도 없고. 약은 항상 집에 있었고 난 그걸 당연한 사실로 받아들였어. 나한테 최면을 건 거죠? 간호사를 난 한 번도 본 적 없어. 늘 저 안에만 있으니까. 저기 들어앉아 키보드만 두드리지요. 이제 알았어요. 당신은 나를 안 보는 게 아니었어요. 못 보는 거였어요. 내 말도 듣지 못하는 거죠."

민규가 한 걸음 앞으로 나서도 구영훈은 놀라지 않았다. 간호사실의 키보드 소리가 빨라졌다.

"진정하세요, 치료가 급하니 거기 앉으세요."

의사의 말보다 민규의 대답이 약간 더 빨랐다.

"그래, 구영훈 씨. 이사 가라고 추천한 사람도 당신이었지. 저

간호사실 안에는 대체 누가 있죠? 누가 저렇게 다급히 키보드를
두들기는 거죠?"

"앉아요! 김민규 씨!"

구영훈이 책을 낭독하듯이 소리쳤다. 민규가 고개를 거꾸로 들
이밀어 구영훈이 보는 모니터 화면을 보았다. 구영훈은 민규의 고
개가 가까워져도 전혀 움찔거리지 않았다. 고개를 돌리지도 않았
다. 모니터에 누군가가 키보드로 써넣는 글이 생겨났고 구영훈은
태연히 그걸 읽고 있었다.

"예? 지금 당신은 아파다고요… 치료… 가… 필…요…합…니…
다(ㅣ ㅊ료거 ㅏ 필요하빈다). 니기미 씨발! 이게 뭔 소리고?"

"아하, 오타가 막 나오네. 그래서 선글라스를 쓴 거고 그래서 항
상 대답이 늦었군요, 닥터 구영훈. 언젠가 나한테 그랬죠? '다리
좀 그만 떳세요'라고… 당신은 자막을 읽는 로봇에 불과했어."

"그가 알아챘어요. 도망…."

구영훈은 화면에 올라오는 글을 읽다가 벌떡 일어나 선글라스
를 벗었다.

"이 씨발! 대체 귀신이 있어, 없어? 이게 무슨 지랄 난장판이
야? 난 아무것도 안 보이는데? 선녀님은 언제 와?"

간호사실 문이 벌컥 열리며 여자 하나가 들어왔다. 민규는 그녀
의 웨이브가 뚜렷한 파마머리를 알아보았다. 데자뷔가 펼쳐지며
경찰관 제복을 입은 여자 하나가 영상 속에 어른거렸다. 특정한 기
억의 물건인 권총이 보이고 라디오 DJ의 음성이 들렸다. 그러나 지
금 민규 앞에 서 있는 여자의 머리는 가발이었다. 추용수의 직업처
럼, 성휘작의 의처증처럼, 이 여자는 그 기억을 상기하도록 '분장'

을 한 것이었다. 그래서 권총 장난감을 소도구로 넣은 투블럭컷 김진석과 연극을 벌인 것이다.

민규의 아련한 깨달음은 여자의 음성으로 깨져버렸다.

"김민규 씨, 앉으세요. 이 모든 게 당신이 받아들이지 못한 일 때문이에요."

"당신 나 붕평마을에서 본 적 있죠? 차라리 날 죽이라면서요? 성휘작 씨가 남편 맞아요?"

"그것도 다 설명할게요. 제발 거기 앉으세요."

"당신들 날 속였어. 모두가 한패였어."

민규의 고함을 여자는 들었지만 구영훈은 듣지 못했다. 여자 혼자 중얼거리는 광경을 보다 못한 구영훈은 선글라스를 내동댕이치고 소리쳤다.

"혼자 그렇게 떠들지 마, 이 여자야. 무섭잖아! 정말 귀신이 여기 있다면 쫓아버려. 아니면 처녀 귀신 붙여서 결혼을 시켜버리던지!"

"아무것도 모르면 입 다물어! 이 사람이 놀란단 말야! 자, 민규 씨. 나랑 얘기해요. 우리가 붕평마을에서 만난 건…."

민규의 호흡이 멎었다. 여태껏 주치의였던 정신과 의사는 지금 전담환자를 보고 귀신이라 칭하고 있다. 이것들이 대체 나한테 왜 이러는 거지!

"당신들 뭐야… 대체 뭐냐고?"

"모두 민규 씨를 위한 거예요. 거기 앉아 조금만 기다려요."

"왜 당신은 날 볼 수 있고 저 사람은 나를 못 보는 거예요?"

"저 사람은 무업(巫業)과 관련 없는 사람이기 때문이에요. 진정

220

하고 내 말 들어요. 어차피 이제는 알 때가 되었어요. 당신은 살아 있는 사람이 아니에요."

"살아있는 사람이 아니면?"

"이미 죽은 사람이에요."

"내가 죽었다고? 그럼 내가 귀신이야?"

"귀신이라 칭하지 마세요. 정착하지 못하고 떠도는 불행한 혼백이 당신이에요."

"무슨 개소리야!"

"당신 누나가 당신의 혼백을 구제하려고 우리한테 의뢰한 거예요. 정확히 말하면 천지선녀님이 먼저 당신 누나를 찾아간 거죠. 당신 누나는 우리한텐 없는 특별한 능력을 갖고 있으니까요."

"내가 귀신이라고? 그들이 아닌 내가?"

"받아들이기 힘들지만 받아들여야 해요, 이준찬 씨. 당신의 원래 죽음을요."

"뭐? 이준찬? 하하, 이호정을 연관시키면 내 맘이 약해질 줄 알고? 이것들이 어딜 가나 가스라이팅이구나! 내가 죽었다고? 말도 안 돼… 그 사람은… 어이, 당신 지금 무슨 문자를 치고 있어!"

민규가 몰래 휴대폰을 보는 구영훈에게 소리쳤다. 그러나 구영훈은 민규의 말을 알아듣지 못했다. 민규가 고개를 들이밀어 액정 화면을 보았다.

선녀님, 귀신이 여기 왔고 우릴 눈치챘습니다.

먼저 구영훈에게 소리친 건 여자였다.

"가만히 있어 좀! 잘돼가고 있는데 망치지 말고!"

"뭐가 잘돼가고 있어, 이 아줌마야? 그 실력으로 혼자 떠들 줄 만 알지 귀신을 잡을 수나 있어?"

"이 사기꾼 자식이!"

민규가 구영훈의 얼굴로 주먹을 날렸다. 주먹은 구영훈의 얼굴을 쑥 관통해버렸다. 아무 타격도 받지 못했는데 민규만 비틀거렸을 뿐이다. 구영훈이 입을 떡 벌렸다.

"방금 얼음물을 뒤집어쓴 거 같은 느낌이 들었어! 귀신이 날 건드린 거 아냐?"

"그 입 좀 다물라니까! 그래, 방금 귀신이 널 건드렸다."

"아이고 나 어떡해? 어떡하냐고? 몸에 팥이라도 뿌려야 하나?"

구영훈이 여자의 손목을 붙잡고 실랑이 벌이듯 흔들었다. 여자는 구영훈을 떨쳐내려 몸부림쳤다.

"날 잡지 마, 이 바보야!"

구영훈이 손을 놓자 여자가 허탈한 음성으로 말했다.

"사라졌어! 너 때문에 놓쳤잖아. 선생님 곧 오실 텐데 뭐라고 하지?"

그녀가 서둘러 계단을 내려갔지만 이미 민규는 사라지고 없었다. 구영훈은 진료실 바닥에 거침없이 침을 뱉었다. 그곳은 병원이 아니라 두 달 전에 화재가 나 폐허가 된 건물 2층이었다. 문을 활짝 열어놓은 채 병원 사무실처럼 대강 꾸민 연극적인 공간이었다.

6

웨이브 파마머리 여자가 성휘작의 아내인지 아닌지는 중요치 않았다. 믿었던 의사 구영훈까지 가짜라는 사실 역시 중요치 않았다. 자신의 손이 관통한 그들의 육신, 그것만이 민규에겐 중요했다. 파마머리 여자는 '정착하지 못하고 떠도는 불행한 혼백이 당신'이라고 말했다.

"떠도는 불행한 혼백이 베스트셀러를 써내고 전국에 팬까지 있나? 그럴 리 없어. 어떤 인간들이 내게 집단으로 가스라이팅을 시도하고 있어. 사람 몸을 관통한 건 내가 모르는 영상기기로 3D 같은 특수효과 쇼를 벌인 걸 거야. 일단 여길 벗어나야 해."

정체를 드러낸 악당들은 서로 연락해 자신을 찾고 있을 터였다. 그는 동신아파트로 가서 자동차 열쇠를 찾아내 섭주 바깥으로 도망치리라 마음먹었다. 도움은 이곳 사정을 모르는 외지 경찰에게 청하는 게 더 나았다. 섭주의 그 누구도 믿지 못할 인간들이었다.

동신아파트를 향해 전속력으로 달렸다. 통증이 사라지고 팔다리에도 힘이 돌아왔다. 어떤 집단이 그를 표적 삼아 못된 술법을 행사했다는 믿음이 점점 강해졌다. 내가 정말 귀신이 아닐까 의문이 들기도 했지만 민규는 애써 그 같은 '멘탈 붕괴'를 부정했다.

"뭐야 이게…."

동신아파트 앞에서 그는 멍하니 섰다. 어둠에 싸인 대지 위에 아파트가 사라지고 없었다. 대신 기와집을 닮은 커다란 2층 건물이 서있을 뿐이었다. 지붕 아래 현관의 한자는 그도 읽을 수 있었다.

洞神堂(동신당)

2층의 만(卍) 자는 천지선녀네 집에서 본 것과 똑같았다. 하지만 아파트 발코니 창이 아니었다. 커다란 장대 깃발에 붙은 만 자였다. 지붕에서 큰 쥐가 뛰어내리고 얼룩 고양이가 그 뒤를 맹렬히 추격했다.

파파파파파팍! 우당탕! 쾅그랑! 키야아아옹! 찌이익!

쫓고 쫓기는 축생은 민규에게 관심을 두지 않았다. 민규는 주위를 둘러보았다. 주차장이라고 생각해왔던 공간도 잡초가 무성한 평지였을 뿐이다. 정자는 그대로 있었지만 그 옆에는 전에는 못 봤던 비석들이 서 있었다. 공동묘지 같은 느낌이었다. 아파트 통로는 나무 대문으로 바뀌어 있었는데 지금은 활짝 열린 상태였다. 민규는 자기 집이라고 생각해왔던 통로 입구로 들어갔다. 빗발이 거세지고 천둥이 쳤다.

101호 아파트의 정체는 축사를 연상케하는 골방이었다. 추용수가 새로 해놓은 도배와 장판도 다르게 보였다. 도배지는 장군들과 신선들을 그린 무화였고, 장판에는 용과 호랑이 그리고 현무와 주작이 커다랗게 그려져 있었다.

이삿짐이 하나도 없었다. 살림도구, 노트북, 술병도 사라지고 없었다. 단지 노란 종이들이 즐비했을 뿐이다. 부적으로 여겨지는 그 종이에는 역할을 맡긴 것처럼 〈소주병〉, 〈노트북〉, 〈가방〉 따위의 붉은 붓으로 쓴 글자가 붙어 있었다. 민규가 충격받은 건 자신의 저서가 보이지 않는 대신 《떼부잣집 탐정》 글자가 붙은 부적이 해당 권수만큼 놓여 있단 사실이었다. 그중에는 성휘작의 휴대폰에서 보았던 '사인본'도 있었다.

"그 책은 분명 내가 쓴 거야. 어떤 술법도 내 업적을 속일 순 없어."

벼락이 치면서 잊고 있던 사실 하나가 머리를 강타했다.

'누가 내 머리를 조종하는 건 아닐까? 왜 그 생각을 못 했을까?'

3편까지 내놓은 《떼부잣집 탐정》의 주인공 이름은 준찬이었다. 이준찬.

그는 그 사실을 지금에서야 깨달았다. 동신당이 동신아파트로 보였을 때는 떠올리지 못했었다.

민규는 부적을 타고 넘어 무녀의 집이었던 2층으로 올라가 보았다. 이곳에도 열린 문으로 비가 들이치고 있었다. 무녀의 아파트는 시골 농가의 오래된 헛간처럼 보였다. 불상과 불단이 폭격 맞은 듯 부서져 있었고 그가 썼던 서약서도 비에 젖어 나뒹굴었다. 서약서는 다시 보니 피가 묻어있는 부적이었다. 누가 보다가 팽개친 것 같은 진짜 도서가 있었는데 《나사의 회전》과 《애크로이드 살인사건》이었다. 전자는 장무람이 읽던 것과 같았고 후자는 1980년대에 출판된 삼중당 문고의 낡은 중고본이었다. 〈현기증〉과 〈다이얼 M을 돌려라〉 DVD도 있었다. 민규는 케이스에 적힌 〈현기증〉의 스토리를 읽었다. 스코티라는 탐정이 부자 친구에게 매일 바깥으로 나도는 아내를 감시해달라 의뢰받는다는 서두가 눈길을 사로잡았다.

나무로 정교하게 만든 자가용이 있었다. 아기가 타는 대형완구처럼 생긴 그 목각 자가용엔 '거마(車馬)'라는 부적이 붙어 있었다. 그가 몰고 다닌 자가용과 비슷한 부분이 한두 군데가 아니었다.

장무람의 가방에서 떨어졌던 '오늘의 아이디어'라는 노트도 있었다. 바람이 불어 페이지가 저절로 넘어갔다. 민규는 볼펜으로 적은 글씨를 읽었다.

– 귀신 보는 사람에 대한 책 마스터하기, 준찬이 스스로를 추리소설가로 계속 믿게 하기, 의처증에 관한 영화 〈현기증〉 초반을 참고할 것. 팜므파탈이 아닌 한동네 사는 신인 공포소설가 역할! 나름 연극영화과 출신인데 ㅋㅋ

– 공포 단편 모음집을 설정. 장무람 이름을 신인 작가로 각인시킬 것. 책 제목도 준찬의 과거사를 떠올릴 만하게 지어낼 것. 가령 '살육에 이르는 정신병?' 아니면 '죽어서 고향 가는 길?' 아니면 '나사가 풀려 현기증을 느낄 때 다이알 M을 돌려라?' ㅋㅋㅋ

– 우리는 물론 천지선녀도 못 만지는 귀신을 민정은 직접 만질 수 있다고 한다. 큰 무당 될 팔자인데 그걸 거부했으니 슬픈 일만 일어나고 집안이 화를 입는 것도 당연지사. 불쌍한 여자 ㅜㅜ

민규의 미간이 좁아졌다. 장무람이 가방에 넣어다닌 이 노트는 신인 작가의 습작 노트가 아니라 스파이의 지침서였다. 어떤 국가와도, 어떤 이데올로기와도, 어떤 권력과도 상관이 없는 무당 스파이.

226

'이 여자가 왜 나를 보고 준찬이라 부르는 걸까?'

민규는 그 여자가 의도적으로 접근했음을 알리는 노트에서 눈을 뗐다.

설명이 붙은 부적들도 여기저기 널브러져 있었다. 술병이 그려진 부적은 '붙이면 준찬이 술 생각을 느낀다', 약봉지처럼 생긴 부적은 '붙이면 약이 서랍에 있는 걸 알고 먹는 것도 당연, 약발이 퍼지는 것도 당연하게 여긴다' 따위의 설명이었다. 천지선녀의 음성이 곁에서 들리는 듯했다.

"귀신은 술을 좋아하지. 왜 우리가 전물상을 차렸는지 이제 알겠지?"

민규는 이 집에서 겪은 지난 일 몇 가지를 떠올렸다.

술이 술을 마신다고, 내가 술을 마시는지 술이 나를 마시는지 이것부터 푸는 게 추리소설가의 임무지.

"내가 정말 귀신이야? 그때 어디선가 '아이구머니나!' 하는 소릴 들었는데…."

"맞아. 너무 놀라서 누구는 컵까지 깼지."

여자 목소리가 들려왔다. 돌아본 민규는 비를 맞고 서 있는 장무람을 알아보고 비명을 지를 뻔했다. 그가 알던 스포츠 선수 같던 장무람은 없었다. 머리카락이 몽땅 뽑혀 알 대머리가 된 데다가 얼굴과 피부가 온통 보라색이 되어버린 무서운 장무람이 서 있었다.

양쪽 뺨에는 삶과 죽음의 生死 한자가 문신처럼 찍혀 있었다.

"내 모습 흉측해? 널 위해 사자(使者)를 만진 후로 이렇게 변해 버렸다."

"당신도 한편이야? 소설가가 아니었어?"

"공포소설 '한 편' 썼다는 말은 거짓이었어. 그들과 '한편'이란 말은 사실이지만 이제는 그들과 '같은 편'이 아냐."

그녀는 보라색으로 변한 손으로 있지도 않은 머리를 쓸어넘 겼다.

"너를 원망하지 않아. 내가 사자를 만진 건 어르신의 지시 때문 이었으니까."

"그 어르신이 천지선녀였어?"

"그럼 돈 많은 남자 사장을 상상했니?"

"너희들이 저 부적들로 나를 조종하고 가스라이팅한 거야?"

"이제 부적이 보여?"

"다 보여. 가짜 건물. 가짜 사람. 가짜 소도구. 무슨 특수효과지?"

"특수효과가 아냐. 사자의 칼에 선녀가 검을 들이댄 순간 널 속 여온 선녀의 영력이 약화된 거야."

"난 뭐지? 내가 뭐길래 너희에게 머릿속까지 읽혔지?"

"넌 혼백이고 우린 영혼을 볼 수 있는 무업 종사자들이야. 하지 만 추리작가로서의 너의 의지가 너무 강해 네 의식을 다 장악하진 못했어. 부적 때문에 술이 만취한 네가 스스로 추리소설가의 임무 까지 들먹이니 누군들 안 놀라겠니? 김진석의 아내가 아이구머니 나 소리지르고 컵까지 깼잖아."

"난 이웃집 할머닌 줄 알았는데."

"여긴 아파트가 아니라 동신당이야. 사람이 살지 않아."

청룡과 백호, 현무와 주작을 아로새긴 벽화를 쳐다보던 민규가 고개를 끄덕였다.

"추'용'수, 이'호'정, 장'무'람, 성휘'작'이 천지선녀의 네 제자라는 걸 왜 진작에 몰랐을까?"

장무람이 중환자처럼 노란 눈동자로 민규를 바라보았다.

"정말 너처럼 자유로운 영혼은 처음 본다. 대단해. 원래는 김호순이란 여자가 직계제자인데 네 혼백을 구제할 목적 때문에 천지선녀가 김호순을 빼고 이호정을 채워넣었어. 호랑이 호자를 넣기 전 그 여자 원래 이름은 이민정이야."

"김호순이란 여자의 헤어스타일은 웨이브 굵은 갈색 파마머리 아닌가?"

"가발이야. 너의 기억을 더 쉽게 상기시키려는 가발이지. 김호순은 그 때문에 10년은 젊어보였는데 난 이렇게 여자로서 외모를 망쳐버렸어. 이민정을 왜 불러왔는진 안 궁금해?"

"다 그 얘기로군. 내가 이호정 동생 이준찬이란 거야?"

"그래."

"이준찬은 내가 쓴 소설의 주인공이야!"

"아니, 니가 쓴 소설 주인공 이름은 김민규야. 출판도 안 된 지망생의 습작소설. 그 소설의 주인공이 《떼부잣집 탐정》 김민규야. 성공을 바라는 니 욕망이 고스란히 반영된 캐릭터. 그게 한이 되어 삶과 죽음의 두 캐릭터가 뒤바뀐 거지. 죽음도 막지 못한 네 의지가 더해져서."

"모두들 왜 그래? 내가 정말 죽었단 말야?"

"그래. 넌 귀신이야."

"말도 안 되는 소리!"

"내 얼굴을 만져봐. 네 손은 내 몸을 그냥 관통해."

"내가 기절했을 때 번쩍 들어 집 안에 눕혔잖아?"

"네 누나가 한 일이야."

민규의 기억에 손가락조차 접촉을 삼간 장무람과 천지선녀의 기억이 떠올랐다. 성휘작과 추용수는 악수를 권해도 응하지 않았다. 오직 이호정만이 접촉이 가능했다.

"내가 귀신이면 이호정도 귀신인가? 아니면 가족끼리는 소통이 가능한가?"

"추용수, 성휘작, 나, 김호순은 귀신을 볼 수는 있지만 만질 순 없어. 무속인인 우리의 영력은 그 정도야. 우린 너를 찾아온 사자를 보았으면서도 못 본 척했지. 하지만 민정인 귀신을 보는 건 물론 만지는 것도 가능해. 그건 천지선녀도 못 하는 일이야. 네 엄마처럼 호정인 큰 무당이 될 운명을 타고난 아이였단 말야. 신의 능력이 그렇게나 탁월한데도 그 길을 거부했어. 그래서 부모가 먼저 죽어 나가고 유기견처럼 버린 동생까지 죽게 놔둔 거야. 바로 너를 말야."

"난 누나가 없어! 난 귀신이 아냐!"

"최근에 우리들 빼고 어떤 사람이라도 만나본 적 있어? 시내에서 사람들이 널 외면하고 지나치는 걸 겪었을 텐데?"

기억해보니 틀린 말이 아니었다. 민규는 언제나 혼자였고 곁에는 아무도 없었다. 언제부턴가 생활의 기본적 배경지식에 '머리 쓸 허용력'을 분실해 그걸 알아채지 못한 것이다. 마치 누군가에게 조종당하는 것처럼. 장무람이 책 한 권을 갖고 왔다.

"지금 이럴 시간이 없어. 천지선녀에게 배신당한 난 널 도와주러 온 거야. 니가 불쌍해서 널 그냥 놓아주고 싶어. 물론 이미 죽은 몸이긴 하지만. 사자가 그렇게 빨리 나타나지만 않았어도 우린 순탄하게 일 처리를 했을 거야."

"자꾸 사자사자 그러는데 왜 장군이라고 부르지 않지?"

"그는 장군이 아냐. 위뇌홍이란 이름은 지어낸 거야."

장무람이 민규에게도 익숙한 책을 펼쳤다. 처음 갑옷 입은 남자에게 시달렸을 때 천지선녀가 니가 본 장군을 고르라며 보여준 책이었다. 장무람이 몇 장 넘기자 칼집을 허리에 차고 용머리 창을 어깨에 걸친 위뇌홍 장군이 나왔다. 하지만 그녀가 그림 아래의 종이를 떼어내니 위뇌홍 장군의 설명 대신 전혀 다른 글이 나왔다.

감재사자(監齋使者)

죽은 이를 감시하고 보살피며 저승으로 데려가는 사자. 죽은 사람 중에 저승으로 가지 않으려고 빈틈을 보아 도망가는 영혼도 있기 때문이다.

장무람이 얼굴을 바짝 들이댔다.

"이제 알겠어? 위뇌홍은 지어낸 이름이야. 그는 저승에서 죽은 혼을 데리러 오는 감재사자라고. 사찰에 가면 이 그림도, 이 그림을 본떠서 만든 조형물도 수두룩해. 이자가 바로 저승사자란 말야. 그리고 네 혼백은 육신이 죽었는데도 살아있는 걸로 믿고 있고."

"아니야… 이건 가스라이팅이야…."

"가스라이팅은 네가 네 스스로에게 한 거야! 이준찬이 육신 잃은 혼백인 자기 자신을 보고 김민규라고 세뇌했어. 죽음이 한이 되고 못다 한 꿈이 한이 되어 자기가 만든 소설 캐릭터에 뼛속까지 깊이 동화되었다고. 이준찬은 삶이 너무 고달파 오직 환상 속에서만 행복을 얻으려 했어. 죽음을 인정하기 싫어 스스로를 속이고 저승사자까지 속이려 든 거야! 천지선녀는 네가 죽었음을 일깨워주려 한 거야. 네 정체를 일깨워주려 한 거라고."

"왜 내게 그러는 건데?"

"억울하게 눈을 감은 네가 불행한 죽음을 인정할 수 있도록, 귀신에게 귀신이 가야 할 길을 알려주려고 한 거지."

민규가 털썩 주저앉아 고개를 흔들었다.

"가스라이팅이다. 나는 귀신을 보는 능력을 가졌어. 그런데 너희들 모두가 나를 귀신으로 취급해. 세상에 저승사자가 어딨어? 그렇지! 코어힐 아파트 주민들 성씨가 전부 위 씨였어! 위뇌홍의 후손들… 너희들도 그들과 한패일지 누가 알아!"

동신당 뒤편에서 낯익은 남자의 음성이 들려왔다.

"어이, 너 죽었어! 한번 만나기만 하면…."

7

"위철규?"

어둠 속에서 머리를 박박 깎은 조직폭력배 같은 남자가 민규를

232

노려보면서 걸어나왔다. 장무람이 휘이이 하고 휘파람을 불자 남자가 멈칫거렸다. 그러나 그는 개의치 않고 민규를 향해 조금 전에 했던 말을 다시 한번 정확하게 발음했다.

"너 죽었어. 한번 만나기만 하면… 진실을 가르쳐주려 했어."

"내가 죽었다고?"

"넌 죽은 사람이다. 나 역시도 죽은 사람이다. 코어힐에 사는 모두가 죽은 사람이다."

민규는 귀를 막았다.

"모두들 내게 왜 이래? 날 속이지 마! 난 죽지 않았어!"

"넌 죽은 사람이야. 그걸 인정하지 못해 구르고 뒹굴어 우리 네 가구에게 소음을 낸 거야."

"웃기지 마! 또 무슨 거짓말로 사람을 속이려고? 당신은 사교의 교주겠지? 나를 위뇌홍 장군에게 바치려는 교주! 그게 아니라면 왜 거기 사는 모두가 위 씨지?"

"이봐 위준찬 씨, 이걸 알아둬. 코어힐에 들어가는 모두가 위 씨가 돼. 정철규인 내가 위철규가 된 것처럼. 그건 우리가 죽은 사람이라서 그런 거야."

"헛소리 하지 마!"

위철규가 다가와 민규의 어깨에 손을 올리자 민규가 주먹을 치켜들었다. 손이 관통하지 않고 닿았기에 슬픈 분노가 북받쳐 올라왔다. 그가 사람이라면 나도 사람인 것처럼 그가 귀신이라면 나도 귀신이다… 민규의 오랜 예상과 달리 충간소음 갈등자의 눈길에는 동정의 빛이 가득했다.

"괜찮으니까 성질부리지 마. 이 경우는 위(魏)를 분철해서 뜻을 헤아려야 해. 그건 '귀신(鬼)을 위임한다(委)'라는 뜻이 되거든. 귀신 부리는 자의 영향권 아래로 들어간다 이 말이야. 그래서 거기 사는 사람 모두 위 씨가 되는 거야."

장무람이 휘파람을 거두고 손을 모았다.

"이 사람이 누군지 몰라도 마음이 좋은 자로구나. 악한 혼백이 아니야. 귀신은 이기적이라 절대 그러질 않는데."

"아가씨는 무속인인가? 내가 보여?"

"똑똑히 보여. 당신이 여길 왔다면 당신 혼백도 이 친구처럼 구천을 떠돌게 될 걸 알텐데."

"잘 알지. 난 자살한 사람이야. 근데 죽어서 편할 줄 알았던 내 혼백은 전혀 편히 쉬질 못했어. 차라리 이 불쌍한 친구한테 진실을 알려주고 함께 떠도는 것도 나쁘지 않겠단 생각이 들어서."

뜻밖이라는 듯 장무람이 미소 지었다.

"그렇다면 이 사람을 당신이 살던 곳으로 데려가 줘. 그래서 불쌍한 이 사람이 믿지 못하는 진실을 보여줘. 곧 이곳엔 천지선녀가 들이닥칠 거야. 감재사자도 분명 따라오겠지. 끝내 평온한 죽음이 싫다면, 이렇게라도 죽은 후의 '삶'에 애착이 있다면, 어둡고 외롭겠지만 떠도는 것도 나쁘지 않아. 하지만 명심해. 사자는 끝내 당신들을 노릴 거고 당신들은 일평생을 도망다니며 지내야 한다는 걸."

철규가 관대한 웃음을 지으며 민규의 소매를 잡아끌었다. 민규는 안 가려고 했지만 뭔가 앞뒤가 맞는 느낌에, 이 사람을 따라가야 미스터리가 풀릴 거란 생각에 저절로 걸음을 따르게 되었다. 뒤돌아보니 장무람이 손을 흔들고 있었다.

"당신 피부는 어떻게 해, 장무람 씨?"

"걱정 마. 가시밭에 굴러도 이승이 나으니까. 내 걱정 말고 당신
이나 신경 써."

민규는 철규를 바라보았다. 그는 사교의 교주 같아 보이지 않
았다.

"코어힐이 아파트가 아니면 대체 뭐란 말야?"

"무속인 되기 전에 저 여자, 좋은 대학 나온 사람이야. 코어힐
명칭도 저 사람이 지었을 거야. 그곳의 원래 이름은 〈재림〉이지.
어떤 곳인지는 직접 가서 봐."

8

민규는 존재가 뿌리부터 흔들리는 충격에 휩싸였다. 동신아파
트가 동신당으로 보였던 것처럼 코어힐 아파트도 다르게 보였다.

〈재림 추모공원〉

"추모공원이면 납골당을 말하는 거잖아? 화장한 사람의 뼛가루
를 모셔두는 장소….'

내 집에 왔다는 민규의 내면은 급격히 무너지고, 내 집의 비밀
을 알게 된 지금 눈물이 솟구쳤다. 영혼에 입은 상처 때문에 육신
이 크게 아파왔다. 누구라도 만나 위로를 받고 싶었으나 그를 위로
해 줄 이는 아무도 없었다.

"도자기가 깨지는 환각을 본 적 없어?" 철규가 물었다.

"있어. 그게 내 뼛가루를 넣은 유골함이었나?"

"〈재림〉 글자가 남고 왜 육신이 불에 타는 꿈을 반복적으로 꿨는지 이제 이해 가지?"

"그게 내 마지막?"

"화장(火葬)이지."

"내가 죽음을 받아들이지 못해서 꿈을 꾼 거고…?"

"그래, 억울하게 사망했으니 당연한 일이지."

"내가 어떻게 죽었는데? 총에 맞고 죽은 거야?"

철규는 대답하지 않았다. 민규가 소리 없는 눈물을 흘리는 사이 철규는 다독거림도 없이 앞만 바라보았다. 핏기가 전혀 없는 그의 얼굴은 정말 살아있는 사람 같지 않았다.

"내가 몇 번이나 망설였는지 몰라. '너 죽었어. 한번 만나기만 하면…' 하고 말야. 저 안을 뛰쳐나오는 순간 유골함의 혼백은 죽음을 거부했기에 영영 구천을 떠돌게 돼. 그래도 난 너를 위해 뛰쳐나온 거야. 도저히 지켜보고만 있을 수 없어서."

철규가 아파트라고 생각해왔던 유골수납 봉안실을 손가락으로 가리켰다. 관물대처럼 생긴 그 공간에는 번호가 새겨져 있었고 각기의 공간에 유골함이 들어있었다. 이제 민규는 모든 진실을 한눈에 볼 수 있었다. 철규가 땅바닥에 놓인 전동드릴을 가리켰다.

"유가족이 봉안실 안에 꽃이나 편지 같은 걸 넣어달라고 부탁하면 이곳 관리인은 저 드릴로 나사를 풀고 가족들 뜻대로 해주는 거야."

"그래서 매일 드릴 소리가 난 거였구나."

코어힐의 실체는 가로 세로 40센티미터 정도의 수납함에 불과했다. 수납함마다 들어있는 유골함과 뼛가루의 주인을 이제 민규는 투명 유리 너머로 볼 수 있었다. 704호 봉안실에는 꽃들이 수놓인 커다란 도자기가 놓여 있었다.

정진숙
생(生) 1968년 5월 23일, 졸(卒) 2019년 10월 7일

위진숙이 아니었다. 정진숙이었고 사진이 있었다. 무수한 어린이들에게 둘러싸인 한 중년 여성의 사진이. 사탕과 과자가 유골함 주위에 가득했고 그녀를 그리워하는 손 편지가, 또 아이들의 사진이 가득했다.

"퇴직을 얼마 안 남긴 초등학교 선생님이었어. 2019년 가을에 아이들과 체험학습을 하러 경주 석굴암을 찾다가 터널 안에서 버스가 전복됐지. 차에 불이 붙었고 문이 박살 났어. 모두가 우왕좌왕하는데 저 선생님 혼자만 필사적이었나 봐. 망치로 수차례나 두드린 끝에 결국 창문을 깨는 데 성공했거든. 어린 학생들 스물네 명이 전원 무사했어. 하지만 저 선생님은 끝내 빠져나오지 못했지."

사진 속 여인은 왜 그런 부끄러운 칭찬을 하냐는 듯 인자한 미소를 거두지 않았다. 민규는 유골함이 담긴 투명 유리막을 쓰다듬었다.

"난 그것도 모르고 아이 많고 성질이 나쁜 주부인 줄만 알았어요. 존경받을 만한 선생님이셨군요. 정말 죄송합니다."

그러자 유골함 안에서 아이들의 노래와 난 언제나 괜찮았으니 신경 쓰지 말아요, 하는 중년 부인의 목소리가 들려오는 것 같았다.

603호 남자는 상상했던 것과는 달리 양복이 잘 어울리는 준수한 청년이었다.

한태용
생(生) 1988년 1월 11일, 졸(卒) 2022년 6월 12일

위태용이 아니었다.

"코로나 방역을 전담한 병원 직원인데 몸을 안 사리고 일하다가 자기도 감염되어 버렸어. 폐가 많이 손상되었나 봐. 손도 못 쓰고 급성으로 사망한 거야."

유골함 곁에는 한태용의 사진들이 진열되어 있었다. 친구들과 모여 맥주잔을 기울이는 모습, 아내와 함께 아기를 안고 있는 모습, 멋지게 볼을 치는 테니스복 차림 모습, 방호복을 입고 당당히 병마에 맞선 모습….

"그래서 그렇게나 괴로운 목소리로 카악 퉤 침을 뱉은 거였나요…? 그것도 모르고 미안합니다… 정말 아프신 분인 줄 몰랐어요…."

민규가 사죄하듯 말했다. 하얀 유골함에선 가래를 끌어올리는 소리 대신 슬픔을 참지 못하겠다는 꾹꾹거림만이 들려왔다.

605호 아가씨도 당연히 위혜령이 아니었다.

김혜령

생(生) 1993년 12월 1일, 졸(卒) 2020년 11월 24일

억울하다고 흐느낀 것과 달리 참으로 참하고 곱게 생긴 아가씨였다. 한 번 보기만 해도 어떤 강심장도 녹아내리고, 어떤 악당이라도 악한 마음을 품지 못할 만큼 미소가 매력적인 아가씨였다. 그녀를 좋아할 사람은 이 지구상에 가득해도 그녀를 싫어할 사람은 단 한 명도 없을 것 같았다.

"이렇게 아깝고 젊은 분이 왜….."

"이 아가씬 우체국 직원이었어. 전 직장동료였던 남자가 스토킹을 했어. 혼자 일방적으로 좋아해놓고 서로 사귄 사이라며 주장했지. 고진성이란 남자 친구가 있었는데도 스토커는 계속 그녀를 괴롭혔어. 전화에 문자에 메일에 현관문 두드리기에 협박에… 경찰에 신고해도 소용없었지. 고진성 씨와 김혜령 씨는 결혼 날짜까지 잡았는데 그걸 알게 된 스토커가 그녀의 집에 몰래 들어가 숨어있다가 결국 일을 저질렀어. 퇴근하는 그녀를 흉기로… 참으로 안타까운 일이야."

민규는 봉안실 안에 놓인 작은 꽃다발과 손 편지를 보았다. 익숙한 광경이었다.

앞으로도 고진성은 영원히 김혜령 씨만을 사랑합니다.

억울하다는 소리가 민규의 귀를 때렸다. 민규는 눈물을 훔치며 봉안실의 유리벽을 쓰다듬었다.

"아무것도 몰랐습니다. 정말 몰랐어요… 이제는 이해하겠습니다. 얼마나 괴롭고 억울하셨어요? 얼마나 고통스러우셨어요… 지켜드리지 못해서 정말 죄송해요…."

그러자 억울하다는 울음이 마법처럼 잦아지다가 완전히 사라졌다. 눈을 감은 민규는 인자한 중년 부인과 준수한 청년과 아름다운 아가씨가 다가와 새로 이사 온 이웃에게 이곳에 정말 잘 오셨다고 맞아주는 광경을 보았다. 그들은 예정을 앞당겨 원치 않는 죽음을 당한 불행한 사람들이지만 역시 원치 않는 신세로 이곳을 찾은 새 이웃에게 슬픈 내색 대신 밝은 미소를 선사했다. 특히 김혜령은 할 말이 있다는 듯 한참이나 바라보아 민규의 관심을 끌었지만 결국 말을 하지 않고 등을 돌렸다. 눈을 뜨니 그들은 사라지고 유골함만 보였다.

'나 역시도 605호 아가씨를 어디선가 본 것 같은데? 하지만 기억이 안 나.'

민규는 504호 쪽으로 눈길을 돌렸다. 머리가 길었을 당시의 정철규 사진이 부리부리한 눈을 부릅뜨고 유리막 바깥을 보고 있었다. 그의 유골함은 파손되고 깨져 있었다. 정철규가 웃으며 유리막을 손으로 막았다.

"너보다 열네 살 많다는 것만 알아둬. 난 삶이 싫어 자살한 사람이야. 이제 이렇게 밖으로 튀어나왔으니 두 번 다시 돌아갈 수도 없지. 재림 추모공원 관리자는 저게 저절로 깨져 식겁했을 거야."

민규는 고개를 끄덕이고 드디어 자신의 유골함이 있는 604호로 고개를 돌렸다. 그러나 604 봉안실에 유골함은 없었다. 정철규가 당연하다는 듯 고개를 끄덕였다.

"꺼내 간 사람이 있었을걸."

함에 기대어 있다가 힘없이 쓰러진 사진 한 장이 있었다. 꽁지머리 청년의 사진.

거기서 잘 살아라.

그러자 오일 타는 냄새가 코로 밀려들며 민규의 눈앞이 환해졌다.

"그래, 기억났어요… 저 사람은… 자동차 정비소에서 같이 일한 내 친구였어요… 이름이 상범이야! 나는… 이준찬이가 맞군요…."

정철규가 민규의 어깨에 손을 올렸다.

"누가 유골함을 꺼내 갔는지는 알아?"

"천지선녀겠죠."

민규가 605호 봉안실 쪽을 돌아보았다.

"저 김혜령이란 분… 기분이 이상해요. 우린 예전에도 아는 사이였어요. 만나서 아는 사이가 아니라 다른 방식으로 우린 알아요. 우린…."

민규가 눈을 크게 떴다.

"아무래도 같은 사람한테 살해당한 것 같아요. 난… 살해당했어요."

605호 봉안실에선 아무런 소리도 들려오지 않았다. 오히려 소리는 민규의 등 뒤에서 들려왔다. 지친 천지선녀의 음성이었다.

"준찬아, 기억이 돌아왔니? 이제 그만 끝내자. 곧 있으면 사자가 온다."

정철규가 먼저 돌아보았고 민규가 따라 돌아보았다. 유골함을 두 손에 받쳐든 천지선녀가 서 있었다. 그녀의 옷은 군데군데 찢어졌고 얼굴도 상처투성이였다. 민규는 꿈에서 본 봉황과 소나무 장식 고려청자 도자기가 자신의 유골함이었음을 깨달았다.

'아니, 내 뼛가루가 거기 들었으니 뼈저리게는 잘못된 표현이야! 저 여자가 내 목숨을 쥐고 있구나!'

추용수와 성휘작이 탈을 쓰지 않은 채 곁으로 다가왔다. 장군의 칼이 얼마나 위맹했는지 그들의 행색도 풀려난 전쟁포로 같았다. 어둠 속에서 나타난 호정이 민규에게로 걸어오려 했다.

"준찬아, 미안해. 내가 니 누나야. 넌 내 동생이야. 늦게 와서 정말 미안해. 이제 더 미루면 안 돼. 네 혼백을 편히 쉬게 해야 해."

"나는 자동차 정비공 이준찬… 내 인생은….."

"잠깐! 잠깐만 멈춰!"

정철규가 민규의 말을 중단시키고 천지선녀와 호정 앞에 섰다.

"이 사람은 아직도 자기를 유명 작가로 알아! 암울한 진실보다 행복한 거짓이 나은 경우도 있어! 그냥 이렇게라도 자유롭게 살게 해!"

그러자 호정이 눈을 부릅뜨더니 천지선녀까지 놀래킬 어조로 소리쳤다.

"이 시건방진 잡귀 놈아! 네놈이 뭔데 남의 귀한 혼백에 이래라저래라야! 내 동생한테서 당장 떨어져!"

"내가 뭐냐고? 내 스스로의 의지로 자살한 사람이다, 어쩔래!

자살한 것도 내 의지, 이렇게 나온 것도 내 의지야. 당신들이 뭔데 남의 의지에 관여해? 저 친구가 왜 당신들 마음대로 영혼 안락사를 당해야 해? 죽어보지도 않은 당신들이 무슨 혼백의 평온을 논해?"

호정이 정철규를 무시하고 민규에게 말했다.

"준찬아, 듣지 마. 이곳을 영영 떠돌면 넌 죽음보다 더한 슬픔과 고독밖에 겪지 못해. 널 알아보는 사람이 우리 같은 일부 무속인밖에 없기 때문이야. 게다가 사자는 언제까지고 널 잡으러 다닐 거야. 그러니 어서 이리로 와."

"내 혼백이 편하게 쉰다는 게 무슨 뜻인데요?"

민규가 묻자 호정이 답했다.

"혼탁한 이 세상을 더 이상 보지 않고, 네가 당한 죽음을 더 이상 되새기지 않고, 저세상의 극락 속에서 편안한 잠을 자는 거야."

"그것도 일종의 죽음이지! 아니, 식물인간인가?"

정철규가 받아쳤다. 이번엔 천지선녀가 말했다.

"귀신은 인간 세상에 있어선 안 돼. 그러면 세상이 더 혼돈스러워져. 준찬이가 애초에 죽은 것도 사람이 아닌 귀신 때문이야. 악한 귀신들이 출몰해 사고를 치고 다니는 것도, 따지고 보면 애초에는 착했던 그들이 인간 세상에 질렸기 때문에 성정이 변하는 거거든."

정철규는 그래도 물러서지 않고 민규의 대변인 노릇을 했다.

"그렇지 않아, 당신들도 죽음을 겪어봐야 해. 죽으면 끝이야. 극락이니 평온이니 하는 건 당신들의 목적으로 미화되고 포장된 거야. 이 세상 모든 사이비들이 죽은 사람을 위해 뭔가 한다 하는데 따지고 보면 그건 다 산 사람을 위한 거야. 안 그래? 이 사람을 그냥 둬도 사자한테 쫓기느니 고독하느니 따위 없어. 유명 작가로 알고 자기만족에 살고 있잖아? 그냥 자기 의지대로 살게 놔둬. 의지대로!"

"사자는 어떻게 피할 건데?"

"이 세상엔 한평생을 잡히지 않는 도망자도 있어. 그런 스릴도 없으면 인생이 무슨 재미가 있어?"

자살을 한 정철규의 사후 삶에 대한 예찬이 계속되었다. 천지선녀가 부채를 들고 방울을 흔들자 정철규와 민규가 귀를 막았다. 천지선녀가 방울을 그치니 둘은 고통에서 벗어났다.

"그보다 급한 일이 있어 준찬아, 네 기억이 다 돌아왔니? 돌아왔다면 네가 나를 도와야 할 일이 있어."

"나와 저 605호 아가씨하고 연관된 건가요?"

"그래! 이제 너도 깨달았구나. 넌 역시….'

천지선녀의 표정이 환해졌다. 그녀의 기쁨에 찬 말은 그러나 성휘작이 지른 고함 때문에 이어지지 못했다.

"늦었습니다! 사자가 왔어요!"

그들의 뒤편, 추모공원의 가로수 너머에서 빛이 생겨났다. 어둠 속을 용의 머리가 도깨비불처럼 날아다녔다. 용의 머리가 가까워질수록 창을 쥔 실루엣도 가까워졌다. 추용수가 탄식했다.

"어떡하죠? 그냥 저 친구를 넘겨줘야 하나요? 더 이상 대항했다간 우리까지 화를 입을 텐데…."

호정이 장군에게 달려가 무릎을 꿇었다.

"조금만 더 시간을 주세요, 제발! 이제 아이는 스스로가 누군지 알았고 어떻게 죽었는지도 기억해냈어요! 감재사자께 끌려가지 않아도 스스로 죽음을 인정할 거예요. 제발 조금만 더 시간을 주세요!"

사자는 호정의 말을 무시하고 큰 보폭으로 걸어왔다. 그의 발이 관통하지 않고 호정의 무릎에 탁 걸리자 사자가 고개를 돌렸다. 호정이 다리를 잡고 소리쳤다.

"아니면 대신 나를 잡아가세요! 이게 다 나 때문에 벌어진 일이니 내 동생을 놔주고 대신 나를 잡아가요!"

사자가 옆으로 걸음을 옮기자 호정이 바닥에 쓰러졌다. 창을 땅에 꽂은 사자는 손을 칼집에 올린 채 민규를 향해 성큼성큼 걸어왔다.

천지선녀가 부채와 방울을 내던지고 다가가 무릎을 꿇었다.

"감재사자 대신! 조금만 시간을 주세요. 악신을 퇴치하고 선한 기운을 인간들에게 내리기 위해 저 아이가 잠시 필요합니다! 모든 기억이 곧 돌아옵니다! 일부러 사자 대신을 기만한 게 아니었어요. 인간사에 매우 중대한 일이 있어서였습니다! 저희가 잘못했습니다! 부디 자비를 베푸셔서 조금만 더 시간을 허락해 주세요!"

사자가 천지선녀의 몸을 그대로 통과해 빠르게 걸어왔다. 온몸에 한꺼번에 솟아오른 통증과 열병으로 민규는 더 이상 피할 곳 없이 마지막 궁지에 몰렸음을 알았다. 이미 죽은 그가 맞게 될 또 한 번의 최후였다. 사자가 칼을 뽑자 눈부신 천상의 빛이 솟구쳤다.

"에잇, 저승사잔지 동물원 사잔지 내가 한번 상대해보자!"

민규의 앞을 막아서던 정철규는 그러나 사자가 한번 쏘아보자 동상처럼 몸이 굳어버려 쿵 쓰러졌다. 천지선녀가 허탈한 음성으로 말했다.

"틀렸다. 감재사자가 준찬이를 끝내 데려가는구나. 혼백을 편히 쉬게 하고 살인귀를 잡으려던 우리 계획은 수포로 돌아갔어."

사자의 칼이 천천히 민규의 머리로 이동했다. 민규가 사자를 향해 입을 열었다.

"잠깐만요! 이제 저는 죽은 사람인 걸 깨달았습니다. 제가 죽음의 길을 따르지 않았다는 사실을 인정하겠습니다. 일부러 그런 건 절대 아니었습니다. 높은 권위에 반항하려 한 게 아니었어요. 하지만 가까스로 살아난 기억이 마구 섞여 명확하지가 않아요. 제가 어떻게 죽었는지만 알고 싶습니다. 어떻게 죽었는지도 모른 채 가면 평생의 여한이 될 것 같아요. 모든 사실을 알고 싶습니다. 그리고 저 분이 제 혈육이 맞다면 먼 길을 달려온 정성을 불쌍히 여기셔서 부디 작별인사라도 하게 해주세요."

사자는 특유의 무표정한 얼굴로 잠시 멈추는 듯하더니 이내 조금 전보다 더 위협적인 제스처로 칼을 쳐들었다. 무당들과 결탁해 몇 번에 걸쳐 자신을 속이고 따돌린 죄수였으니 단단히 화가 났으리라. 밤하늘에 먹구름이 뭉치고 자연의 조화가 인간의 지식과 역행했다. 저 너머 세상의 칼이 하늘 높이 꼿꼿하다가 낙하해 민규의 머리를 내리쳤다. 그러나 칼날로 친 것이 아니었다. 민규의 이마에 놓인 것은 감재사자의 칼등이었다. 그러자 민규의 머리로 한 줄기 빛과 함께 마지막 기억이 돌아오기 시작했다.

제 4 장

죽도록
기억에
시달리기

그의 기억

"안녕하세요!"

〈섭주경찰서 붕평파출소〉의 활짝 열린 문으로 청년 하나가 들어왔다. 청년의 티셔츠와 청바지는 깔끔했지만 몸에 배인 오일 냄새는 감출 수 없었다. 하지만 파출소 안의 누구도 코를 막거나 내색하지 않았다.

"평일인데 어떻게 퇴근했어, 이 작가?"

사람 좋은 파출소장이 새까만 머리를 쓰다듬었다. 청년이 미소지었다.

"사장님이 친구 문상을 가신다고 오늘은 정비소 문을 일찍 닫았어요. 가스켓 교환하신 건 어때요, 소장님? 아직도 보닛에서 탄내납니까?"

"완전히 잡혔다. 작가 하지 말고 그냥 자동차 정비의 달인이 되면 어떠냐?"

"그걸로 유튜버 해도 돈 많이 벌지."

안내 데스크에 앉아있던 김강오 경위가 소장의 맞장구를 쳤다. 반대편 데스크에 앉은 여경 지현아는 휴대폰을 만지작거리고 있었다. 통화종료 버튼과 통화 발신 버튼을 교대로 누르는 그녀는 불안해 보였다. 5월 25일의 화창한 오전이었다.

"응, 유튜버 어때?"

"에이, 김 경위님. 전 카메라 앞에 서는 건 자신 없어요. 소설로 대박을 낼 거예요. 제가 얼마나 심혈을 기울인 작품인데요."

"제목이 뭐랬지?"

"《떼부잣집 탐정》이요. 문예창작과 출신 김민규라는 대졸자가 로또복권에 당첨되어 떼부자가 돼요. 그래서 궂은 일이나 노가다 따위 할 필요도 없이 탐정이 되는 거예요. 그는 동네 사건을 해결하고 그다음엔 광역시 사건을, 그다음엔 서울의 사건을 해결하고 나중에는 외국에까지 이름이 알려져요."

"로또 한 번은 어림없고 두세 번은 당첨되어야 그렇게 할 수 있을 것 같은데? 자네 욕망이 반영된 건가?"

파출소장과 김강오는 어이없는 답이라도 들어주자는 신호를 서로에게 보냈다. 그늘을 찾을 수 없는 밝은 청년은 혼자만의 얘기에 열을 올렸다.

"그럼요. 저는 차 고치는 일을 하고 있지만 이 김민규는 무위도식 편하게 살면서 추리소설이나 쓰죠. 제가 딱 그렇게 되고 싶은 사람이에요. 근데 경찰도 해결 못 할 사건을 이 친구가 척척 해결해요."

"소설이나 드라마는 가능해도 그런 일은 실제로 없어, 이 사람아."

남자 셋이 떠드는 사이, 휴대폰에 문자를 넣는 지현아는 더욱 표정이 어두워졌다. 두 팀씩 짝을 이룬 네 경찰관이 붕평마을 순찰을 나가서 지금 파출소 안에는 세 명의 경찰관밖에 없었다.

청년의 연극 대사 같은 독백은 저단 기어에서 고단 기어로 나아갔다. 소설이라는 매체를 통해 무에서 유를 창조하는 일에 자기가 얼마나 인생의 애착을 갖고 있는가 하는 열변에 두 경찰관도 부지불식간에 빠져들었다. 자동차를 수리하는 일과 달리 자동차를 아예 만들어내는 게 소설 창작이라는 비유에 파출소장은 무릎을 쳤다. 그 탄복은 배려가 아닌 진심이었다. 소장은 청년에 관해 잘 알고 있었다. 부모가 일찍 죽고 유일한 가족인 누나마저 집을 나가 고아가 된 불행한 청년은 학창 시절 불량배들의 모함에 걸려 소년원 신세까지 지게 되었지만 출소 후에도 고운 천성이 변하지 않았다. 부모의 죽음과 누나의 가출이 신내림과 관련이 있다는 소문을 얼핏 들었지만 믿을 수 없는 사실이었다. 독실한 크리스천인 소장은 그저 정신질환의 내력이 그 집 구성원에게 작용한 건 아닌가 하는 추측을 얼핏 해봤을 뿐이었다.

청년의 음성이 더욱 빠르고 높아질 때 지현아가 라디오를 켰다. 여자 아나운서가 날씨가 좋다는 낭랑한 멘트로 수다를 떨었다. 머리가 아프니 나가달라는 신호가 틀림없었다. 눈칫밥 먹는 데 익숙한 삶을 살아왔던 청년은 즉시 입을 다물었다. 지현아는 의처증이 심한 남편 때문에 하루하루를 지옥 속에 살고 있다고 언젠가 청년은 김강오에게 들은 바 있다.

'사내 커플이었어. 근데 결혼하고 제주도 여행을 다녀오고 나서부터 그 좋은 인간이 180도 바뀌어버린 거야. 마누라 못 잡아먹어 안달 난 남자가 됐지. 매일매일이 의심에 감시의 연속이야. 무슨 귀신이 덮어 씌었는지 이유를 모르겠어.'

분위기가 어색해지자 소장이 까만 머리칼을 쓰다듬으며 청년을 위한 바람을 잡았다.

"그래, 준찬아. 오늘의 리얼리티 고증은 뭐냐?"

"예. 이것 하나만 듣고 바로 나갈게요. 소설 초반부에 장애 어린 이가 실종돼서 의경들이 산을 수색하는 부분이 있어요. 해당 관할 파출소장이 어떤 절차로 의경 지원 요청을 하는지…."

관자놀이를 지우개로 누르던 지현아가 불쑥 질문을 던졌다.

"아저씨, 인생이 즐거워요?"

"네?"

청년이 지현아를 바라보았다.

"아저씨 보니까 아무 걱정도 없는 사람 같아서요."

"지 경장, 왜 그래? 저 청년은 아무 악의도 없어. 어려운 환경에서도 꿈을 이루기 위해 노력하는 사람이야."

김강오가 답했다. 지현아의 굳어버린 표정은 미소를 허락하지 않았다.

"저도 그래요. 아무 악의도 없어요. 부러워서 그래요. 꿈 같은 게 있기라도 하면 좋겠네요."

지현아는 어떤 연락을 기다리는지 또 휴대폰을 바라보았다. 그녀의 남편은 수시로 전화에 문자를 해댔는데 화가 나면 한동안 연락을 끊었다. 그런 침묵이 있고 나선 늘 가정폭력이 뒤따랐다. 밝고 붙임성 좋았던 지현아가 결혼 후 웃음을 잃어버린 데는 이유가 있었다. 파출소장이 청년에게 말했다.

"준찬아, 지금은 바쁘니 좀 있다가 와라."

지현아가 외근 나갈 때 다시 들르라는 암시였다. 눈치 빠른 준찬은 기꺼이 그러겠다고 고개를 끄덕였다. 불행한 성장기를 거쳐 온 청년은 늘 남의 눈치를 보았고 눈치의 이해도 빨랐다. 누가 자기를 싫어하면 금방 알아챘다.

지현아의 얼굴에 삶에 찌든 미소가 살며시 지나갔다. 그녀는 앞에 놓인 캔 커피를 준찬에게 내밀었다.

"내가 괜히 실없는 소릴 했네요. 미안해요 아저씨. 따지 않은 건데 이거 마실래요?"

"감사히 마시겠습니다, 경장님."

준찬은 공손히 커피를 받으며 잠시 지현아의 얼굴을 바라보았다. 웨이브가 뚜렷한 갈색 파마머리가 인상적인 여자였다.

'나는 부모님이 일찍 돌아가시고 유일한 가족인 누나도 사라져서 지금은 고아 신세입니다. 나도 대학에 가고 싶었고 공무원 시험도 쳐보고 싶었는데 사는 게 뜻대로 흘러가지 않아 소년원을 갔다 왔고 이렇게 자동차 정비공이 되었습니다. 나도 경찰이 되었으면 경장님 같은 아름다운 분과 사내 커플로 사귀어 행복한 가정을 이뤘을지도 모르지요. 그렇게 되면 경장님은 지옥에서 살지 않아도 되고 나 역시도 사는 게 천국이 되겠지요. 그러나 그건 나 혼자 생각일 뿐이고, 어쨌든 나 같은 사람도 작가가 되고 싶다는 일념 하나로 꿋꿋이 살고 있습니다. 경장님 인생을 내 인생과 비교할 순

없겠지만 그래도 힘내세요.'

준찬의 눈에 비친 지현아는 가엾어 보였다. 스토커가 따라붙는 사람은 사는 게 지옥이라고 한다. 어느 집 딸로 태어나 귀하게 자랐을 이 여자는 선택의 실수 때문에 다른 남자도 아닌 배우자한테 매일매일 스토킹을 당하는 것이다. 이해한다, 이해한다 말은 쉬워도 제삼자는 당사자의 고통을 절대 이해할 수 없다.

'내 얘기만 할 때가 아니다. 그러니 돌아갔다가 한가할 때 오자.'

준찬이 세 경찰관에게 고개를 숙였다.

"수고들 하십시오."

캔 커피를 손에 꼭 쥔 준찬이 파출소 밖으로 나갔다. 떠들어대던 사람이 사라지자 이제 내 세상이라는 듯 라디오 아나운서만 신나게 떠들어댔다. 빠른 앞걸음으로 나갔던 준찬이 느린 뒷걸음으로 다시 들어왔다. 힘이 풀린 다리가 휘청거렸다. 파출소장이 슬로모션으로 의자에서 일어섰다. 김강오는 눈을 크게 뜬 채 앞으로 한 손을 내밀었고 지현아는 학질에 걸린 사람처럼 온몸을 떨었다. 경찰관 제복을 입은 남자 하나가 권총을 들이민 채 준찬을 몰아세우며 진입하고 있었다. 투블럭컷 헤어스타일에 하금테 안경을 쓴 남자의 얼굴은 내적 고통과 괴로움으로 심하게 일그러져 있었다.

"니 이름 뭐야?"

"이, 이준찬입니다."

"저기 가서 서. 니 애인 옆에 가서 서라고."

"살려주세요."

"어서!"

"상우 씨, 이 사람은 여기 자주 오는 사람이야. 나랑 아무 사이도 아니야. 그러지 마."

"근데 왜 여길 뻔질나게 찾아오지?"

총구가 떨고 있는 지현아를 향했다. 투블럭컷이 준찬의 엉덩이를 힘껏 걷어찼다. 준찬은 쓰러질 듯 휘청거렸고 지현아가 간신히 붙잡았다. 부축하는 포즈의 두 사람을 본 남자가 눈썹을 구겼다. 지현아가 얼른 준찬의 몸에서 손을 뗐다. 파출소장이 나섰다.

"야, 배상우! 너 미쳤어? 총까지 빼 들고 이게 무슨 짓이야!"

"두 번 다시 나보고 미쳤다 그러지 마요! 소장님도 손 들어요!"

배상우가 총을 겨누자 소장이 손을 들었다. 김강우가 조심스럽게 말했다.

"배 경위, 우리 진정합시다. 그 총 내려놓고 얘기로 풉시다."

"나 몰래 지원 무전만 쳐봐, 당신부터 쏠 거야, 김강오 씨. 당신들은 가만있어. 저것들만 처치하면 되니까."

소장이 다시 한번 배상우를 달래려 했다.

"상우야, 이거 문제 엄청 커진다. 내 너 안 다치게 약속할 테니 총 내리자. 저 젊은 친구, 내 잘 아는 사람이다. 나이만 MZ 세대지 고아나 다름없는 불쌍한 친구야. 엄청 불행하게 자라서 여자한테 관심 둘 만한 형편도 못 돼. 절대 니가 생각하는 그런 거 아니다. 지 경장 항상 너만 믿고 의지하는 모범적인 부인인데 저런 친구 쳐다보기라도 할 것 같니?"

"소장님은 왜 저놈 편을 들어요? 좀 전에 커피 준 거 못 봤어요? 생긴 것도 기생오라비같이 멀끔한 게 무슨 정비공이에요? 저러니 저 계집이 빠져들고도 남지."

"정신 좀 차리자! 언제까지 이럴 거니?"

"왜 내 편은 하나도 안 들어? 왜! 왜! 내가 이렇게 고통받고 있는데 왜 날 이해해주는 인간은 하나도 없어?"

배상우가 악을 썼다. 소장은 수십 년 뒤에나 찾아오리라 생각하던 죽음이 코앞에 닥쳐오자 심장이 아파왔다. 그 누구보다 가장 큰 피해자인 지현아 역시 침착을 보일 수 없었다.

"상우 씨, 제발 마음 좀 가다듬어 봐. 이 사람은 작가 지망생이야! 커피는 여기 파출소 창고에 박스로 있어. 오는 사람마다 나눠준다고! 당신도 지구대에 있어봤잖아! 그리고 저 사람은 소설 고증 때문에 여길 오는 거야!"

"차 뜯어고치는 놈이 소설은 무슨 소설?"

"말했잖아, 지망생이라고! 이야기 쓰는 데 참고할 질문을 하러 종종 오는 거라고!"

"근데 왜 네가 있는 붕평파출소만 찾아오냐고? 내가 모를 줄 알아! 저놈은 여기에 벌써 열두 번째나 왔어."

준찬이 들어올린 손을 떨면서 말했다.

"다, 다, 다른 파출소에선 저를 귀찮아하고 쫓아내서 그랬던 겁니다."

하늘을 향해 총이 불을 뿜었다. 파출소장과 김강오가 움찔거렸고 지현아와 준찬이 서로를 붙잡았다. 극도의 공포에 사로잡힌 인간의 본능적인 움직임일 뿐 욕망에 사로잡힌 남녀의 포옹이 결코 아니었다. 하지만 총 가진 자에겐 그 모습이 결정적 증거로 작용했다.

"역시 죽음은 거짓말을 안 해! 내가 이걸 겨누니까 너희가 나 몰래 수십 번은 찍었던 에로영화의 장면을 저절로 연출해내고 있잖아!"

준찬은 극도의 공포에 사로잡혔다. 까마득히 잊고 있던, 결코 피해갈 수 없는 운명이 기억 속에 살아났기 때문이다.

'내게도 그게 닥쳐왔구나… 엄마와 누나는 운명을 거부했었지. 엄마 아빠가 돌아가신 것도 그거 때문이라 했어… 운명이 연상될 어떤 말도 해선 안 됐지… 내가 실없이 칭칭쾅쾅 작두 타령을 했을 때 누나가 크게 화를 낸 이유도 교회 동석이 형 때문이 아니라 자신이 짊어진 운명이 혐오스러웠기 때문일 거야… 저주받은 운명이 나머지 가족에게 해로 돌아간댔지. 누난 그것 때문에 기어이 가출을 한 거야… 날 살리려고 집을 나간 거였다고… 미웠지만 이해는 했어… 나쁜 일이 안 생겼으니까… 더 이상 나쁜 일은 안 생길 거라 철저히 믿었기에… 하지만 이제 틀렸어… 저주와 운명은 어떻게 해서든 그 사람을 결국 찾아가는 거야. 아아… 난 아직 죽기 싫은데… 난 할 일이 많은데…'

준찬의 뺨에 눈물이 흘러내렸다. 배상우는 그 모습을 보고 웃었다.

"왜 우냐? 죽는 게 무섭냐?"

"무섭습니다. 저는 선생님 사모님하고 모르는 사이입니다. 단지 소설 때문에 여기를 찾았을 뿐입니다."

"선생님? 하, 비굴한 새끼. 그래 저년하고 몇 번이나 했냐? 어디 어디 갔었니? 다 얘기해 봐."

"믿어주세요… 절대 그런 사실 없습니다…."

"상우 씨, 나랑 얘기해."

지현아가 손바닥을 펼쳐 보인 채 한 걸음 앞으로 나섰다. 눈이 공포로 가득 찼지만 그녀는 최대한의 침착을 유지하려 필생의 노력을 다하고 있었다.

"뭐든지 당신 하자는 대로 할게. 내가 사표를 내고 항상 당신 곁에만 있을게. 모든 게 현실이 아냐. 당신 머릿속 생각일 뿐이야. 그건 우리가 이겨나갈 수 있어. 그러니 제발 총 좀 내려놔. 사람 다치겠어."

"틀렸다, 현아야! 총소리가 울려 퍼졌으니 이 마을 놈들이 알고 순찰 돌던 놈들도 올 거야. 어차피 난 마지막을 각오하고 왔어. 저세상에서 만나자 현아야! 넌 영원히 내 거야! 영원히! 네 모든 게 다 내 거야! 어떤 놈도 널 건드릴 수 없어! 저세상에서도! 자, 난 작정했으니 이제 진실한 네 표정을 보여봐!"

"표정은 무슨 표정이야! 제발 좀 그러지 마!"

"진실한 네 표정을 보여! 내 앞에서 한 번도 보이지 않은 네 밝은 표정을 보여보라구! 저놈들한텐 보여줬잖아!"

지현아는 눈을 감고 몇 번 숨을 몰아쉬다가 결심한 듯 눈을 떴다.

"더 이상은 이렇게 못 살아. 그래, 죽자! 죽여! 차라리 날 죽여!"

"날 자극하지 마!"

"이게 사는 거야? 죽는 게 낫지! 죽여! 죽이라니까! 왜 못 죽여!"

"그만해!"

"죽여! 이 의처증 변태 새끼야!"

"그만하라 그랬지!"

권총이 불을 뿜었다. 웨이브가 인상적인 머리칼이 개화하듯 허공에서 활짝 펴졌다. 지현아의 몸이 발레를 하는 것처럼 빙그르르한 바퀴 돌더니 서류 뭉치를 흩뜨리며 쓰러졌다. 가슴께에서 피가 흘러내렸고 팔다리가 경련을 일으켰다. 준찬은 비명을 지르며 양팔로 머리를 감싸안았다. 김강오가 허리춤에서 권총을 뽑았다. 하지만 먼저 발포한 사람은 배상우였다. 김강오가 의자와 무전기기를 넘어뜨리며 쓰러지자 파출소장이 의자를 번쩍 쳐들어 배상우에게로 던졌다. 배상우는 의자에 맞아 비틀거리면서도 권총을 쏘았다. 파출소장의 몸이 뒤로 튕겨나 유리에 금을 내면서 쓰러졌다. 가발이 떨어지고 하얀 대머리가 드러났다. 불과 몇 초간에 일어난 학살이었다.

이리저리 기면서 앞이 보이지 않던 준찬은 가까스로 일어나 파출소 바깥으로 걸어나갔다. 다리에 힘이 풀려 뛸 수가 없었다. 탕! 소리와 함께 그 다리도 휘청 꺾였다. 배상우가 연기 나는 총구를 준찬에게 겨누며 일어섰다. 쓰러진 준찬은 숨이 막혀오며 눈에 닥친 어둠이 급속도로 짙어지는 걸 알았다.

"아아… 죽다니… 내가 죽다니… 내가 이렇게 죽다니…."

"그래, 너 같은 놈은 그렇게 뒈지는 거야."

"난 할 일이 많은데…."

배상우가 총을 겨누었다. 준찬은 배상우를 바라보며 울컥 피를 토했다.

"제발… 제발… 쏘지 마세요! 제발… 선생님… 난 할 일이… 많아요… 하고 싶은 일이… 이렇게 죽을 순 없어요… 살려주세요…."

"왜 이리 비굴해 이 새끼? 세상에 하나밖에 없는 현아가 너같이 비굴한 놈한테 여태껏 마음도 주고 커피도 준 거야!"

"살려주세요… 난 몰라요… 선생님 사모님은… 알지도 못해요… 난 한 번도… 행복하지 못했어요… 다 떠났어요… 전부 날 두고 떠났어요… 이제야 내 할 일을 찾았는데… 이제야 겨우 인생의 의미를 찾았는데… 이렇겐 죽기 싫어요… 제발 살려주세요…."

"뭐? 인생의 의미? 이 비굴한 새끼!"

배상우의 눈에서도 눈물이 흘러내렸다. 그 눈물의 의미는 배상우 빼고는 모를 것이었고 어쩌면 그 자신조차도 모를 수 있었다. 준찬의 눈과 그의 눈이 마주쳤다. 그 순간 준찬은 그의 머리 위에 앉은 어떤 기형 인간을 보았다. 그것은 벌레처럼 생긴 인간으로 머리가 크고 팔다리가 붙은 작은 몸집으로 번데기의 형상과 비슷한 인간이었다. 얼굴 안에 박힌 눈과 입이 비웃음을 그렸다. 울고 있는 배상우와는 상관없는 표정이었다. 준찬이 눈을 크게 뜨자 배상우가 그 시선을 의식한 음성으로 말했다.

"날 쳐다보지 마."

"당신… 뭐야? 사람이야 귀신이야…?"

"너는 나를 보았다. 나도 너를 보았다. 너에 관해 알겠구나. 잘 들어라. 네가 죽는 데는 또 다른 이유가 있다. 네 에미, 네 누나가 받아야 할 운명을 거절했기 때문이다."

"죽이지 마…."

준찬이 손으로 얼굴을 가렸다. 총이 불을 뿜었다. 배상우가 가슴을 움켜잡고 비틀거렸다. 그는 놀란 듯 총상을 입은 가슴을 보더니 갑자기 품속에서 뭔가를 꺼냈다. 준찬의 눈에 비친 그것은 커다란 돌멩이였다. 배상우는 있는 힘을 다해 돌멩이를 바깥으로 내던졌다. 유리를 박살내고도 돌은 멀리 날아갔다. 그 순간 준찬은 배상우의 머리에서 영적인 무언가가 튀어나와 벼룩처럼 껑충껑충 뛰어 도망가는 것을 보았다. 조금 전에 본 기형 인간 같았지만, 물리적으로 그것은 안개일 수도 아지랑이일 수도 있었다.

또 한 번 총성이 있었다. 배상우는 만세를 부르듯 양팔을 활짝 들어올리다가 풀썩 쓰러졌다. 그를 명중시킨 김강오가 권총을 놓치며 가쁜 숨을 몰아쉬었다. 준찬이 '난 안 죽어, 난 못 죽어' 하며 기어가기 시작했다. 모든 협박과 아비규환이 사라지자 아무것도 모르는 라디오만 혼자 떠들어댔다.

… 예, 올해도 이런 이유로 강수량이 적을 것으로 예상됩니다. 그런 의미에서 이어지는 노래는 안동시 법흥동의 김하영, 아니 김화영 씨의 신청곡입니다. 햇빛촌의 〈유리창엔 비〉. 아하, 진짜 비 좀 많이 왔으면 좋겠네요…

피아노 전주가 들려오는 가운데 준찬은 힘겹게 일어나 파출소 바깥으로 걸어나갔다. 세상이 빙글빙글 돌았다. 물이 누수되는 소리가 들려왔다. 땅을 적시는 피에서 나는 소리였다. 위로할 사람 하나 없는 그에게 화창한 햇살만 쏟아졌다. 하지만 준찬은 햇살에서 온기를 느낄 수 없었다.

사이렌 소리가 어지럽게 들려왔다. 피 색깔을 닮은 경광등들이 여기저기서 번쩍거렸다. 차들이 도착하기도 전에 준찬은 힘이 다해 쓰러졌다. 오렌지색 제복을 입은 사람들이 달려왔고 가장 먼저 그를 붙잡은 누군가가 있었다. 준찬이 보니 나이도, 생긴 것도 떠나버린 누나를 닮은 어떤 여자 소방관이었다. 명찰이 있었으나 그 이름은 이민정이 아니라 김순진이었다. 그 사람이 제복에 준찬의 피를 묻히면서도 지혈을 했다. 흐르는 피를 막자 민규의 눈에선 눈물이 두 배로 나왔다.

"살려주세요… 죽기 싫어요… 선생님… 전 이대로 죽을 수 없어요… 왜냐하면요… 저는 해야 할 일이 있어요… 써야 할 이야기가 있거든요…."

"말하지 마세요! 출혈이 너무 심해요!"

그러나 준찬은 멈추지 않았다. 의지 하나만으로 계속 말을 했다. 들어줄 이 하나 없는 삶을 살아왔지만 말을 멈추면 죽을 것을 알았기 때문이다. 그는 죽음을 거부했고 죽고 나서도 그것을 인정하지 않을 작정이었다. 기침을 하자 김순진의 상의에 흥건히 피가 튀었다. 그러나 그녀는 개의치 않았고 준찬도 개의치 않았다.

"김민규는 죽지 않아요… 절대 죽지 않아요… 내가 바로 그 주인공이에요… 10부작이 될 《떼부잣집 탐정》의 주인공이요… 아무도 그걸 읽지 못했는데… 흑, 흑, 흑, 흑… 이렇게는 죽을 수 없어요… 난 죽기 싫어요… 흑흑흑 살려주세요 선생님… 죽기 싫어요… 날 죽게 내버려 두지 마세요… 우리 누나를 좀 찾아주세요 선생님… 흑흑흑흑… 이렇게 찾아온 내 죽음을 받아들일 수가 없어요… 흑흑흑…."

"알았으니 제발 그만 좀 말해요 아저씨! 위험하단 말이에요!"

"말이라도 안 하면 죽을 거 같아요… 살려주세요 선생님… 침묵만 지킨다면 정말 죽음이 날 데려갈 거 같아요… 살려주세요… 전

할 일이 있어요… 우리 누나를 찾아주세요….”

김순진의 마음도 변했다. 이유도 모르면서, 그가 누군지도 모르면서 죽음에 가까이 다가선 이 청년을 그대로 보내면 안 된다는 어떤 신념 같은 것이 그녀에게 작용했다. 구급차가 산소호흡기와 들것을 신속히 준비하고 있었다. 몇 초밖에 여유가 없지만 김순진은 위독함에 불구하고 청년의 소망을 허용했다.

“알았어요. 말 하는 게 편하다면 계속 말을 하세요. 내가 들어줄게요. 단, 절대 잠들면 안 돼요. 알았죠? 조금만 견뎌요.”

“감사해요… 정말 고마운 분이세요… 내게 그렇게 친절하신 분은… 여태껏 없었거든요… 전부 반말을 하고 이래라저래라 시켰어요… 사람들은 항상 자동차 수리비를 속인다고만 생각해요… 제게도 누나가 있어요… 지금 어디 사는지 잘 살고 있는지 연락이 없어요… 아, 그래요. 친구도 있어요… 난 혼자가 아니에요… 상범이가 옆에 없나요? 상범이는… 좋은 친구였는데… 선생님! 이상해요! 아무것도 안 보여요… 제발 날 혼자 내버려두지 마세요… 날 저쪽 세상으로 보내지 마세요, 제발….”

“눈 떠요! 당신은 안 죽어요! 눈 감지 말고 날 봐요! 계속 말해요! 김민규 씨! 김민규 씨! 누나가 오고 있으니 힘내요! 호흡기 빨리 안 가져오고 뭐 해!”

준찬의 손이 김순진의 어깨를 필사적으로 잡자 견장이 떨어져 나갔다. 김순진이 의식을 잃지 말라며 연거푸 말을 걸었다. 그러나 준찬은 더 이상 말을 하지 못했다. 마지막 손아귀 힘도 최후의 경련과 함께 빠져버리고 손은 천천히 아래로 떨어졌다.

“이 사람 죽었어.”

김순진이 안타까움을 감추지 못한 얼굴로 말했다.

"무슨 일인지는 모르겠지만 이 사람… 죽어서는 안 될 사람 같았어. 이렇게나 삶에 애착이 많은 사람인데…."

참극이 일어난 봉평파출소에 경찰차와 구급차들이 십여 대나 몰려왔다. 민간인들도 있었는데 주로 〈삼화 정비소〉 직원들이었고 그중에 꽁지머리를 한 청년도 있었다. 상범이란 이름의 그 청년이 '준찬아!' 하고 울부짖는 바람에 김순진은 죽은 청년의 이름이 민규가 아닌 준찬임을 알 수 있었다.

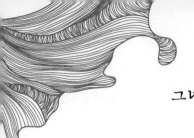

그녀들과 그들의 기억

1

"보시다시피 이렇습니다."

〈재림〉추모공원 대표는 임시로 쳐놓은 '출입금지' 팻말을 치우고 천지선녀를 들여보냈다. 장무람, 김호순, 성휘작, 추용수가 그녀의 뒤를 따랐다. 가로세로가 같은 크기의 봉안실마다 유골함이 진열되어 있었다. 500개도 넘는 숫자였다. 말하자면 500명 이상의 죽음이 모여있는 이 공간에 이승과 저승, 혹은 삶과 죽음을 아우르는 무속인 5명이 들어선 것이다.

생의 마지막 안착지답게 납골당(納骨堂)은 침묵과 고요에 싸여 있었다. 하지만 604 번호표가 붙은 봉안실은 달랐다.

"으, 이럴수가…."

"끔찍하군!"

법사들이 진저리를 쳤다. 봉황과 소나무가 그려지고 이준찬이란 이름이 붙은 유골함이 미친 듯이 움직거리고 있었다. 안에 황소개구리라도 들어있는 듯 함은 저절로 벽에 부딪치고 천장으로 솟구치다 떨어져 바닥을 뒹굴었다. 대표가 난처한 표정을 지었다.

"이래서 '임시 휴장'에 들어가고 다른 조문객들을 일절 못 오게 한 겁니다."

"잘했소. 귀신 들린 장소란 걸 알면 어떤 유족들이 생이별한 사람을 맡기겠소?"

천지선녀의 빈정거림에 추모공원 대표는 얼굴빛이 노래졌다.

"아이고, 농담도 그런 농담 마시고 제발 좀 도와주세요. 저희 망하는 꼴 보려고 그러십니까?"

"언제부터 이랬소?"

"유골함 들어온 날 밤부터 바로 이랬습니다."

"내 귀엔 죽은 자의 불평불만이 들려. 이 사람은 자기가 죽은 걸 모르고 자기가 설정한 아파트에 들어온 줄 알아."

"설정요?"

"소설 속 배경이지. 이 사람은 남는 시간에 소설을 쓰는 사람이거든. 주변 사망자들의 원성도 들리는구나. 저렇게 부딪치니 위, 아래, 옆의 혼백들도 불만이 커."

"왜 자기가 죽은 걸 모르지요?"

"억울한 죽음을 당해서요. 이 사람 뉴스에 나온 그 사람 아니오?"

"예. 정신질환 있는 경찰관에게 총 맞아 죽은 청년이죠."

천지선녀의 눈이 605호 봉안실의 유골함을 향했다. 눈에서 빛이 뿜어져 나오는 듯했다.

"이상해…."

"뭐가요?"

"저 처녀, 김혜령이란 저 처녀하고 이준찬이란 청년한테서 어두운 기운이 보이거든. 함이 나란히 놓이니까 알겠군. 두 사람 다 사람한테 당했지만 그냥 사람이 아냐. 귀신 붙은 사람한테 당한 거 같아."

"저 아가씨도 뉴스에 나온 사람이에요. 스토커한테 오래도록 시달리다가 결국 변을 당한 모양입니다. 범인은 체포되어 교도소에 있지요. 이준찬을 죽인 경찰은 사살됐고요."

"어느 교도소인지 아시오?"

"모르지만 저 귀신만 쫓아주면 수단과 방법을 안 가리고 알아오죠."

"말을 삼가시오. 저 청년은 쫓아내야 할 귀신이 아니오. 어루만지고 달래줘야 할 혼백이오."

대표가 민망한 표정을 짓는 사이, 천지선녀는 네 제자들을 둘러보았다.

"우리가 여기 온 데는 신령님 계시가 작용한 것 같다."

"의뢰 없이도 해야 될 일이다, 뭐 그런 겁니까?" 추용수가 물었다.

"그래. 우린 신과 통하여 신의 뜻을 이해시키고 망자의 한을 풀어줄 의무가 있으니까."

천지선녀가 대표 옆에 엉거주춤 서 있는 관리인을 불렀다.

"이봐요 아저씨, 일단 이준찬의 봉안실 나사를 풀어봐요."

관리인이 전동드릴로 사각으로 조인 나사를 풀었다. 유골함이 소리에 놀라 펄쩍 뛰듯 움직거렸고 관리인은 진저리를 쳤다. 김호순이 법문을 외웠고 장무람이 열린 문 사이로 붉은 천을 넣어 유골함을 덮었다. 그러자 마취라도 걸린 듯 유골함은 움직이지 않았다. 추용수와 성휘작이 조심스럽게 함을 빼내어 개집처럼 생긴 상자에 옮겨 넣었다.

천지선녀는 네 사람을 둘러보았다.

"지금 이준찬이는 자신이 얼마나 위험한 입장에 처해있는지 모를 거야. 혼백이 죽음을 인정치 않고 이승을 떠돌면 저 하늘에서 혼을 관리하는 누군가가 나타나는데 이 친구는 현실주의자라 그런 걸 부정하거든. 다른 원혼들의 원성도 충간소음쯤으로 여길 테지.

그래도 저세상의 힘은 이 친구에게 고스란히 작용해. 아마 이준찬인 '누군가 자기를 잡으러 올 것 같은 불안함과 이상함'을 느껴 불안해지기 시작할 거야. 그게 감재사자인 줄은 모르고 원한 가진 사람인 줄로만 알 테지."

"정말 감재사자가 있단 말입니까?" 성휘작이 물었다.

"사람들은 유명계니 저승이니 따위의 공간이 허구라고 떠들어 대지만 허구라는 건 모두 사실에 근거해서 만들어져. 현실에 혼돈이 몰아칠까 봐 지어낸 이야기로 바꿔치기 되는 거지."

유골함을 바라보던 천지선녀의 눈이 가늘어졌다.

"누나가 있구나. 이 아이의 누나를 데려와야 해."

"이 사람 누나가 누군데요?"

"너희들은 무가에 발 담근 몸으로 나처럼 귀신을 볼 수 있지. 하지만 이 아이의 누나는 무가를 회피해 사는 데도 너희보다 한 수 위야. 귀신을 보는 건 물론 만질 수도 있는 특별한 능력을 지닌 아이야."

선녀의 표정이 일그러졌다.

"그 때문에 가족이 저주를 받았어. 2대째 신내림을 거부했기 때문에 이 아이가 죽은 거야. 아까 저 605호를 봤을 때 내 몸주는 강한 암시를 내렸어. 김혜령과 이준찬은 같은 범인이 죽였다고."

"하나는 교도소에 있고 하나는 자살했다잖아요?"

추용수가 대꾸하자 천지선녀가 손가락을 겨누었다.

"추모공원 대표가 그놈 있는 교도소를 알려줄 테니 넌 곧장 가서 그놈을 면회하고 와. 왜 죽였는지 무슨 원한이 있는지 살인할 때 어떤 심정이었는지 이상한 물건을 줍거나 만진 게 있는지 그걸 알아내. 정신병 있는 놈들 머리를 타고 앉아 살인을 부추기는 귀신을 난 알고 있어. 모두 잘 들어."

그녀는 다른 세 사람을 둘러보았다.

"이준찬이는 지금 자신을 다른 사람으로 착각하고 있어. 유명작가 쯤으로 여기는 거 같아. 살아있을 적 소망의 의지가 너무 강해서 그래. 대단한 청년이야. 우린 이 청년한테 죽은 경과를 성급하게 알려주면 안 돼. 혼백이 놀라지 않고 죽음을 받아들이도록 차근차근 알려줘야 해. 생전의 기억을 잃었을 테니 우리가 마지막 기억을 상기시켜줘서 어떤 악귀한테 살해당했는지를 알아내야 한단 말이지. 감재사자가 도착하기 전에 해야 해."

"언제 도착하는데요?"

"7월 12일이 이준찬이가 죽은 지 49일째가 되는 날이야. 그날 사자는 준찬의 혼백을 데려갈 거다. 하지만 며칠 전부터 모습을 드러내 준찬을 관찰하고 말없이 대접도 요구할 거야. 이준찬이는 아무것도 모를 테니 사자의 접대는 우리가 한다. 술을 몹시 좋아하니 용수와 휘작인 달걀을 넣은 술을 입구가 좁은 술동이에 담아놔. 여러 개로."

"7월 12일까지 준찬에게 죽음을 인정시켜줘야겠네요."

장무람이 노트에다 열심히 적었다. 천지선녀는 니들도 저 아이 반만 따라 하라는 시선으로 나머지 사람들을 쳐다보았다.

"그러기 위해 우린 연극을 하게 될 거다. 이웃으로 위장해 접근 한 뒤 현실주의자 준찬에게 먼저 무속과 귀신의 세계를 수긍시킨 뒤 그가 죽게 된 경위를 하나하나 떠올리게 해야 해. 보조 출연진 이 더 필요해… 〈금강법력 불기〉 김 사장은 요새 뭘 해?"

"김진석이요? 장사가 잘 안돼 부업으로 택시 기사 노릇을 한답 니다."

"그럼 콜택시로 그 인간 불러봐. 그리고 관광버스 기사 구영훈 이도 요새 쉰다고 그랬지? 그 인간 지난번 교통사고 때 보니 나이 롱환자 연기력이 탁월하던데 연락 한번 해봐."

"바로 달려올 겁니다. 작년에 선녀님이 지 아버지 묫자리에 박 힌 멧돼지 이빨을 빼줬다고 무엇이든 시킬 게 있으면 불러달라던 데요?"

"그러니까 하는 말이야. 정신과 의사로 신분 상승시켜 줄 테니 당장 오라 그래."

"그게 무슨 말인데요?"

장무람의 질문에 천지선녀가 씩 웃었다.

"이준찬이가 정신과 진료를 받다가 무당을 찾는 스토리가 자연 스럽거든."

"무식한 구영훈이가 뭘 안다고요?"

"구영훈이는 아는 게 없지만 호순이는 심리학과 전공했잖아."

"그럼 저를 의사로 캐스팅하면 되지 왜 구영훈이를 불러요?"

원래부터 성격이 급한 김호순이 성난 표정을 지었다. 천지선녀는 한층 무서운 표정으로 그녀의 기를 눌러버렸다.

"호순인 다른 역할도 겸해야 할지 모르거든. 지금 이준찬이 눈은 예리해. 꿈에도 그리던 탐정이 되어가고 탐정을 만든 추리작가가 되어가고 있단 말야. 우리가 조금이라도 빈틈을 보이면 당장 알아챌 거야. 무엇보다도 걔 누나를 꼭 데려와야 해. 이번 굿판에 호순이 자리를 걔한테 맡겨서 일을 할 거다."

김호순이 펄쩍 뛰었다.

"날 뺀다고요? 여기 있는 사람 중 내가 제일 영험한데 왜 날 빼요? 그리고 심리학과 전공이라뇨? 사실 그건 내가 거짓말한 거예요… 나 고졸이에요."

"그럼 심리학은 어디서 들었어?"

"대학 강의가 아니라 〈웰빙케어〉라고 정부기관에서 공짜로 두 달 동영상 강의 해주는 거 심심풀이로 들었죠."

"두 달이면 학위 따긴 충분해. 병원 이름은 〈웰심신케어〉야. 넌 내가 시키는 대로만 하면 돼. 그리고 그 생머리 위에다 가발 좀 써야 할지도 모른다. 아니면 파마를 좀 하든지."

"죽은 사람하고 가까운 사람을 연기하라 그거죠? 기억을 되살리려?"

추모공원 대표와 관리인은 다섯 명의 무당들이 시끌벅적 떠드는 얘기가 하나도 와닿지 않았다. 정신병원 환자들이 모여서 나누는, 그들끼리만 소통이 되는 대화 같아 어리둥절할 뿐이었다. 천지선녀가 장무람을 가리켰다.

"무람이 너 연극영화과 경력은 진짜야, 가짜야?"

"진짜예요! 사람 뭘로 보고 이러세요? 2학년 때 신이 들려 자퇴해야 했지만…."

"그럼 시나리오 쓸 줄 알겠네? 이준찬이가 믿고 있는 지금 상황과 이준찬이가 죽은 실제 상황을 내가 몸주의 신통으로 알아내면 니가 거기 맞춰 상황극을 써. 이 사람이 스스로를 작가라 믿는 만큼 니 직업도 작가로 설정해 접근하는 것도 좋겠지."

"시나리오를 쓰라고요? 난 연기가 전공이었어요. 그런 거 못 해요."

"연기도 겸하게 해줄게. 이준찬 유류품 중에 직접 쓴 《떼부잣집 탐정》 삼부작 원고가 나왔어. 형편없는 글이지만 의지만큼은 페이지마다 쌩쌩해. 무위도식 탐정 김민규란 캐릭터를 만들고 거기에 자신을 동화시켰다고 후기에도 썼지. 우릴 위한 가이드라인을 준 거라고. 내가 원고를 너한테 줄 테니 최대한 거기 내용에 맞춰서 꾸며봐. 아마도 이 친구, 밤마다 〈재림〉이 나오는 화장의 악몽을 꿀 텐데 그 설정을 잘 이용해 나를 자연스럽게 만나게 해야 해."

천지선녀는 추용수를 돌아보았다.

"용수는 검은 개를 한 마리 구해와. 밤에 잠도 안 자고 어둠 속에서 한 방향만 보며 짖는 놈으로. 그런 놈이 저승사자도 겁내지 않아. 말 나온 김에 그런 개 구하면 미리 터럭도 한 움큼 잘라 놔. 사기(邪氣)를 막기 위해 준찬이한테 먹여야 할 필요도 있어."

"죽은 사람한테 어떻게 먹여요?"

"준찬이 육신을 의인화한 짚단 인형에 붓는 거지."

"지난번에 손을 물려서 개는 만지기도 싫어요."

"그 개도 개 도둑처럼 험상궂은 네 얼굴이 무서워서 문 거야. 놀래키지 말고 살살 구슬리면 돼. 휘작인 민규의 뼛가루를 묻힌 짚단 인형부터 만들어. 정확한 크기로 만들어야 한다. 그걸 나무에도 묶고 솟대에도 올릴 거니까."

"특수효과는 내 전담이군요."

"그럼 공인중개사라도 시켜줄 줄 알았니? 참 특수효과 말 나온 김에 붕평파출소가 무당의 조언 따위에 분명 협조하지 않을 테니 가짜 붕평파출소를 만들어야 해. 민규를 데려가 기억을 상기시킬 수 있을 장소 말야."

"어려운 것만 날 다 시켜요? 저 혼백이 사람처럼 행동하고 생각하는데 일반인도 가지 않는 파출소를 어떤 핑계로 데려가려고요?"

"형태만 똑같이 갖추라고, 형태만. 박물관이라 속여도 되잖아?"

"소설 《떼부잣집 탐정》에서 김민규가 사는 곳은 코어힐이란 아파트야. 니들 모두 이 이름을 잊지 마."

"코어(core)는 빈 공간에 대조되는 내부, 속, 핵심 등의 뜻을 갖고 있어요. 속이 중요한 공간이란 거죠. 이준찬의 육신과 혼백에 관한 문제니까 이름 딱인데요."

"역시 배운 여잔 틀려. 그나저나 저 사람은 누구야?"

장무람을 칭찬하던 천지선녀가 출입구에 나타난 남자를 가리켰다. 추모공원의 대표가 식겁을 했다.

"아니, 이보세요! 여긴 못 들어와요! 출입금지 몰라요?"

"팻말이 치워져 있던데요?"

"아차, 그건…."

"당신은 누구지?" 천지선녀가 물었다.

"사진 좀 넣어주러 왔어요. 내 친구가 여기 있거든요."

꽁지머리를 한 슬픈 표정의 청년이 사진을 들어 보였다. 사진에는 자신의 얼굴과 함께 '준찬아, 여기서 고생만 했는데 거기서 잘 살아라. 친구 상범'이라고 씌어 있었다. 천지선녀가 고개를 끄덕였다.

"착한 사람이네. 아저씨, 친구를 위한다면 그 사진 잠시 내게 좀 맡길 수 있어요?"

"제 사진을 어디 쓰려고요?"

"누군가의 기억력 회복에 쓸 거야. 일단 그 글자, 수정부터 좀 합시다. 친구를 위한다면 내가 심부름 시킬 일이 생길지도 모르니 전화번호도 좀 알려줄래요?"

2

서울시 중랑구 면목동에 있는 〈찰리 장 헤어숍〉에서 보조 디자이너로 일하던 민정은 꽁지머리를 하고 찾아온 손님을 맞았다. 그날따라 몸이 무겁고 머리가 어지러워 일이 하기 싫었다. 간밤에 꾼 기억나지 않는 악몽 때문이었다.

"머리 어떻게… 해드릴까요?"

손님은 대답 대신 인터넷 기사를 프린트한 종이 하나를 내밀었다.

"이 A양이 누님 맞으세요?"

민정의 표정이 굳어졌다. 그녀는 종이를 만지지 않았고 눈으로

만 기사를 읽었다.

귀신을 보는 소녀? 귀신을 만지는 소녀?

섭주 여자고등학교에 다니는 1학년생 A양이 귀신을 보고 만질 수 있다는 소문이 있어 화제다. A양의 자택과 1킬로미터 떨어진 섭주여고 사이에 묘지가 있는데, 이 동네에 사는 같은 반 B양이 17일 하굣길에 A양이 묘지 앞에 멈춰 서서 허공에 말을 거는 광경을 보았다고 한다. B양이 누구와 이야기를 하냐고 물으니, A양은 한 손이 갈고리로 된 긴 머리 아저씨인데 손을 잡다가 갈고리에 베였다며 피가 나는 손바닥을 보여주었다. 묘지가 있는 산은 인근에 사는 농부 C씨 소유로, C씨는 돌아가신 아버지가 6·25 때 총에 맞아 손을 잃어 갈고리 형태의 의수(義手)를 달고 다녔다고 한다. 진상을 파악하기 위해 신기한 현상을 다루는 본지 기자가 인터뷰를 요청했으나 A양은 완강히 거절했고 기자에게 소개한 B양에게도 화를 내는 등 A양은 격앙된 반응을 보였다. 하지만 묘지 주인 C씨는 A양의 말을 확신한다고 했다.

"보름 후 B양은 그 묘지 앞에서 까마귀 떼 수십 마리에 쪼여 피범벅이 됐지요. 한 달 후 이 신문사엔 전기합선 사고가 있었고요. 사람은 안 다쳤는데 천만 원가량 재산 피해가 났다고…."

"유튜버세요?"

민정의 목소리에 칼 같은 단호함이 서렸다. 꽁지머리 손님의 음성은 기어들어가는 듯했다.

"아닙니다."

"그럼 기자예요?"

"아니요."

"왜 이런 걸 갖고 날 찾아왔죠?"

"저를 보낸 분이 계세요. 이 편지를 꼭 열어보랬어요."

꽁지머리가 하얀 봉투 하나를 내밀었다. 발신인에 천지선녀라고 씌어 있었다. 민정은 봉투를 쳐다보지도 받지도 않았다. 무당의 이름인지라 본능적인 거부감이 들었다.

"나가요."

"한번 열어보세요."

"당장 나가, 꺼지라구!"

민정이 가위를 위협적으로 쳐들었다. 손님이 울먹이며 눈물을 흘렸다. 민정의 가위가 조금 내려갔다.

"저 사실은 준찬이랑 같은 정비소에서 일한 친구 상범이라고 하는데요… 절 보낸 분이 꼭 이걸 전달하랬어요."

그래서 민정은 그 편지를 열어보았다. 향가 하나가 손 글씨로 씌어 있었다.

생사 길은

예 있으매 머뭇거리고,

나는 간다는 말도

못 다 이르고 어찌 갑니까.

어느 가을 이른 바람에

이에 저에 떨어질 잎처럼,

한 가지에 나고

가는 곳 모르온저.

아아 미타찰에서 만날 나

도 닦아 기다리겠노라.

편지 위로 눈물이 뚝뚝 떨어졌다.

"준찬이가 죽었나요?"

"네."

"그래서 어제 꿈자리가 그렇게나 안 좋았구나… 대체 어떻게?"

"어떻게 위로 말씀을 드려야 좋을지… 준찬이가 미친 사람이 쏜 총에 맞아 숨졌습니다."

"어, 어, 언제요?"

"사흘 전이요. 어렵게 친척분들께 연락돼서 급하게 화장장을 치렀어요."

민정이 비틀거리자 손에서 가위가 떨어졌다. 꽁지머리가 의자에서 몸을 일으켰다. 민정이 손으로 눈을 가린 채 물었다.

"날 어떻게 찾아냈지요?"

"이 편지를 보낸 천지선녀라는 분이 여기 주소를 알고 계셨어요. 그분은 치효성모를 몸주로 두던 백단보살 고현수가 자기 스승이었으니 사정을 다 안다고 했어요. 준찬이가 억울하게 죽어 눈을 감지 못하고 있으니 반드시 모셔 오랬어요."

"내 엄마가 그랬듯 나도 결국 내 가족을 잡고야 말았구나. 멀리 피신을 하면 될 줄 알았는데… 아아… 준찬아… 준찬아…."

민정이 오열했다.

3

천지선녀는 섭주로 내려온 민정에게 준찬의 혼백이 안식을 찾게 될 때까지 자신의 제자가 되라고 했다.

"다른 제자들은 귀신을 볼 줄은 알아도 교통(交通)은 할 수 없어. 넌 그렇지 않아. 네겐 특별한 재능이 있어. 신이 귀하게 주신 그 재능을 끝내 거부했기에 너희 모녀의 살이(生)에도 살(煞)이 끼었던 거야."

민정은 준찬의 유골함을 넋 놓고 바라볼 뿐 아무 대답도 하지 않았다. 장흥교도소에 '출장'을 다녀온 추용수가 브리핑을 했다.

"김혜령을 흉기로 살해한 최시행을 만나고 왔습니다. 교도소에 얼마나 잘 적응했는지 살집이 토실토실하대요. 최시행은 여자를 스토킹한 전력이 여러 번 있던 사람인데, 여자 괴롭히는 건 실행에 옮겨도 실제로 죽이지는 못할 인간 같았습니다. 그가 김혜령을 죽이기로 마음먹은 건 어떤 돌을 주은 후였다고 합니다. 사람 얼굴이 찍혀있는 신기한 돌 말이죠. 사건이 일어나기 2주 전 PC방을 다녀오던 최시행이 보도블록 위에 떨어진 그 돌을 주웠다고 하는데 그 뒤로 기분이 이상하고 몸도 아프고 어떤 귀신이 꿈속에 나타나 살인을 강요했다고 주장하고 있습니다"

"어떻게 생긴 귀신이래?"

"벌레처럼 생긴 귀신이랍니다. 머리는 정상인데 팔다리가 손바닥만 한 몸체에 붙은 기형 귀신이라고."

"그래, 그 돌은 지금 어딨어?"

"경찰에 쫓기다가 한강 인근에 던졌답니다. 그 귀신이 던지라고 지시를 내렸다나요?"

"새 숙주를 찾은 거겠지. 봉평파출소 CCTV 보면 배상우도 사살 당하기 전에 돌을 던지는 모습이 찍혔잖아?"

"제주도에서 주은 돌이겠죠?"

"제주도 갔다 와서 성격이 변했다 하니 그렇겠지. 그래, 귀신이 떠난 최시행이 지금은 범행을 후회하고 있어?"

"말은 그렇게 합니다만 진심이 아닌 거 같습니다."

"그럴 줄 알았어. 귀신이 제아무리 엔진 첨가제 역할을 한다 해도 살인의 주 엔진은 인간이 이끄는 거야."

천지선녀가 민정을 돌아보았다.

"잘 들었지? 스토커에게 죽임당한 여자, 의처증 환자에게 죽임당한 남자는 모두 범인의 고장난 뇌를 자극한 어떤 악령 때문에 실행에 옮기진 못했던 살인을 실행에 옮기게 된 거야. 여기 우리가 짠 연극 시나리오가 있다. 네 동생 혼백의 구제를 위해, 또 그 악령을 잡기 위해 우린 힘을 합쳐야 해. 또다시 억울한 희생자가 나오지 않게."

유골함이 흔들거렸다. 민정이 유골함을 안으려 하자 천지선녀가 매섭게 뿌리쳤다.

"시작부터 약한 모습 보일 거니? 이민정은 잠시 잊어, 넌 이제부터 내 신딸 이호정이야! 내가 가스라이팅을 한다 해도 넌 받아들여야 해!"

성휘작이 천지선녀의 집 대문을 열고 들어왔다.

"좋지 않은 소식이 있습니다. 준찬의 혼백을 임시 안치할 동신당 주위로 감재사자의 기운이 나타나고 있습니다."

민정이 입을 열었다.

"감재사자라면 저승사자 말인가요?"

"그래, 저승사자! 사자는 준찬이 죽은 49일째에 그 아이 혼백을 반드시 데려갈 거야. 지금이 6월이니 7월이 오면 준찬이 눈에도 그 사자가 서서히 보일 거야. 우린 그때까지 모든 연습을 마쳐 실수 없이 한 번에 목적을 이뤄야 해."

성휘작이 나섰다.

"아, 의처증 남편 스토리에 장군 귀신 스토리를 추가하면 어떨까요? 우리가 준찬이 눈에 보이는 장군 귀신을 쫓아내 준다는 구실로 접근하면 그럴듯하잖아요?"

"휘작이 머리에서 그런 좋은 생각이 나오다니 신도 놀라겠다. 아주 마음에 들어. 그래, 저승사자라 곧이곧대로 말할 순 없고, 어떤 장군으로 준찬일 속일까? 탱화 속 감재사자 외모는 우리나라 장군하고 틀리거든. 중국 영화에서 보던 장군 같은 모습일 거야."

"제가 오늘 위내시경을 하고 왔거든요. 위내경 장군이 어떨까요? 이름이 좀 중화스럽잖아요?"

"차라리 위뇌홍으로 하지. 명나라 때 우리나라에 참전한 가짜 이력의 장군. 그 귀신이 민규에게 달라붙고 우린 퇴마를 해주는 척하면서 준찬의 죽음을 서서히 깨닫게 해준다."

4

며칠 후, 동신당에 김민규라는 이름을 써붙인 짚단 인형이 우뚝

섰다. 목각 자동차 모형도 그 옆에 놓였다. 천지선녀가 준찬의 뼛가루 일부를 인형에 뿌렸다. 인형 옆에는 휴대폰, 노트북, 술병 등 무수한 생활용품 이름이 적힌 부적들이 나열되어 있었다. 부적에 그들의 피를 묻힌 천지선녀 일당은 무가의 힘을 통해 이제 김민규와 소통할 수 있게 되었다. 민규는 부적의 눈속임을 알아보지 못하고 이들과 전화도 하고, 접촉 없는 동행도 하고, 가짜와 진짜가 섞인 동영상도 보고 온갖 생활의 발견을 하게 될 것이다.

7월이 오자 감재사자는 준찬의 유골함을 가져다놓은 동신당에 실제로 모습을 드러냈다. 천지선녀는 사자가 용머리 창을 쥐고 다가오는 모습을 생생히 느끼고는, 잠에서 깬 민규가 듣는 것도 아랑곳없이 큰 목소리로 말해버렸다.

"아이고, 오셨구나… 그분이 오셨어… 드디어 그분이 오셨구나아…."

제 5 장

시달리기에서 벗어나기

　감재사자의 칼등이 머리를 치고 나자 민규, 아니 준찬은 큰 소리로 외쳤다.

　"다 기억났다! 내 모든 기억이 돌아왔다! 나는 김민규가 아니라 이준찬이다!"

　그는 귀신의 천리안을 통해 사람이었던 시절의 마지막 순간을 보았고, 영혼의 심안을 통해 현재의 신세를 고통 속에서 인정하게 되었다. 독서가 취미였던 고아 이준찬은 나도 한번 글을 써봐야겠다며 작가의 포부를 꿈꾸었고, 자신의 욕망이 반영된 김민규라는 주인공을 내세운 《떼부잣집 탐정》이란 습작소설을 남겼다. 예기치 못한 죽음과 맞닥뜨렸을 때 그 죽음을 강하게 거부했던 준찬은 자신을 김민규로 알았고 결코 죽음을 인정하지 않았다.

　이제 모든 진실을 알게 되자 준찬이 성휘작을 보고 말했다.

　"사장님이 왜 나보고 '공인'이라 그랬는지 알겠네요. 나는 공허

(空虛)한 존재였어요."

"그래요, 이준찬 씨 당신은 이미 죽어 화장한 몸이에요. 하지만 혼백이 유골함에 놓이기를 거부해 사자가 직접 당신을 데리러 오게 되었던 거죠."

감재사자는 칼을 거두진 않았지만 더 이상 휘두르지도 않았다. 칼은 아직도 준찬의 머리 위에 위치했다. 어쩌면 그 광경은 왕이 기사 작위를 수여하는 모습과도 비슷했다. 이 같은 변화를 가장 먼저 알아챈 건 천지선녀였다.

"그게 바로 인간이 죽기 전 영겁의 세월을 눈 깜빡할 사이에 보듯이 제자리에 있지 못한 혼백이 왜 그랬어야만 했는지를 단번에 깨닫게 되는 이치야, 준찬아. 사자가 오기 전에 네가 왜 여기 있는지, 왜 네 주변에 이상한 일이 생기는지 가르쳐주려 했어. 하지만 억울한 넋의 위로보다 내 욕심이 더 컸다. 너를 그 꼴로 만든 놈을 기어이 잡아야만 했거든."

"머리는 성인인데 몸은 태아 같은 기형 인간을 말하는 건가요?"

"그래. 그놈은 1950년대에 어미 배 속에서 머리만 나왔다가 죽은 아이로 혼백이 구천을 떠돌다 왕래대감(往來大監)*이 되었다. 어떻게 살아남았는지 몰라도 자꾸만 힘이 커져가고 있어."

"자기를 알아보고 추격하는 자가 없기 때문이에요."

이제 무녀 호정에서 준찬의 친누나로 돌아선 민정이 자신이 아닌, 누군가를 흉내 내는 목소리로 말했다. 그녀의 눈은 허옇게 까뒤집혀 있었다.

---

* 정처 없이 떠돌아다니는 귀신

"그는 정신이 병든 사람에게만 접근해 그 병을 악화시켜요. '죽이고 싶도록 미웠지만 죽일 맘은 없었다'면서 실제 살인한 자들의 머리 위에 그가 올라타요. 여기까지예요. 저는 더 이상 말 안 할래요. 난 억울해요! 너무나도 억울해요!"

민정이 자신의 원래 눈을 회복했고 목소리도 정상으로 돌아왔다.

"방금 김혜령이라는 저기 605호 아가씨가 내게 빙의되었다가 돌아갔어요."

천지선녀가 605호 유골함에 다가가 직접 말했다.

"아가씨는 그자가 지금 어딨는지 알아?"

605호 유골함엔 침묵만이 감돌았다. 더 이상의 빙의도 없었다. 김혜령이 대답을 거부한 탓이다. 너희들이 감히 내 존재를 무시하냐는 듯 감재사자가 무녀들을 확 노려보자 천지선녀가 아픈 머리를 붙잡았고 민정도 비틀거리다 쓰러졌다. 사자의 눈은 죽음을 겪은 뒤에도 전능한 자의 통제력을 벗어난 미물들이 여전히 세속 문제로 왈가왈부하는 불손함에 거세게 타올랐다.

전능한 자의 노여움을 가장 먼저 알아챈 민정이 무릎을 꿇었다.

"불행한 살이의 연속에 불행한 마지막을 맞고 죽어서도 불행한 아이입니다. 모든 책임이 저에게 있으니 제 목숨을 취하시고 부디 저 아이 혼백이라도 새집 안에서 편히 쉴 수 있게 해주세요."

사자는 표정도 없고 감정도 없었다. 같은 사자라도 준찬이 죽은 자(死者)라면 그는 부리는 자(使者)였기 때문이다. 그는 인간의 마지막인 죽음에 권력을 가진 자여서 그 권력을 원하는 대로 누릴 수 있었다. 과연 내 마음대로 죽음을 고를 수도 있다는 듯 칼은 이제 준찬에게서 민정에게로 겨누어졌다. 준찬이 민정의 앞을 막아섰다.

"안 돼요! 그러면 안 돼요!"

"넌 나 때문에 죽은 거야, 준찬아. 내가 내 운명을 거절했기 때문이야."

"그런 무속인의 말은 추리작가인 내게 인과관계가 성립되지 않아요."

"내가 신을 부정했기에 악신들이 인정을 받으려 했고 그 증명으로 너를 죽인 거야."

"지난 일을 되돌릴 필요는 없어요. 내가 이미 죽었으니 죽은 사람을 위해 산 사람이 더 죽을 필요는 없어요."

"난 널 버리고 떠났어! 어린 널 놔두고 도망쳤다고! 혼자 남은 넌 보살핌 받지 못하고 방황하다가 소년원까지 갔다온 거야!"

"알아요. 자동차 정비 기술도 다 거기서 배운 거였어요. 다 기억났어요. 하지만 누나가 떠난 건 가족을 죽이기 위해서가 아니라 살리기 위해서였잖아요? 사람은 매 순간 결정을 내릴 시험에 처하고 언제나 옳은 판단을 내리지 못해요. 그건 죽은 사람도 마찬가지예요. '죽은' 사람도 '사람'이니까요."

"내 운명을 증오해. 우리 가족에 내려진 저주를 증오해⋯."

민정이 준찬을 안고 흐느꼈다.

천지선녀가 605호 유골함에 대고 외쳤다.

"김혜령 씨, 내 말 잘 들어! 당신이 끔찍했던 마지막을 떠올리기 싫은 거 잘 알아. 남자들이라면 치가 떨리고 혐오스러울 거야. 하지만 저 남잔 곧 저 너머 세상으로 사자를 따라가게 될 거야. 당신은 억울해도 죽음을 인정했지만, 자신을 민규로 알아왔던 준찬이는 스스로의 의지로 끝내 죽음을 인정 안 했기 때문이야. 그는 두 번 다시 돌아오지 못해. 영혼이 끌려가니 윤회나 환생도 없어. 범인을 안다면 준찬이가 가기 전에 가르쳐줘. 당신 둘이 정신을 합쳐야 그놈이 어디 있는지를 알아. 우린 그 악귀를 잡아 없애야만 해. 더 이상의 범죄를 막아야만 해!"

사자는 준찬과 민정을 지켜보고만 있었다. 칼은 아직도 칼집에 들어가지 않은 상태였다. 시간이 없음을 깨달은 준찬은 605호 유골함으로 달려가 흐느꼈다.

"얼마나 무서우셨어요? 얼마나 고통이 심하셨어요? 같은 남자로서 정말 죄송해요. 당신은 정말 억울한 분이에요. 우린 같은 살인마에게 희생당했고 지금도 어딘가에서 다른 여성이 김혜령 님처럼 꿈을 빼앗기고 웃음을 잃고 행복해야 할 하루하루를 지옥처럼 보내고 있을 거예요. 그 일을 다시 떠올리는 것도 고통인 걸 잘 알아요. 하지만 한 번만 용기를 내서 도움을 주세요. 더 이상 당신 같은 희생자가 생기지 않도록 내가 떠나기 전에 천지선녀님께 부탁드리고 싶어요."

사자가 민정에게 겨눈 칼을 다시 준찬을 향해 겨누었다. 땅에 누워있다 일어난 정철규가 사자를 향해 버럭 화를 냈다.

"젠장! 전 재산 사기당하고 죽는 게 더 낫다 생각해 자살했는데 죽어서도 무슨 놈의 통제가 이리 많아? 저승법규니 저승규정이니 저승약관이니 다 만들지 그래? 저승헌법 제1조! 죽은 놈은 떠들면 안 된다! 단 염라대왕 허가에 한해 감재사자 추천으로 떠들 수 있다!

저 젊은이는 지옥 같은 지금의 인간 세상에 만족하는 사람이라고! 현실을 버티면서 그럭저럭 살아나가는 사람이란 말야! 추리작가가 되어 신작 10부작 계획에 들떠있고 매 생활마다 추리하면서 사는 것에 즐거워하는 사람이지! 무슨 말인지 알아? 어렵게 획득한 꿈 앞에, 스스로 개척한 희망 앞에 자신이 이미 죽은 현실은 떠올릴 여지도 없는 사람이었단 말야! 저 친구는 살아있을 때가 이미 지옥이었어. 자동차 상식도 없는 것들이 수리비 덤터기 씌울까 봐 반말로 갑질이나 하고, 사장은 소년원 출신이라고 쓰레기 취급만 하고. 제발 그냥 놔둬! 자기 스스로 이곳이 좋다는데 왜 어딘지 알지도 못하는 곳에 강제로 데려가냐고?"

사자가 칼의 방향을 조금 바꾸자 눈에서 어두운 빛이 뿜어져 나왔다. 정철규가 스스로의 목을 잡고 캑캑거리다가 쓰러졌다. 준찬이 정철규를 일으켜 세워 목을 풀어주었다. 다행히 정철규는 죽지 않았고 준찬은 비장한 몸짓으로 일어섰다. 진정한 최후를 맞이할 준비를 마친 젊은이는 잠시 무릎을 굽혀 속세의 핏줄과 눈높이를 맞추었다.

"내 죽음은 누나하고 아무 관련이 없어요. 그러니 번뇌에 싸이지 말고 남은 생 부디 잘 지내요."

천지선녀는 더 이상 방법이 없음을 알고 무릎을 꿇은 채 천수경을 외우기 시작했다. 준찬의 마지막 길이라도 편하게 해주자는 의도를 이해했기에 추용수와 성휘작 또한 지갑에서 지폐를 꺼내 사자 주변으로 뿌렸고 '잘 부탁한다'며 연신 허리를 굽신거렸다.

사자의 칼에서 뿜어나온 빛이 준찬의 머리부터 발끝까지를 황금빛으로 감쌌다. 바로 그때 605호 유골함에서 팔이 튀어나왔다.

하트 무늬 팔찌가 인상적인 가녀린 팔이었다. 그 팔이 누군가를 애타게 찾았다. 돌아본 준찬이 다급히 팔을 뻗치자 그녀는 반갑게 손을 잡았다. 준찬은 어둠 속에서 그에게 다가온 초등학교 선생님 정진숙, 코로나 담당 의료인 한태용을 보았고, 그들 앞에서 준찬의 손을 잡고 서 있는 우체국 직원이자 스토킹 피해자인 김혜령을 보았다.

황금 테두리를 벗어난 준찬을 향해 사자가 눈을 부릅떴다. 손을 잡고 어깨를 붙잡고 울먹이는 네 사람을 지그시 바라보던 사자가 잠시 후 칼의 방향을 돌려 추모공원 바깥을 가리켰다. 황금빛이 구름처럼 이동하더니 그곳에 깃대 하나가 섰다. 천지선녀가 천수경을 멈추고 눈을 떴다. 올빼미로 변한 그녀의 눈은 깃대에 가지가 뻗어 나오고 푸른 잎이 울창해지는 기적을 보고 있었다.

"신간(神竿)이로구나! 준찬아, 어서 저기 올라가!"

이웃들이 천지선녀의 말을 듣고 대번에 손을 놓았다. 준찬이 깃대를 돌아보았다.

"신간이 뭔데요?"

"단 한 번이라도 대꾸 없이 내 말 좀 들을 순 없겠니?"

천지선녀가 꾸짖자 민정이 준찬의 손을 힘주어 잡았다.

"신간은 신의 하강로야… 아무래도 사자께서 네게 기회를 주시는 거 같아, 선녀님 말씀 믿고 올라가, 준찬아."

깃대가 계속 높아지고 있었다. 천지선녀의 말에 의문을 보였던 준찬은 민정의 말을 듣고 순순히 깃대로 걸어갔다. 빛이 그를 에워싸고 깃대에서 뻗어나온 가지와 수목이 점점 풍성해졌다. 준찬이 원숭이처럼 익숙하게 깃대로 올라가자 천지선녀가 다가가 민정의 어깨를 잡았다.

"사자께서 네 동생을 우리에게 통용될 방식으로 보내주시는 거야! 사람 사는 세상에도 물의를 끼치지 않도록! 지금 저분 역시도 하늘의 지시를 어기고 있다고. 하지만 명심해. 이걸로 넌 동생과 영영 이별이 될지도 몰라."

"누가 내림 받지요? 제가 받나요?"

"안 돼! 지금 넌 평생 네 가족에게 미친 무(巫)의 족쇄에서 벗어난 거야. 다른 사람이 필요해."

"내가 가겠어요."

어둠을 뚫고 장무람이 나타났다. 보라색으로 변하고 뺨에는 한 자마저 찍힌 저주받은 얼굴에 천지선녀는 놀랐다. 장무람은 불안한 본심과 달리 여유마저 보였다.

"내 얼굴이나 어머니 눈이나 다를 게 있나요? 감재사자를 직접 만진 사람도 나밖에 없는데 다른 사람 선택할 입장이 되냐고요?"

"좋아, 네 목숨 거는 일이다. 단단히 집중해야 해."

천지선녀가 허락했다. 장무람이 깃대 아래에 서자 도구도 없이, 무의도 입지 않은 천지선녀가 펄펄 뛰면서 내림굿을 벌이기 시작했다. 추용수와 성휘작이 박수와 발 구름만으로 무악을 대신했다. 민정은 다소곳이 무릎을 꿇고 굿의 성사를 바라는 진심 어린 축원을 보냈다.

천지신명이시여 내 동생을 저승도 이승도 아닌
스스로 원하는 장소에 살게 하소서

신간 꼭대기까지 오른 준찬은 혜령이 알려준 범인을 기억 속에 담았다. 정진숙과 한태용이 추모공원 이웃이었던 준찬을 위해 범죄피해자 혜령을 설득하는 데 힘을 보탰고, 혜령은 다음 희생자를 위해 고통을 감수하고 준찬을 돕기로 나선 것이다. 같은 악마에게 죽임당한 두 사람이 힘과 정신을 모으니 미제에 빠진 사건 해결의 방법이 보였다.

"수막새… 얼굴무늬 수막새… 잊으면 안 돼….."

준찬은 한꺼번에 닥쳐오는 대자연과 자연 너머의 신비를 보았다. 바람이 사람의 손처럼 뺨에 닿고, 숨쉬는 공기에서도 한과 씻김, 울음과 웃음을 들을 수 있었다.

"난 추리작가야. 귀신이지만 추리작가야. 책을 못 써낼지라도 범인은 잡을 거야."

준찬은 몰아치는 섭주의 밤바람을 온몸으로 느끼며 10여미터 아래로 뛰어내렸다. 이는 아래에서 기다리던 장무람에게는 강신이었다. 민정은 머리카락 하나까지 집중한 힘과 정신을 동생이 있는 깃대로 보냈다.

울음소리와도 같은 한 줄기 바람이 위에서 아래로 낙하하자 장무람의 눈이 까뒤집히고 온몸에서 경련이 일어났다. 보라색 피부가 원래의 우윳빛 살결을 찾았고 긴 머리카락도 원래대로 자라났다. 뺨의 한자가 사라진 장무람은 기가 드세고 건장해 보이는 여장군 같은 원래 모습을 회복했다.

"내 몸주는 이준찬이다. 마땅히 대감 벼슬을 붙여, 이제 준찬대감이라 부르노라. 죽음도 극복하고 감재사자도 감탄한 의지의 화신(火神) 준찬대감이다!"

민정은 불에 싸이는 듯했던 어지럼증과 늘 귀신을 인지했던 기운이 몸에서 사라지는 신이한 기분을 느꼈다. 귀신과 헛것만이 보였던 눈에선 뜨거운 눈물이 흘러내렸다.

"내게 무녀의 능력이 사라졌어."

"누나의 무력이 내가 안전하게 내려오는 데 쓰였기 때문이에요."

장무람이 남자를 흉내 낸 음성으로 답했다.

"이제 운명 때문에 누나가 고통받을 일은 없어요. 남들은 믿을 수도, 이해하지도 못하는 고통으로 청춘을 다 보냈지만 이제 그럴 일은 없어요. 무서움에서 해방되어 남은 생이라도 알차고 재미있게 보내요."

말을 마친 장무람이 표정을 일그러뜨리며 엎드려 통곡했다. 민정 역시도 모든 상황을 깨달았기에 이제는 볼 수도 만질 수도 없는 동생 앞에서 치성 대신 눈물만을 쏟았다.

"이렇게 헤어질 줄 알았으면 따뜻한 제삿밥이라도 한 끼 지어서 먹이는 건데… 나의 동생아… 나쁜 귀신들 계도시키라고 사자께서 기회를 주셨으니 좋은 덕 많이 쌓고 이제는 남의 육신 통해서라도 못 이룬 소원 다 이루고, 하고 싶은 거 다하고 살려무나…."

천지선녀는 준찬의 내림 성공에도 아무 말 없이 감재사자를 보고 있었다. 승복을 걸친 남자 혼백 하나가 등장해 감재사자에게 이야기를 건네고 있었다. 잠시 후 그는 공손히 합장하고 천지선녀에게로 돌아섰다.

"기성이…."

그 남자는 천지선녀의 스승 고현수의 몸주였던 한기성이었다.

"내가 그 옛날 네게 그랬던 것처럼 또 어떤 사람 혼백을 다른 사람에게 씌웠어. 고현수를 위해 널 해친 기억이 아직도 날 놓아주지 않아, 기성아. 네가 나를 죽인다 해도 난 기꺼이 받아들일 거야."

"네가 천지선녀가 된 건 재물과 애욕에 눈이 멀었던 세속인이 착한 일 하라는 하늘의 명을 받았기 때문이야. 넌 방금 흉살에 일생을 시달려온 남매를 동시에 구제했어."

"하지만 널 죽인 건 나야! 이건 평생 변치 않는 사실이라구! 내 눈을 봐! 고현수의 어미 치효성모처럼 내 눈도 올빼미로 변해버렸어! 이건 죽을 때까지 날 쫓아올 천벌이야!"

"연진아."

한기성이 천지선녀의 속세 시절 이름을 불렀다.

"네가 올빼미 눈을 얻은 데는 쥐처럼 밤을 휘젓는 어두운 기운을 찾아내 박멸하라는 섭리의 목소리가 있는 거야."*

기성이 합장하던 손바닥으로 천지선녀의 눈을 가렸다가 치웠다. 천지선녀가 손을 올리니 올빼미 눈이 아름다운 여자의 눈으로 돌아와 있었다. 기성이 미소 지었다.

"그때 이미 난 눈을 감을 운명이었던 거야, 연진아. 한 여자의 눈을 뜨게 한 대가로. 그 여자가 앞으로 많은 생명을 구하게 될 대가로."

활짝 핀 미소를 남기며 기성의 몸이 사라졌다. 천지선녀는 기성의 흔적이 완전히 자취를 감추자 곁에 있는 사람들한테 눈길을 돌렸다. 장무람과 민정이 서로를 안고 울고 있었고 성휘작과 추용수가 이제 막 택시를 타고 도착한 구영훈과 김호순을 맞이하는 중이

---

* 한기성과 천지선녀 이연진에 관해 더 궁금한 이야기는 저자의 2020년작 《올빼미 눈의 여자》 참고.

었다. 운전은 택시 기사 김진석이 했다. 붕평마을의 쌍둥이 형사 김유석이란 캐릭터는 다급한 김에 성휘작이 지어낸 인물이었다.

이들 모두를 감재사자는 무표정한 얼굴 그대로 바라볼 뿐이었다. 처음 나타났을 때 그랬던 것처럼 그는 아무런 감정의 동요도 없이 등을 돌렸다. 칼은 칼집에 들어가고 용머리의 창이 다시금 어깨에 메어졌다. 사자의 모습이 멀어지면서 신간 깃대도 희미해졌다. 홀로 남은 혼백 정철규가 사자의 등을 향해 엄지손가락을 치켜세웠다. 사자의 모습이 완전히 사라지자 무덥고 습한 7월의 아침이 찾아왔다. 섭주 사람들은 언제나 그랬듯 최신의 뉴스거리에 아랑곳없이 그들만의 하루를 시작했다.

제 6 장

악마를
시달리게
하기

조현병을 앓고 있던 홍시준은 그 날따라 살의를 느꼈다. 이전에는 느껴보지 못했던 감정이었다. 닷새 전 충무로역 2번 출구에서 신비의 돌조각을 습득한 후 그 같은 느낌은 심화되었다.

이렇게 많이 돌아다니는 인간, 나는 저놈들 중 누군가를 죽여야 한다. 강남 같은 데는 너무 공공연하니 여기 종로에서 일을 벌이는 것도 괜찮겠지.

그 돌조각은 원래 윤마리아라는 수녀가 붕평마을에서 발굴문화재인 줄 알고 주워 간직했다가 '마음에 악마가 스며든다'는 이유로 지하철역에 유기한 돌이었다. 신비의 돌조각은 보물 2010호 문화유산 〈얼굴무늬 수막새〉를 닮았다. 좌우 귀퉁이가 깨진 돌조각에 사람 얼굴이 새겨져 있는 이상한 돌조각. 약간 웃는 듯한 얼굴도 문화유산과 닮았다.

홍시준은 사람들이 자신에게 친절히 대해주기를 원했고 관심을 가져주길 원했다.

특히 여자들이.

왜냐하면 어떤 여자도 그러질 않았으니까.

불만이 쌓여갔고 분노가 커졌다.

그러나 홍시준은 근본이 착한 청년이었고 실제로 남을 해치고 픈 욕망을 심각하게 가져본 적은 없었다. 그는 길고양이에게 먹이 주는 일에서 큰 기쁨을 찾았는데, 사람들이 길고양이만큼도 그에게 관심을 안 가졌기에 증오심은 알게 모르게 커졌던 것이다.

바로 어제, 얼굴무늬 수막새를 닮은 돌이 그에게 말을 걸었다.

"이 세상에는 죽음의 대열에 끼지 않고 어떻게든 질긴 목숨 유지하는 잉여 인간들이 너무 많아. 인구 조절이 필요해. 안 그래? 넌 고양이를 귀여워하지만 이 세상엔 고양이를 죽이는 잉여 인간도 많잖아? 짐승보다 못한 것들은 죽여서 인구 조절을 해야 해."

홍시준은 종로 5가 어느 음식점 안에 앉아있었다. 그는 앞 테이블을 노려보았는데 그곳에는 비만 체형의 어떤 남자가 순대국밥을 허겁지겁 먹고 있었다.

빼앗길까 봐 꽉 붙잡은 그릇, 스피커도 없이 크게 틀어놓은 유튜브 방송, 스마트폰에 튀는 국물, 이마에서 줄줄 흐르는 땀방울이 홍시준의 분노를 일깨웠다.

"죽여! 죽여! 잉여는 하나라도 죽여야 해! 이 세상엔 태어나고 싶어도 못 태어난 인생들도 많은데 저런 게 잘도 처먹고 잘도 살고 있다니. 저항 한 번 못 해보고 태어날 권리조차 박탈당한 인생도 널렸는데 하물며 저런 잉여라니!"

홍시준이 내면의 음성에 응답해 품속에서 칼을 꺼냈다. CCTV 카메라가 고스란히 지켜보고 있었지만 그는 신의 음성을 들었기에 개의치 않았다. 뒤에서 위기가 닥쳐오는 줄도 모른 채 국밥을 먹는 남자는 그릇째 들고 국물을 들이켰다.

홍시준이 남자의 등을 향해 칼을 들었을 때 표정은 일그러지고 눈에선 눈물이 흘렀다.

"그만해."

이제 막 식당에 들어온 장무람이 말을 걸자 홍시준의 움직임이 멎었다.

"니가 왜 우는지 알아. 인간적 감정이 남아있기 때문이야. 그 순간을 잘 넘겨야 하지. 살인은 결국 최후의 행, 실행의 갈등 끝에 일어나거든. 그걸 참지 못하면 평생 후회해."

추용수가 접근할 때까지도 앞의 남자는 여전히 국물만 마셨다. 추용수가 어깨를 건드리고 뒤를 가리키자 남자는 상황의 진지함을 알고 그릇을 내려놓았다. 그는 어머니와 이모, 그리고 이모부에게 영양제를 선물하기 위해 종로 5가 약국 골목을 찾은 청년이었다. 김밥 배달하는 일을 했는데 어제 월급을 받았고 그 첫 월급으로 오늘날까지 자신을 도와준 사람들에게 보답하려는 갸륵한 성정을 갖고 있었다. 잉어빵을 즐겨먹는 사람이었지만 홍시준의 잘못된 편견처럼 잉여 인간은 아니었다. 홍시준은 그를 몰랐고 청년도 홍시준을 몰랐다. 단지 말을 거는 돌이 불에 기름을 끼얹었던 것이다.

장무람이 작은 장대 하나를 꺼냈다. 장대 끝에는 이탈리아 국기처럼 세 가지 색깔로 구분이 된 천이 매달려 있었고 중간에 수막새 얼굴이 그려진 부적이 붙어 있었다. 성휘작이 가방에서 시체 내장 같은 것을 꺼내 홍시준의 얼굴에 붙였다. 장대를 꺼낼 때부터 몸이 굳어있던 홍시준이 비명을 질렀다. 성휘작이 소리쳤다.

"암소의 탯줄이다. 넌 잡혔어, 왕래대감!"

"왕래대감?"

홍시준의 눈에서 어두운 빛이 사라졌다. 추용수가 이죽거렸다.

"떠돌뱅이 귀신이지만 그 돌멩이에 붙은 놈은 조금 달라. 그놈은 시샘의 귀신이랄까. 인간의 나쁜 습벽에 빌붙어 그 나쁜 성향을 강화시키는 아주 질 나쁜 귀신이지."

"모두 조용히 해."

장무람이 낮게 말하고 눈을 감았다. 그녀의 의식 바깥에서 얼굴만 있고 몸은 쪼그라든 기형 인간이 벼룩처럼 점프해 도망치고 있었다. 아무도 그 잽싼 움직임을 잡을 수 없었다. 하지만 수십 년 세월 동안 아무도 제어하지 못한 그 괴존재는 준찬, 아니 민규가 잡았다. 민규의 몸은 투명했고 그 투명성만큼 불행을 극복한 의지가 맑았다.

"네가 나를 죽이고 내 이웃 김혜령 씨도 죽인 놈이구나."

민규의 손에 잡힌 기형 인간이 몸을 흔들며 어린아이처럼 울기 시작했다.

"넌 내가 죽였는데 어떻게 저 무당에게 지피어서 돌아왔지? 나하고 같은 신세가 되었구나. 네겐 우월한 힘이 있어. 네 능력을 저런 애들을 위해 쓸 필요 없어. 나하고 손잡고 다 쓸어버리자. 귀신은 인간과 손을 잡으면 안 돼. 귀신이 인간보다 위대하거든. 지금의 나처럼 자유롭게 다니면서 이간질을 해 서로 죽이게 만들자구. 필요 없는 것들을 죽여야 해. 여자, 어린아이, 동물… 죽여야 할 것들은 이 흥겨운 세상에 너무나도 많아."

"하나같이 힘없는 존재만 노리는구나. 대체 네 살육의 이유가 뭐니?"

민규를 흉내 낸 음성으로 장무람이 물었다. 신기(神氣)의 왕성함에 그녀의 눈은 번쩍거렸다. 기형 몸집을 대신한 왕래대감의 눈은 광기로 빛났다.

"귀신은 인간을 질투하니까. 인간들은 이걸 결코 이해 못 해."

"왜?"

"그런 기록이 없으니까. 귀신이 되어서 그 진실을 글로 남긴 자는 없으니까."

"난 쓸 거야."

"네가 어떻게?"

"난 네게 죽은 인간 이준찬이면서 살아있는 귀신 작가 김민규야. 여기 장 여사의 손을 통해 《떼부잣집 탐정》 시리즈를 쓸 거야. 넌 내 글의 소재가 되고, 내 주치의의 일 등급 환자가 될 거야."

"주치의라니?"

"저기 오네."

민규가 가리킨 방향에 일곱 가지 색깔의 빛이 생겨났다. 감재사자가 쇠사슬을 끌고 성난 표정으로 걸어왔다. 종로의 시민들은 사자를 볼 수 없었지만 왕래대감은 똑똑히 보았다. 자벌레처럼 온몸을 오므렸다 펴며 또 새롭게 떨던 왕래대감은 스스로 쇠사슬 고리에 머리를 집어던졌다. 어느새 감재사자의 손에는 수막새 얼굴무늬와 비슷한 돌이 쥐어져 있었다. 신참 때 놓쳐버린 범인을 드디어 검거한 정년퇴직 전의 형사처럼 사자는 왕래대감 악령을 거칠게 잡아끌고 갔다.

이 소설은 과거 내가 취재했던 어떤 여성의 이야기에서 귀한 소재를 얻었다. 그분은 어릴 적 자신에게 닥친 신내림의 운명을 거부했기에 문학가 지망생 남동생이 이른 나이에 이유 없는 절명(絶命)을 당했다고 굳게 믿고 있었다. 어떻게 확신하냐는 내 물음에 그분은 '신이 꿈속에 나타나 너 대신 혈육에게 짐을 지우겠다 했어요'라고 답했다. 닿을 수 없는 영역에서 진실을 얘기하는 그분 앞에 나는 어떤 반론도 제기할 수 없었다.

이 애달픈 비화(悲話)에 내가 생각해왔던 플롯을 접목하면 공포도 주면서 감동도 줄 수 있는 소설을 만들 수 있겠다 싶었다. 하지만 진행해오던 다른 소설 작업이 있었고 분주한 일상사까지 겹쳐 이 계획은 오랜 기간 잊히고 말았다. 《단죄의 신들》을 완성하고 났을 때 그 이야기가 다시 떠올랐고, 장르의 법칙에 충실하면서도 관습을 비틀어 버릴 새로운 소설적 형상화의 야심을 품게 되었다.

몇 년 만에 그분을 찾은 나는 어려운 현안을 해결하려는 외교관처럼 신중하게 소신을 밝힌 뒤 소재만 비슷하게 취하고 스토리는 완전히 다른 소설 집필의 허락을 구했으나 일언지하에 거절당하고 말았다. 거듭 부탁했으나 끝내 그분이 눈물까지 보이자 어느덧 야심은 죄책감으로 바뀌었다. 제삼자에 불과한 나의 개인적 욕심이 타인의 깊은 상처를 건드렸던 것이다. 소설은 사람 아래에 있어야지 절대 사람 위에 군림하려 들면 안 된다. 사과를 드린 나는 소설로 쓰지 않겠으니 안심하시라는 말씀까지 드린 후 그 자리에서 물러났다. 천지선녀 이야기는 그렇게 사라져버렸다.

그런데 얼마 후 그분에게서 연락이 왔다. 만약 원고가 완성되면 제일 먼저 볼 수 있겠냐고 조심스레 물었다. 당연히 그럴 권리가 있는 분이고 만약 원고가 마음에 들지 않으면 아무 미련 없이 폐기하겠다는 약속을 드린 후 구체적인 집필에 들어갈 수 있었다. 터 잡고, 기둥 세우고, 벽과 지붕에 창문까지 내는 지난한 작업 끝에 《사악한 무녀》가 나오게 되었다. 폐기당하기 싫어 무던히도 노력했는데, 막상 완성된 원고를 본 그분은 아주 잘 쓴 소설이라며 칭찬을 아끼지 않았다. 가장 긴 시간 동안 이 소설에 매달린 만큼 노력과 땀이 사라지지 않았으니 다행이고, 여성분께 누가 될까 많이 염려했는데 좋아해 주시니 다행이었다. 몇 번이나 드려도 모자랐던 감사, 다시 한번 드린다.

쓰다 보니 이 이야기는 나의 2020년작 《올빼미 눈의 여자》의 속편 격인 소설이 되었다. 인간의 이기심을 주제로 다룬 그 소설을 쓸 때 나는 악한 생각에 물든 캐릭터의 감정에 과몰입하느라 에너지를 많이 소모했다. 기회가 되면 악당인 등장인물이 선인으로 갱생하는 후속작을 쓰고 싶었다. 그래서 애당초 '섭주 유니버스'에서 《신을 받으라》와 연관될 이야기로 설정했던 이 소설은 구조의 변화를 거쳐 《올빼미 눈의 여자》와 연결되었다(물론 그 이야기를 접하지 않고 이 책을 봐도 무방하다).

올빼미의 눈은 무섭지만 아름답다. 올빼미는 밤의 수호신이자 공포의 천사다. 선과 악 양면을 지닌 이미지가 특유의 눈에서 뿜어져 나온다. 어디선가 그런 존재가 우리가 잠들어있을 밤의 허공을 날아다니며 나쁜 마음들을 정리해주었으면, 하는 소망을 가져본다. 원고를 받자마자 '올빼미 2부를 썼으니 3부는 어떻습니까?'라는 농담으로 나를 기겁하게 하고, 이 소설이 나오는데 기꺼이 시간과 인내와 믿음과 의리를 제공해주신 박영욱 대표님께 깊이 감사드린다.